美《み》雪《ゆき》晴れ

みをつくし料理帖

髙田 郁

時代小説文庫

角川春樹事務所

目次

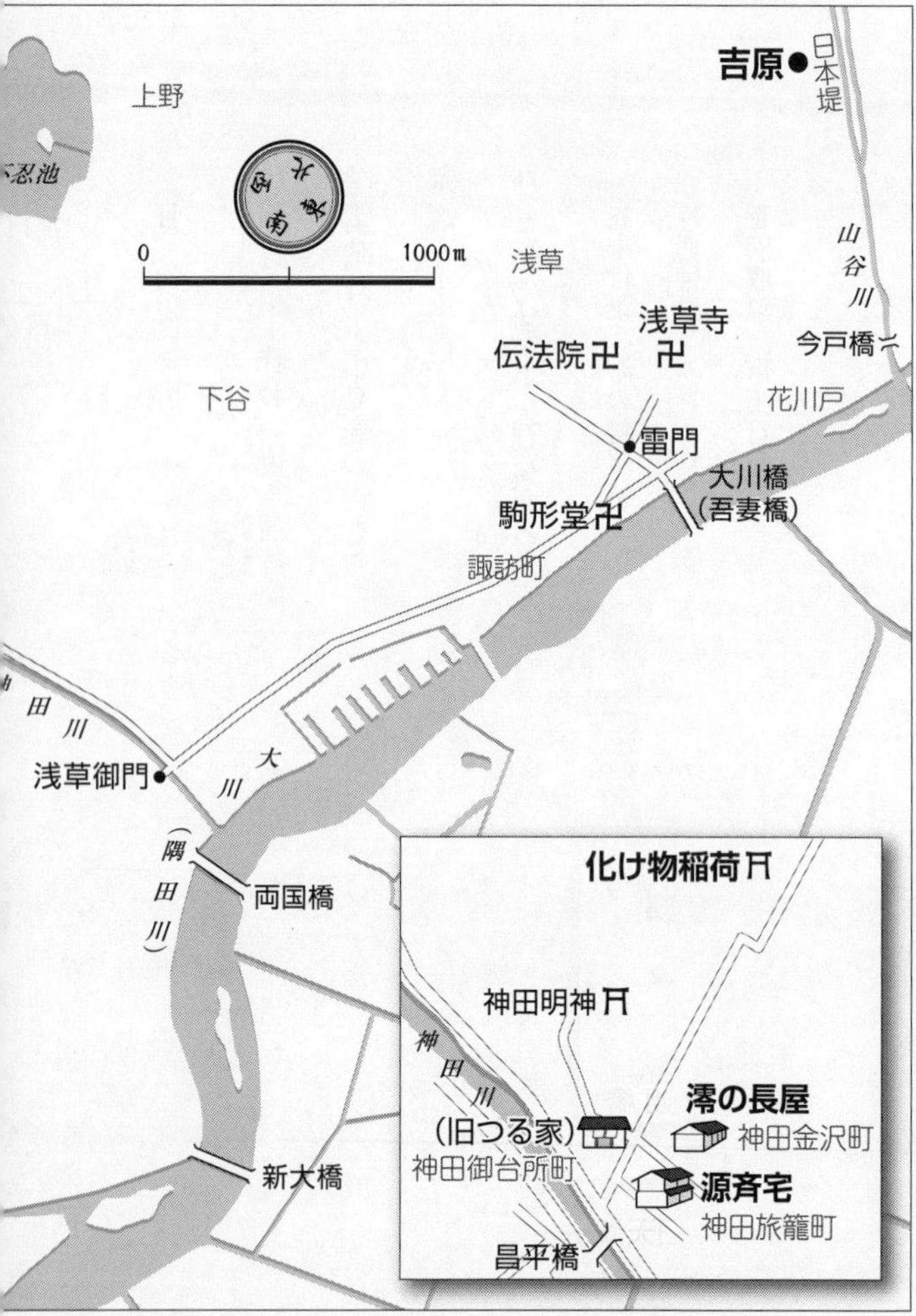
吉原
日本堤
上野
忍池
北
東
南
西
0
1000m
浅草
山谷川
浅草寺
伝法院
今戸橋
下谷
花川戸
雷門
大川橋
(吾妻橋)
駒形堂
諏訪町
田
川
浅草御門
大
川
(隅
田
川)
両国橋
新大橋
化け物稲荷
神田明神
神
田
川
澪の長屋
(旧つる家)
神田金沢町
神田御台所町
源斉宅
神田旅籠町
昌平橋

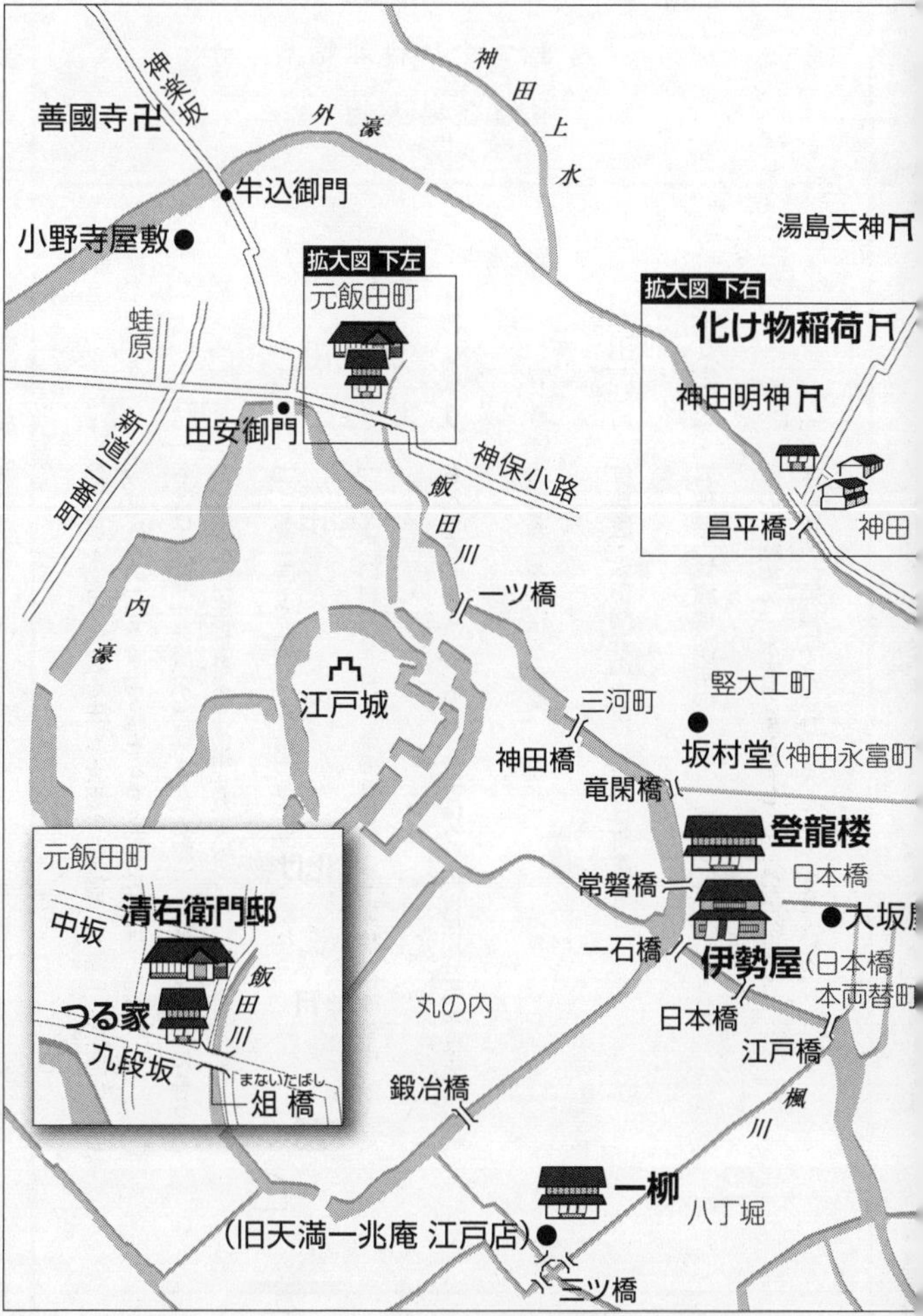

善國寺
神楽坂
外濠
神田上水
牛込御門
小野寺屋敷
湯島天神
拡大図 下左
元飯田町
拡大図 下右
化け物稲荷
神田明神
蛙原
田安御門
新道一番町
神保小路
飯田川
昌平橋
神田
一ツ橋
内濠
江戸城
竪大工町
三河町
神田橋
坂村堂（神田永富町
竜閑橋
登龍楼
日本橋
常磐橋
大坂
一石橋
伊勢屋（日本橋
本両替町
日本橋
江戸橋
丸の内
鍛冶橋
楓川
一柳
八丁堀
（旧天満一兆庵 江戸店）
三ツ橋
元飯田町
清右衛門邸
中坂
つる家
飯田川
九段坂
俎橋《まないたばし》

『みをつくし料理帖』

主な登場人物

澪《みお》　幼い日、水害で両親を失い、大坂の料理屋「天満《てんま》一兆庵《いっちょうあん》」に奉公。
今は江戸の「つる家」で腕をふるう若き女料理人。

芳《よし》　もとは「天満一兆庵」のご寮さん（女将《おかみ》）。今は澪とともに暮らす。
「一柳《いちりゅう》」の店主柳吾《りゅうご》より求婚されている。

種市《たねいち》　「つる家」店主。澪に亡き娘つるの面影を重ねる。

ふき　「つる家」の料理見習い。弟の健《けん》坊は「登龍楼《とりゅうろう》」に奉公中。

おりょう　もとご近所さん。「つる家」を手伝う。夫は伊佐三《いさぞう》、子は太一《たいち》。

りう　「つる家」を手伝う老婆。

永田源斉《ながたげんさい》　御典医・永田陶斉《とうさい》の次男。自身は町医者。

采女宗馬《うねめそうま》　料理屋「登龍楼」店主。

野江《のえ》　澪の幼馴染み。水害で澪と同じく天涯孤独となり、
今は吉原「翁屋《おきなや》」であさひ太夫として生きている。

美《み》雪《ゆき》晴れ

みをつくし料理帖

神帰月《かみかえりづき》——味わい焼き蒲鉾《かまぼこ》

霜月《しもつき》に入り、一の酉《とり》の日を迎えた朝、飯田川を行き交う舟から、船頭らの吐く息が幾筋もの蒸気となって立ちのぼる。土手の枯草には余すところなく霜が置かれ、総銀に光っていた。俎橋《まないたばし》を渡る者はその光景に一層身を縮め、足を速める。

九段坂下を行けば、何処《どこ》からか出汁《だし》の良い香りが漂い、その匂《にお》いに出くわして初めて、ひとびとは身体《からだ》の強張《こわば》りを解いた。

「今日は何が食えるのか」

「俺ぁ、ここの飯だけが楽しみなんだぜ」

見知らぬ者同士がそんな会話を交わして、つる家《や》の前を通り過ぎる。その店の料理人と料理見習いは、開いた鰣《かます》を笊《ざる》に広げる手を休めないまま密《ひそ》かに微笑《ほほえ》み合った。

幸せそうな澪《みお》とふきとは対照的に、店主の種市《たねいち》は、先ほどから苛々《いらいら》と勝手口を出たり入ったりしている。

「ご寮《りょん》さんはまだなのかよぅ。俺ぁ、今日という今日はどうしたって考えを聞かせてもらうぜ」

つる家のお運びの芳《よし》は、名料理屋「一柳《いちりゅう》」の柳吾《りゅうご》から求婚されながら、まだ返事をしていない。その一事が種市をやきもきさせているのだ。

「一柳の旦那《だんな》となら似合いだし、ご寮さんならあの名店の女将《おかみ》に相応《ふさわ》しい。なのに一体、何を迷うってぇんだ。なあ、りうさんもそう思うだろ？」

井戸端で蕪《かぶ》を洗っている老女に、種市は同意を求める。だが、りうは黙々と作業を続けるばかりだ。

「なんだよぅ、今朝はそうやって俯《うつむ》いたきり、ひと言も口を利かないじゃねぇか。一体どうしたんだい、りうさん」

店主はその背中に執拗《しつよう》に呼びかけ、やっとりうを振り向かせることに成功した。だが、老女が口を開くや否や、種市はぎゃっと叫び声を上げ、腰を抜かして尻餅《しりもち》をついた。

種市の悲鳴を聞いて、澪は慌てて路地を駆け戻る。

「旦那さん、どうかなさったんですか？」

「お澪坊、大変だ、りうさんに……」

澪の手を借りてよろよろと立ち上がりながら、店主は震える指で老女をさし示す。

「りうさんに歯が生えてる」

「えっ」

澪は驚いてりうに目を向けた。

りうはやれやれ、と言いたげに頭を振り、徐《おもむろ》に口を開いてみせた。途端、澪ははっと両の肩を引き、息を吞《の》み込む。

確かにりうの口に、上下とも頑丈そうな黒い歯が並んでいたのである。

「何ですねえ、ふたりとも」

りうは先ほどから調理場の板敷に座り込んで大いに拗《す》ねている。

「あたしゃ喜寿なんですよ、今さら歯が生えるなんてこと、あるわけないでしょう」

「けどよう」

店主は面目なさそうに頭を掻《か》いている。

「入歯なんてなぁ、俺は見るのも初めてだったんだ。いやもう、実際、肝が潰《つぶ》れるかと思ったぜ」

「私もです」

店主の後ろで、澪も情けなさそうに両の眉《まゆ》を下げた。

ふきは先刻から興味津々でりうの手もとを見つめている。老女の手にあるのは、柘《つ》植《げ》の木を彫って作った上下の入歯だった。本物の歯に似せて精巧に出来ていて、ご丁寧に鉄漿《おはぐろ》を施したように黒く染めてある。

「孝介《こうすけ》が入歯師に作らせたものなんですがね、これで三両もするんですよ」

「三両」

種市は裏返った声を上げて、

「孝介さんは孝行息子だ、りうさん、幸せなことだぜ」

と、心底羨《うらや》ましそうに唸《うな》った。

「けどねえ、もう二十年以上も歯が無いままで生きてきましたから、こんなものが口の中に在ると、落ち着かないわ、喋《しゃべ》り辛《づら》いわで困りものですよ。かといって、息子の気持ちも無下には出来ないし」

りうは溜息《ためいき》交じりに応《こた》えると、入歯を大事そうに手拭《てぬぐ》いに包んで懐へ収める。

「澪さんもふきちゃんも、歯を大事になさいよ。料理人にとって歯は商売道具のひとつでもありますからね」

りうが言い終えた頃、下駄の音が重なって、おりょうと芳が勝手口に姿を見せた。

「お早うございます」

「お早うさんだす」

ふたりの姿を認めると、種市は慌てて板敷を這《は》い下りる。

「大変なんだよぅ、実はさっき、りうさんが」

入歯の衝撃はまだ種市から去らず、芳を問い詰めることも忘れて夢中で話し始めた。

秋刀魚《さんま》よりも早く秋を告げ、霜が降りる頃に最も味わいを増す魚、それが鰤だ。すんなりとした身体に、丸い大きな目、受け口の剽軽《ひょうきん》な顔を持つ癖のない白身魚だが、何分、水気が多いので、調理方法を選ぶ。江戸っ子は干し鰤を火取って食すことを何よりも好んだ。

「そろそろ食いおさめだろうが、今年も鰤にゃあ随分と世話になったなあ」

入れ込み座敷でひとりのお客が、じりじり脂鳴りする鰤の身に箸《はし》を入れながら、つくづくと言う。

「鰤なんざ何処で食っても一緒だと思っていたが、ここで食ったらもういけねぇ」

そうとも、と隣りのお客が応える。

「俺ぁ、こいつとまだ別れたかねぇぜ」

そんな座敷の声が調理場まで届いて、澪は口もとを緩めた。

今年は閏《うるう》八月が入ったため、暦よりも季節が先に進むように感じられる。お客らの言うように、恐らく飾は今日が最後になるだろう。その代わり、海老《えび》に白魚《しらうお》に蛤《はまぐり》、鯖《さば》に鱈《たら》に烏賊《いか》、と美味《おい》しさを増す魚が目白押しなのだ。

寒い時期だから風邪《かぜ》を遠ざけるような料理にしたいわ、と澪は思いつつ、切って皮を剝《む》いた大根を水に放つ。

料理人の手もとをふきがじっと見つめている。それに気付いて、澪は笑顔になった。

「どんな青物でも、切ってから水に晒《さら》しておけば、灰汁《あく》が抜けるだけではなくて、水の通り道が出来て早く煮えるのよ」

いつも澪の行う下拵《したごしら》えの理由がわかったのだろう、ふきは納得の表情を見せた。

「ふきちゃん、ついでに、汁物のお椀《わん》の、浅い物を全《すべ》て仕舞っておいてくれる？　全部、深い物に替えておいてほしいの」

「深いお椀に？」

怪訝《けげん》そうな見習いに、澪はこう教える。

「夏は中身が冷め易《やす》いように浅いお椀を、そして冬は熱が逃げにくいように深いお椀を使うの。何でもないようだけど、実はとても大切なことよ」

ここまで寒くなれば、浅いお椀は当分出番がないから、と澪は伝えた。

寒さが湯気を恋しがらせるのか、その夜は暖簾《のれん》を終《しま》うまで一階二階とも席の冷える暇もない。ひと足先に引き上げたおりょうの穴を埋めるべく、皆、懸命に働いた。

「うう、寒い寒い」

最後のお客を送り終えると、店主は調理場に大急ぎで戻って、かじかんだ手を火鉢に翳《かざ》す。外はよほど寒かったのだろう、暫《しばら》くじっとそのまま動かない。

「旦那さん、お夜食を召し上がってください」

澪は言って、予《あらかじ》め湯で温めておいた鉢に、大根と油揚げの煮たものをたっぷりと装《よそ》った。汁は多めで、仕上げに七色唐辛子をぱらり。残った白飯を塩結びにしたものを添えて、店主の前に置く。同様の膳を四つ揃《そろ》えて、板敷に並べ終えた頃、りうに芳、ふきが調理場に戻った。

「何時《いつ》だったかお客も言ってたな、うちの店はこんな何でもない料理が旨《うま》いって」

はふはふと大根を頬張《ほおば》って、店主は至極満足そうだ。調理場には煮炊きの熱がまだ残り、心地よい暖かさに皆の食も進んだ。りうなど入歯をはめるのも忘れ、上機嫌で食べている。

「ところでご寮さんよ、今日だけは俺ぁ言わせてもらうぜ」

芳が箸を置いたのを見て、種市はそちらへ向き直った。

「どうして一柳の旦那に返事をしねぇんだよぅ。それとも何か、誰も知らねぇだけで、ふたりの間で話は進んでるのかい」

いいえ、と芳はきっぱり頭を振る。

「あれからはまだお目にかかっておまへん」

ふう、と種市が重苦しい息を吐いた。

「ご寮さんよう、それは酷ってもんじゃねぇのか。もう霜月の四日だぜ。一柳の旦那がぴんしゃんした若造なら、俺はこんなお節介はしねぇよ。けどなあ、あのひとはどんなに若く見えたとしても、俺より二つ下なだけだ」

年を取った人間にとっての一日は若い人の一年だ、徒《いたずら》に返事を引き延ばすことほど惨《むご》いことはない、と種市は言い募る。芳はただ俯いて、店主の説教を聞いていた。

「頼むから、さっさと一柳の旦那を喜ばしてやんなよ。今からでも承諾の返事をしな。俺も一緒についてくからよぅ」

「ああもう、煩《うるさ》いお爺《じい》さんだこと」

鉢の底に残った大根を口に運びながら、りうはのんびりした声で割って入る。

「どうして気付かないんでしょうかねぇ。ご寮さんの気持ちは固まっていても、佐兵《さへ》衛《え》さんの許しはほしいでしょうよ」

けどよぅ、と種市は拗ねて、蛸《たこ》のように口を尖《とが》らせる。

「良い齢《とし》をした親が再婚するのに、子の許しが必要だなんて、妙じゃないか」

「良い齢をして、お前さんは女心に疎すぎますよ」

良いですか、とりうは箸を放して膳を押しやった。

「一柳ほどのお店の、後添いに入るんですよ。怯《ひる》む気持ちがあるに決まってるじゃありませんか。誰かに背中を押してもらって初めて前へ踏み出せるんですよ。ご寮さんが一番そうしてほしい相手は、佐兵衛さんでしょう」

「竹屋の火事じゃあるまいし、そんなぽんぽん言わなくても良いじゃねぇかよぅ」

ますます拗ねてしまった店主のことを、芳は申し訳なさそうに見た。

「旦那さん、佐兵衛には相談したいことがある、いう文を出しましたよって、いずれ話は出来ると思います」

ご心配をおかけしまして、と芳は畳に両の手を置いた。

金沢町の狭い路地を木枯らしが賑《にぎ》やかに吹き抜けて、粗末な裏店《うらだな》をがたがたと揺さ振る。闇《やみ》の中で芳の寝返りを打つ気配がしていた。

流しの前に蹲《うずくま》っていた澪は、声をかけたものかどうか迷ったが、やはり黙ったまま、その手にある鉢に視線を戻す。鉢の中身は玉子の白身であった。黄身の方は鼈甲珠《べっこうだま》を作るのに用いて、残った白身をどうするか、澪はこのところずっと考えていた。鼈甲珠を商い、野江《のえ》の身請け資金を作ろうと決めた。大量に鼈甲珠を作れば、大量に白身が残ることになる。あれこれ思案して、無駄にならないよう料理に使いたい。白身と山芋は相性が良い。魚ともよく合う。白身だけを焼き固め、微塵《みじん》に刻んで雪に見立てれば、飾りとして使えるだろう。他に何か……。

澪は鉢を置いて、かじかんだ手に息を吹きかける。

澪、とその名を呼ぶ声がした。

「ええ加減にせんと、身体が冷えますで」

「へぇ、ご寮さん」

くに訛《なま》りで応えて、澪は鉢に布巾《ふきん》を掛けた。

冷えた身体を気にして布団の端に入った澪に、芳は夜着を掛け直す。体温で暖められた夜着は澪を優しく包み込んだ。

「澪、あんたをひとりにしとうはない」

微《かす》かな声を聞いて、澪は夜着の中で芳の方へと向いた。

ご寮さん、と優しく呼びかけ、澪は告げる。

「私、もうひとりやおまへん」

行く行くはひとりで暮らすことになったとしても、澪は決して孤独ではない。四年前とは異なり、今では多くの情に囲まれてこの江戸で暮らしているのだ。

その思いを汲《く》んだのか、芳は温かな両の掌《てのひら》で、澪の冷えた手をそっと包んだ。


かじかむ両の指先に息を吹きかければ、忽《たちま》ち凍りついて天へと向かう。頬を打つ風は痛い。今朝はまた、寒さが一層身に応えた。

震えながら昌平橋《しょうへいばし》を渡りきった時、澪は何気なく八ツ小路《やこうじ》の方へ目をやった。

「あら」

夜蕎麦《よそば》を商っていたはずの屋台見世《みせ》が、こんな早朝から客を迎えている。「にうめん」と平仮名で書かれた看板を認めて、澪は懐かしさのあまり、ぱん、と両の手を叩《たた》いた。

にうめんとは入麺《にゅうめん》、即《すなわ》ち熱くした素麺《そうめん》のこと。夏に冷やして食べる素麺を、饂飩《うどん》や蕎麦と同じく、温かくして食べるものだ。澪の生まれ育った大坂では、揖保川《いぼがわ》や三輪《みわ》から素麺が運ばれ、一年を通して食べられる。冬場は熱くした入麺がよく好まれた。

圧倒的に蕎麦を好む江戸っ子だが、極たまに見かけるこうした入麺屋もよく繁盛している。どうやら屋台見世の主《あるじ》がそれに目をつけて、夜蕎麦から鞍替《くらが》えしたらしい。

そう言えば、これまで一度もつる家の献立に入麺を載せたことがなかった。けれどこんな寒い日、湯気の立つ熱々の入麺を供したなら喜んでもらえるのではなかろうか。具は刻んだ油揚げと葱《ねぎ》と蒲鉾《かまぼこ》。吸い口に柚子《ゆず》を使おう。澪はわくわくと胸が躍るのを覚えて、弾む足取りでつる家を目指した。

蒲鉾はごく薄く削《そ》ぎ切り。葱は白髪に刻む。そして油揚げも細めに刻む。固めに茹《ゆ》でた素麺を熱い出汁に入れ、先の具材を加えて温まったら、鉢に装って柚子皮を載せる。試しに一人前作ったものの、澪は難しい顔になった。

「柚子の良い香りがします」

鉢に顔を近づけて息を深く吸い、ふきはうっとりした表情になった。だが、料理人が眉根を寄せているのを見て、鉢から顔を離す。

「澪姉さん、どうかしたのですか？」

少女に問われ、澪は気落ちした声で答える。

「見た目が白すぎて、寒々しいの」

その遣《や》り取りを聞きつけたのだろう、種市が内所《ないしょ》から、どれどれ、と顔を出した。

「油揚げと柚子以外は、麺が白、葱が白、蒲鉾が白、と。確かに見た目は白いが、江戸っ子は何しろ白いもんが好きだから、俺ぁ別に気にならねぇがなあ」

食わしてくんな、と言うなり、店主は箸を手に取り、ずずっと入麺を啜《すす》りあげた。

ひと口食べて、おっ、と目を見張ったが最後、箸は止まらない。

「蕎麦が粋な東男《あずまおとこ》なら、入麺は澄ました京女だな。こいつぁお客に喜ばれるぜ」

種市に認めてもらったものの、澪はやはり腑《ふ》に落ちず、鍋に残ったものを小さな器に移した。汁には白髪に刻んだ葱が浮かんでいる。葱を口にして、きゅっと唇を結ぶ。

「葱の味わいが入麺には合わないように思います」

大坂の葱は青葱と呼ばれ、青い柔らかなものだ。江戸の葱は根深と呼ばれ、歯ごたえのある白い部分を食する。江戸に暮らして四年、青葱の代わりに根深を用いることにもすっかり馴染《なじ》んだけれど、麺が細い分、入麺には柔らかな青い葱が合うように思えて仕方がない。

「お澪坊、それなら野蒜《のびる》を使ったらどうだい。野蒜なら野っ原に幾らでも生えてるからよぅ」

店主が言い終わるや否や、ふきが勝手口から飛び出して行った。

「この店で入麺を食べるのは初めてだが、何とも優しい味がしますね」

昼餉《ひるげ》時を少し過ぎて、幾分空いた入れ込み座敷から、馴染み客の声が響いている。

「昆布のご隠居さまだわ」

澪は呟《つぶや》き、洗い物をふきに託して、土瓶を手に座敷へ急いだ。

昆布のご隠居、と呼ばれているのは、つる家が神田御台所町《おだいどころまち》にあった頃からの常客で、今なお悪い足を押して、ここまで通ってくれているのだ。

「ご隠居さま、おいでなさいませ」

澪はご隠居に一礼すると、中身の減った湯飲みにお茶を注いだ。膳の上の器は全て、綺麗《きれい》に空になっている。

「今日も美味しかったよ。野蒜がこれほどまでに入麺に合うとは思わなかった。それに、蒲鉾が入っているのがまた何とも嬉《うれ》しい」

あら、と澪はにこにこと笑顔になる。

「ご隠居さま、蒲鉾がお好きなのですか？」

「ああ、たまにしか口にしないが、実は板ごと食べたいと思うほどの好物ですよ」

ご隠居の返答に、すぐ傍で膳を片付けていたおりょうが噴き出した。おそらくご隠居が蒲鉾板に囓《かじ》り付いているのを想像したのだろう。少し離れたところで、芳も俯いて肩を揺らしている。

「江戸の蒲鉾は美味しいですよね。特に歯応えが素晴らしいです」

澪もくすくすと笑って応えた。

江戸に来て初めて蒲鉾を食した時、そのむちむちとした歯応えと、それにあまり魚の脂《あぶら》を感じない上品な味わいに心底驚いたことを懐かしく思い返す。

「そうとも」

ご隠居は膳をずらすと、身を乗り出した。

「あれを食す度に、『ああ、歯があって良かった』と思うんだよ。あの弾むような味わいは、歯がないとわからないからね。ただ、惜しむらくは」

ふっと悲しげに、ご隠居は声を落とす。

「……やたらと値が張るんだよ」

「わかります、とてもよくわかります」

澪もまた、声を低めて応じた。

つる家の看板料理、とろとろ茶碗蒸しには銀杏《ぎんなん》と柚子を用いるのだが、季節の移ろいに応じてそれを蒲鉾と三つ葉に替える。その蒲鉾のあまりの高さに、毎度、肝が冷える思いがするのだ。

板付きの蒲鉾、一枚が二百文はする。大坂で売られている蒲鉾のざっと倍。上手に切れば沢山に使えるけれど、決して気安い品ではない。

「蒲鉾のなる木があれば、といつも思うんだがねぇ」

肩を落として、ご隠居は会話を結んだ。

ご隠居を見送ったあとも、暖簾を終い芳とともに帰路に就いてからも、この遣り取りがずっと頭から離れない。

月は見えず、頭上には夥《おびただ》しい星々の姿があった。冷え込みの厳しい分、夜空が澄みきり、星にも赤や青、白、黄や橙といった様々な色が在ることがよくわかる。北天の中ほど、豪奢《ごうしゃ》な星々に囲まれて、淡い黄色の星が控えめに瞬いていた。かじかむ両手を擦りながら、言葉少なくその心星を見上げる娘に、芳は優しい口調で話しかけた。

「大坂にも白板《しらいた》はおましたが、天満一兆庵《てんまいっちょうあん》では扱うたことがおまへんでしたなあ」

澪の頭の中が蒲鉾のことで一杯なのを見越しての台詞《せりふ》だった。

へえ、と澪は視線を芳に移して深々と頷く。

亡き嘉兵衛《かへえ》から、蒲鉾とは「蒲《がま》の穂」、即ち、魚のすり身を棒に塗り、炙《あぶ》る姿が蒲の穂に似ているのが由来と教わった。のちに板にすり身を塗り付ける形になり、こちらを蒲鉾と呼ぶようになった、と。

大坂では板に塗り付けたものを炙って仕上げる「焼き通し」と呼ばれるものが主流

だったが、蒸して仕上げる「白板」というのもあった。板に焼き色が付かないことから、この名がある。この白板蒲鉾を炙った焼き蒲鉾、通称「焼き板」というのも人気を博していた。

「白板は傷み易いので、大坂ではあまり人気がなかったように思います」

「せやなあ。焼き通しは焦げ目がついて、魚本来の味が濃厚でほんまに美味しい。ただ、それだけに他の料理と合わせにくい。白板は色々な料理に使える代わりに、傷み易い。せやさかい、大坂では焼き板に人気が出たんだすやろ」

そう言えば天満一兆庵では椀屋という老舗《しにせ》の蒲鉾屋から焼き板を仕入れていた。江戸には白板しかないため、もう白い蒲鉾が日常になってしまったが、あのこんがりと焦げ目のついた焼き板を、ふたりは懐かしく思い出していた。

ふいに、澪のお腹《なか》がぐうっと大きく鳴る。

「これ、年頃の娘が」

窘《たしな》める芳のお腹もきゅうっと鳴り、ふたりは声を合わせて朗笑する。

ひとしきり笑って、澪はふと思う。

焼き板をこの手で作れないだろうか。

天満一兆庵でさえ、外から仕入れていたことを考え合わせれば、作ることは決して容易《たやす》くはないだろう。しかし……。

「蒲鉾は確か、つなぎに玉子の白身を使うはずや。それに何より、手作り出来たなら、安うにお店で使えますなあ」

穏やかな声音で、芳は澪の考えていることを言い当てた。

寒鰆《かんざわら》を三枚に卸《おろ》し、中骨に残った身も綺麗にこそげ落として、包丁の腹で叩きのばす。それを擂《す》り鉢に移して充分に擂り、玉子の白身を加えてさらに擂る。味付けは塩のみ。塩が入ると急に粘りが出て、擂粉木《すりこぎ》の扱いに難儀する。蒲鉾の作り方を誰かに教わったことはないが、魚をすり身にして蒸し上げて焼く、という手法自体は誤りではないだろう。

夕餉《ゆうげ》の仕度に取りかかるまでの空いた刻《とき》を見つけて蒲鉾作りに挑む料理人のことを、店主と料理人見習いとが見守っている。擂り上がった身を板に塗り付けて、湯気の立った蒸籠《せいろ》に入れて蒸す。買ってきた蒲鉾についていた板を用いたためか、蒸しあがりを見てみれば、初めて作ったにしては一応それらしく出来上がっていた。

「旨そうだな。お澪坊、焼く前にちょいと味見させてくんな」

店主に請われ、澪は五分の一ほどを板から剝《は》がし、食べ易く切り分けると店主に差し出した。ついでに自分も残りを口にする。

ああ、と澪は呻《うめ》き声を洩《も》らした。

歯触りが、ぷりぷりどころかぼそぼそで、何とも気味が悪い。また、いつもなら美味しく感じるはずの魚の脂も気に入らない。どうしたわけか板の臭《にお》い移りもしていた。よくもまあ、ここまで不味《まず》いものができたものだ、と澪は両の眉を下げた。

店主は、と見ると苦行僧のような顰《しか》め面でごくりと口の中のものを嚙み下している。

「まあその、なんだ……とりあえず食えるから良いじゃねぇか」

慰めようもない仕上がりに、種市はそれだけを言い、そそくさと座敷に逃げてしまった。焼く必要のなくなった白板を、澪は自分の責任のもと、口に押し込んで悔やむ。

魚のすり身で真薯《しんじょ》という料理を作るが、澪はよく白身の魚を使う。もしかしたら、鮪で作ったのがいけなかったのかも知れない。それに、板のことも考えないと。

どうしたものか、と澪は出来そこないの蒲鉾で口を一杯にして、天井を仰いだ。

夕方、ひと足先に上がるおりょうのことを、珍しく伊佐三《いさぞう》と太一《たいち》が迎えに来た。親子そろって湯に行くのだ、という。

「太一ちゃん、また背が伸びたのね」

ふきが太一の頭を撫《な》でて、嬉しそうに話しかけた。ふきの弟の健坊《けんぼう》も太一と同い年。

太一に健坊の面影を重ねている、と知れて、澪は少し切なくなった。伊佐三も同じことを思ったのだろう、澪に頷いてみせた。

「そうだ、伊佐三さん、お願いしたいことがあるんです」

澪はそう言って手を合わせ、伊佐三に板敷に上がってもらった。

「蒲鉾の板？」

伊佐三が戸惑った顔で澪を見ている。

「はい、蒲鉾板にはどんな木を使うのが良いんでしょうか」

「……澪ちゃん、まさか手前で蒲鉾を作ろう、ってぇのか」

呆《あき》れたように呻いて、しかし、ひとの好《い》い伊佐三は思案顔になった。

「俺ぁ、板付きの蒲鉾なんて贅沢《ぜいたく》なものは食ったことがねぇから、材に何が使われているか知らねぇんだが、檜《ひのき》は匂いが強すぎるだろうし、杉はやにが出る」

無難に楢《なら》か樅《もみ》だろうか、と考え込んだ伊佐三は、さらに澪から、蒸した後で火で炙る、と聞いて、ああ、それなら、とぽんと手を打った。

「だったら、普通の板じゃなく、手に持つ柄があった方が良い。楢なら丈夫だから何遍も使えるし。ちょっと作ってみるぜ」

おりょうに持たせるからよ、と伊佐三は造作もない体で応えた。

常は酒を出さないつる家ではあるが、月に三日の例外がある。三の付く日がそれで、店の表格子《おもてごうし》に「三方《さんぽう》よしの日」と書かれた張り紙を認めて、通りを行くひとびとの間から歓声が上がった。

時の鐘が七つ（午後四時）を告げると、りうが店の表に出て、朗らかに手拍子を打ち始めた。

「さあさ、本日つる家は霜月二度目の三方よし、美味しい牡蠣《かき》が揃ってますよ。じうじう鳴るのは宝船、ふっくら柔らか時雨《しぐれ》煮に、締めは牡蠣飯、いかがです」

歌うような呼び込みに釣られ、お客らは、もういけねぇ、と涎《よだれ》を拭《ぬぐ》いながら暖簾の中へと吸い込まれていく。

九段下の通りに夫婦と思《おぼ》しき男女が立ったのは、そんな時だった。ともに、幾度も水を潜《くぐ》ってはいるが小ざっぱりした藍《あい》の綿入れを身に纏《まと》っている。女房らしい小柄な女は温かそうな綿入れで包《くる》んだ赤ん坊を抱いていた。

客が次々に暖簾を潜る様子を見て、

「今からでは迷惑になる。出直そう」

と、亭主が女房に話すその低い声を、りうの耳が捉《とら》えた。

「おや、お前さんがたは……」

お客にしては妙だ、とりうは男の顔にじっと見入って、はっと息を呑み込んだ。

「もしや、ご寮さんの息子の佐兵衛さんじゃありませんか？」

口早に問うて、りうは手を伸ばすと男の腕をむんずと摑んだ。

「若旦那《わかだん》さん」

澪は勝手口に現れた人影を認めて、並べた料理をお膳ごと取り落としそうになった。

これまでと違い、貧しいなりにもきちんと身形《みなり》を調えているのは、確かに佐兵衛そのひとだ。母親に恥をかかすまい、との気構えが滲《にじ》んでいた。

澪の声に、今まさに注文を通しに来た店主とおりょうとが、揃って棒立ちになる。

「お澪坊、本物の若旦那なのか」

澪に確認を取る種市の姿に、この店の主と察した佐兵衛が、一歩前へ踏み出した。

「突然に堪忍してくださいまし。芳の息子で、佐兵衛と申します。ご挨拶《あいさつ》が遅れましたが、母がお世話になっています」

佐兵衛はそう言って種市に丁寧に一礼した。

勝手口の外からは、誰かを中へ誘うりうの声が響いている。

「おかみさん、ここは寒いからどうぞ中へ」

「いえ、ご挨拶の済むまで、私はこちらで待たせて頂きます」

事情を察したのだろう、種市はふきに、ご寮さんを呼んできな、と命じた。それを聞きつけて、ふきよりもさきにおりょうが座敷へと転がるように向かう。

「どないしたんだす、おりょうさん。まだ注文が……」

「良いから、ご寮さん、早く」

じきにそんな声がして、おりょうに引っ張られて芳が調理場へ姿を現した。

「佐兵衛」

芳は息子を認め、そして丁度その時りうの手で調理場へと招き入れられたお薗《その》を認めた。

洗い張りで調えられた着物、櫛《くし》で丁寧に梳《けず》られた髪。倹《つま》しいながら折り目正しさの感じられる形《なり》で、ふっくらとした丸顔に目もとの穏やかな、見るからに気立ての良さそうな女房だった。赤子のお花《はな》を抱いたまま、お薗は小さく身を縮め、芳に向かって深く首を垂れた。

「店が混みあう刻に迷惑かけるから、とふたりともそのまま帰ろうとしてたんですよ。それを、あたしゃ無理にも引っ張って来たんです」

りうの言葉が終わるや否や、

「いつになったら注文を聞きに来やがるんだ」

という怒声が、入れ込み座敷から上がった。料理を急かす声も相次いだ。

「はいよ、今すぐに」

おりょうが大声で応えて、座敷へと戻る。

芳はお薗の傍《そば》に駆け寄って、その手を取ると、

「お薗さん、堪忍だすで。ご覧の有様だすのや。あとでゆっくりご挨拶させておくれやす」

と、情のこもった声で詫《わ》びた。

種市は佐兵衛の肩をぽんぽんと叩き、

「じきに陽《ひ》も落ちる。寒い夜道を赤子連れで帰すわけにいかねぇよ。頼むから今夜はこのままつる家に泊まって、ご寮さんとゆっくり話してくんな」

と、勧めた。

芳と澪は、佐兵衛に店主の申し出を受けるよう懇願の眼差《まなざ》しを送ると、それぞれの持ち場に戻った。お前さん、と小さく呼んで、お薗が佐兵衛に頷いてみせる。

「お言葉に甘えて、そうさせて頂きます」

佐兵衛は店主に深々と頭を下げ、従う意を表した。

「ご寮さんだけでも外してやりてぇんだが」

店主は、調理場へ出入りの度に、申し訳なさそうに内所へ目を向ける。佐兵衛一家には襖《ふすま》を閉じたその部屋で休んでもらっていた。

寒さ厳しい夜につる家で旨い肴《さかな》と旨い酒が呑める「三方よしの日」を心待ちにするお客は多く、暮れ六つ（午後六時）を過ぎる頃には、一階二階とも満席となった。下足番《げそくばん》のりうの声は掠《かす》れ、お運びの手は足りず、汚れた器は洗うのが間に合わずに流しに積まれていく。店主は、よろよろになりながら、罰当たりにもこんな言葉を残して調理場をあとにする。

「何だってこんな大事な日に、こんなに混みやがるんだよぅ。ああもう、閑古鳥が鳴いてた頃が懐かしいぜ」

種市が座敷へ消えたあと、内所の襖がすっと開いて、お薗が姿を見せた。誰にも気付かれずに、そのまま流し台に移ると、汚れた器を洗い始める。客人であるはずが、あまりに自然な動作に、調理場にいた澪はその手助けを辞退できなかった。丁寧に器を洗い、布巾で拭う仕草は、働き慣れていることを窺《うかが》わせる。

周囲に妙な気遣いをさせることなく手を貸す、というのは存外難しいのに、と澪は感心して佐兵衛の女房を眺めた。宿場女郎《しゅくばじょろう》、という過去は、少しもお菌を侵してはおらず、いつぞやしのぶがお菌を評した「菩薩《ぼさつ》」という喩《たとえ》が実によく似合う。少し開いた襖から、娘のお花に添い寝したまま眠ってしまったらしい、佐兵衛の安穏な姿が覗《のぞ》いていた。

「りうさん、お疲れさん。それに、おりょうさんも、今夜は遅くまで申し訳なかったなあ」

「構やしませんよ。三方よしの日はこうなる、と亭主も知ってますからね」

風の鳴る音に交じり、店の表で、種市たちの声がする。

「ご寮さんのこと、本当に良かったですねえ」

孝介の朗らかな声も加わる。夜も更けて外は冷え込みが厳しいのに、佐兵衛の来訪の喜びを分かち合う会話が続いていた。

皆の優しい気持ちに胸を温かくして、澪は注意深く階段を上がる。抱えているのは、牡蠣雑炊《ぞうすい》の入った土鍋だった。

「澪、堪忍なあ」

二階端の部屋の襖が開いて、芳が澪を誘う。

火鉢の熱で仄《ほの》かに温かい室内、お花は重ねた座布団の上で綿入れを掛けられてよく眠っている。店主の計らいで、今夜は佐兵衛一家と芳とで夜食を摂《と》って、この部屋で休むことになっていた。

「遅くなってしまって」

澪は詫び、火鉢に土鍋を置く。そうして、芳と佐兵衛、それにお薗に見守られて、土鍋の蓋《ふた》を取り、玉杓子《たまじゃくし》で鍋底からぐるりと掻き回した。室内に食欲をそそる湯気が立ち込めた。溶き玉子に葱と刻み海苔《のり》の良い香りがしている。

「私たちは下で休みますから、何かあったらお声をかけてください」

三人に一礼して、澪は部屋を出ようとした。澪、と名を呼ばれ、振り返ると、佐兵衛とお薗が揃って深く頭を下げた。お薗はさらに両の手を合わせていた。

片付けを終えて、入れ込み座敷の隅でふきとひとつ布団で眠る。夜中、ふっと目覚めて耳を澄ませば、赤ん坊の夜泣きの声と、よしよし、と宥《なだ》める芳の声が聞こえる。お花をあやす芳の姿が見えるようだった。

ご寮さん、良かった。

切なさと幸せとが込み上げて、澪は夜着を額まで引っ張った。

翌朝、澪は傍らで眠るふきを気遣いつつ、常よりもずっと早く床を離れた。朝のうちに染井《そめい》村に戻る佐兵衛一家のために、せめて美味しい朝餉《あさげ》を用意しよう、と世継稲荷《よつぎいなり》で水をもらって来ることを思いついたのだ。稲荷神社の水はとても甘く美味しい。それに、一家にご加護を賜《たまわ》れるようお願いしておきたかった。

まだ外が明るくなるまで刻がある。引き戸を少し開ければ、墨色から菫《すみれ》に移ろい始めた空が覗いている。井戸端で顔を洗い、口を漱《すす》いでいると、静かに傍らに立つひとが居た。薄い綿入れに身を包んだそのひとは、澪を認めると微笑んだ。

「澪さん、お早うございます」

お薗さん、お早いですね、と澪は明るく応えて、井戸端をそのひとのために譲る。

「よくお休みになりましたか？」

澪の問いかけに、ええ、と頷き、お薗はこう続けた。

「夜中にお花がぐずったのですが、お乳をやったあとはお姑《つか》さまにお任せして、私は休ませて頂きました。今朝は何かお手伝いをさせて頂こうと思いまして」

ふきも居るから手は充分に足りている。澪はふと、視線を水桶《みずおけ》に落とした。そうだわ、と口もとを緩めて、稲荷社に一緒に水を汲みに行かないか、とお薗を誘った。

まだ眠りから充分には目覚めていない中坂を、お蘭とふたり、ゆっくりと歩く。染井村に移る前、しのぶと会って話した、とお蘭は慎ましく語った。

「しのぶさんは、澪さんのことを『勝手に大事な友だと思っている』と話しておられました。そのせいでしょうか、初対面なのにとても心に近く思われて」

お蘭の言葉が嬉しくて、ありがとうございます、と澪は笑みを返す。

「ただ、『勝手に』ではありません。しのぶさんは私にとっても大切なひとです。長い刻をともに過ごしたわけでなくとも、互いに寄り添いあえる大事な友なんです」

澪の言葉に、そうでしたか、と小さく呟き、お蘭は躊躇《ためら》いつつもこう続けた。

「しのぶさんは、私のこと……私が何をしていたか、澪さんにだけは伝えた、と」

澪は歩みを止めて、お蘭を真っ直《ます》ぐに見た。

「伺いました。ただ、お蘭さんが居らしたからこそ、お元気な若旦那さんと会うことが叶《かな》いました。どれほど感謝しても足りないくらいです」

「昨夜、お姑さまからも、よくよくお礼を言われました。私が佐兵衛さんを病から救った、と。ありがとう、と手を取り、頭を下げられました。でも、もしや……」

もしや、と問うお蘭の声が震えている。

「お姑さまは私の身の上を……」

澪は鼻から息を吸い込み、腹を据えてから再び口を開いた。

「お許しください、私の一存で、お伝えしました」

お薗の顔から血の気が失《う》せるのを見て、澪は手を伸ばし、相手の腕を取った。

「そうすべきかどうか、とても迷い……けれど、それを伏せてはお薗さんがどうやって若旦那さんの命を救ったのか、ご寮さんはずっと疑念を抱かれることになります」

一生秘すべきところ、明かしてしまったことを心から詫び、澪は続けた。

「話を聞き終えて、ご寮さんはこう仰《おっしゃ》いました。これまで自分も苦労した分、ひとの抱える切ない事情に目が行くようになった、と。お薗さんは若旦那さんの命の恩人で、感謝こそすれ、貶《おとし》めるなど、そんな罰当たりな真似《まね》が出来るわけがない、と」

昨夜のご寮さんの言葉は、そうしたお気持ちの上にあるんです、と澪は心を尽くして話した。見る間に、お薗の双眸《そうぼう》が潤む。澪はそっとお薗を促して先を急いだ。

世継稲荷のお社《やしろ》に熱心に手を合わせ、水桶に水をもらって、中坂を下る頃には、東の空に陽が上り、ふたりの背を明るく照らした。振売りの豆腐屋が眠そうな声で商いを始める。坂を下り終え、飯田川沿いに出た時だった。お薗は足を止めて、思い余った様子で澪の袖《そで》を捉えた。

「澪さん、うちのひとは今のままで、このままで本当に良いのでしょうか」

怪訝そうな眼差しを向ける澪に、お薗は言い募る。

「釣《つ》り忍《しのぶ》売りも植木職の仕事も、私やお花を食べさせるために精を出してくれていますが、うちのひとの心の奥底には何か窺い知れぬ屈託があるようで……」

その正体がわからないから不安で堪《たま》らないのです、とお薗は声を震わせた。澪はしかし、どのように返事をすれば良いのかわからず、ただ黙ったまま、お薗の腕を撫で擦ることしか出来なかった。

世継稲荷の水を用いてご飯を炊き、味噌汁《みそしる》を作って皆で朝餉の膳を共にする。食べ終えると、慌ただしく、佐兵衛一家はつる家を発った。俎橋まで送って出て、別れ際、芳はお薗に頼んで、お花をもう一度、胸に抱いた。

種市も脇から覗き込んで、

「何遍見ても、飽きねぇな。まったく佐兵衛さんにそっくりだぜ」

と、相好を崩す。

寝てばかりだったお花も、今は機嫌よく皆を見て、きゃっきゃと笑った。

「お母はん、身体には充分に気ぃつけておくれやす。これからもっと寒なりますよってに、風邪を引かんようにしとくんなはれ」

「佐兵衛、お前もやで」

何でもない親子の会話が、しかし傍らで聞く澪にはどうにも嬉しくてならない。この日を得るまで、何と長い歳月がかかったことだろう。

また来ます、の言葉を残して一家は俎橋を渡り、中ほどで立ち止まって振り返った。昨日までの曇天から一転、深い青を湛《たた》えて澄み渡る冬空が親子を抱き留めている。

澪はお薗の今朝の言葉を思い返し、どうぞお薗さんの不安が消えますように、と心から祈る。若旦那さんとお薗さん、そしてお花ちゃんが幸せでありますように、と。

「ご寮さん、昨晩《ゆうべ》はよくよく話せたんだな」

一家の姿が橋の向こうへ消えた時、種市は芳に尋ねた。

「あのことも、ちゃんと相談したのかい」

店主の問いかけに、芳は静かに頷いてみせた。種市は上ずった声で、問いを重ねる。

「で、佐兵衛さんは何て言ったんだよぅ」

「一柳の旦那さんなら」

声が掠れて、芳は軽く咳払《せきばら》いしたあと、恥じらうように俯いて続けた。

「一柳の旦那さんなら、きっと幸せにしてくれはる、と」

少し離れた場所にいたふきが、ぴょんと跳ねた。よほど嬉しいのだろう、二度、三度と跳ね続けている。その姿を見て、三人は僅かに潤んだ眼差しを絡めあった。

佐兵衛の訪問がつる家一同の胸に温かな灯を点《とも》した、その日。昼餉時を過ぎた入れ込み座敷に、あの男の声が響いている。

「このところ、昼餉の献立が定番ばかりで新鮮味がなくていけない。料理人の手抜きではないのか」

まあまあ、と宥めているのは、あのひとだろう。

「清右衛門《せいえもん》先生の気紛《きまぐ》れにも困りものです。先日は登龍楼《とりゅうろう》の料理人を捉《つか》まえて、『奇を衒《てら》い過ぎだ』と怒鳴っておられませんでしたか？　それに既に器は全て空ですよ」

調理場まで届く戯作者《げさくしゃ》と版元《はんもと》との遣り取りを耳に、澪は素揚げした銀杏を擂り鉢に移した。ふきがさっと横に来て、擂り易いように鉢を両手でぐっと押さえる。

「澪姉さん、今度はどんな料理ですか？」

興味深そうに目を輝かせるふきに、うふふ、と笑うだけに留《とど》め、澪は擂粉木で銀杏を潰し始めた。粗く潰れたところで塩を少し加え、ごりごりと擂れば、やがて粘りが出てくる。

「はい、ふきちゃん」

少し千切って、ふきに差し出す。

おずおずと口に入れたふきは、噛んだ途端、驚いたように声を上げた。

「お餅みたいです、澪姉さん」

ふふふ、と澪は笑い、浅めの鉢に千切り入れてお盆に載せた。

入れ込み座敷へそれを運んでいくと、いつもの席に清右衛門と坂村堂《さかむらどう》、それに珍しく源斉《げんさい》の姿があった。

「まあ、源斉先生もご一緒だったのですか？」

澪は源斉の膳に目を向けて、全ての料理が平らげられていることに安堵《あんど》する。多忙を極めれば食べることが留守になってしまう名医の身を、澪はいつも案じていた。

「何だ、何を持ってきた」

横柄に問うて、戯作者は料理人を眼《め》で招く。澪は盆のまま、三人の中ほどに料理を置いた。にこにこと笑顔のまま、料理の説明はしない。

戯作者が訝《いぶか》りつつ、手を伸ばしてひょいと指で摘《つ》まみ上げた。鼻に近づけて匂いを嗅《か》いで、何だ銀杏か、と詰まらなそうに呟く。

版元も若い医師も戯作者に倣《なら》い、器の中身を摘まみ上げて口に運んだ。

「何と」

清右衛門は唸り、坂村堂は丸い目をきゅーっと細め、うんうん、と頷く。源斉は幸せそうに口の中のものを何時までも嚙み続ける。

「ふん、そこそこ旨い」

器を手前に引き寄せながら、清右衛門は傲慢《ごうまん》に言い放った。

「もっと食わせよ。丼《どんぶり》に山盛り入れて持って来い」

「それは駄目です」

澪はきっぱりと断る。銀杏は一度に食べ過ぎると痙攣《けいれん》などの中毒症状を起こすことがある、と教わっていた。

確かに、と版元も泥鰌髭《どじょうひげ》を撫でつつ、料理人を援護する。

「生で食べるのも多食するのもいけない、と聞いています。そうですね、源斉先生」

「その通りです」

源斉は坂村堂に大きく頷いてみせた。

「銀杏は肺を温め、咳を鎮める役目をします。また、頻尿を防ぐので、お年寄りには重宝なのですが、食べ過ぎては却って毒です。宗伯《そうはく》先生も同じことを仰るかと」

源斉の口から宗伯の名が出た途端、清右衛門は器から手を放した。宗伯とは二年ほど前に医師になった、清右衛門自慢の息子である。

「清右衛門先生には、御子息のお名前を出すのが一番のようです」

坂村堂は朗らかに笑い、そう言えば、と澪に向き直った。

「ご店主から伺いましたよ。蒲鉾作りに挑まれておられるそうですね。首尾は如何《いかが》ですか？」

「それが……」

澪はしおしおと頭を振る。

寒鰆で懲《こ》りて、安価な鮃《ひらめ》を用いるようにしたのだが、生臭い上に味わいが単調、それに嚙み心地も中途半端で感心しない。卵白と塩を加える順序を変えたり、蒸し方を工夫したり、とあれこれ試行錯誤するものの、どうにも上手《うま》くいかないのだ。伊佐三から樒の木を用いた柄付きの板が届いたが、焼く以前で挫折《ざせつ》していた。

料理人の様子から難航を悟った版元は、そうですか、と思案する顔つきになった。

「こんなに美味しい銀杏を食べさせて頂いたのです、私でわかる範囲でお教えしましょう。古い料理書で『江戸料理集』というのがありますが、その中に、烏賊《いか》を糊《のり》のようになるまで叩き、それを魚のすり身に混ぜる、と書いてありました」

「烏賊ですか」

考え込む澪に、ええ、と坂村堂は頷く。

「烏賊の少ないものは出来が良くない、と書かれていたように覚えています」

刹那《せつな》、腹に据えかねる、といわんばかりに清右衛門が立ち上がった。

「烏賊臭い蒲鉾など、わしは認めんぞ」

ふん、と大きく鼻を鳴らすと、腰を屈《かが》めて鉢の銀杏をぎゅっと握り、口に放《ほう》り込みながら店を出て行ってしまった。


霜月もあと半分を残すだけ、となると、道行くひとびとの足取りも気忙《きぜわ》しくなる。年寄りの暦売りの声が九段下を流れる中、ちらほらと白いものが舞い始めた。

幸い、風はない。

笊を取り入れていた澪は、軒下を出て天に向かって片手を差し伸べる。落ちてきた雪を受け止めれば、掌の上で名残りを惜しむようにじわじわと溶けた。

「これは積もるわね」

通りに雪が積もれば、後々ぬかるんで難儀するのだ。両の眉を下げ表を眺めていた澪だが、俎橋を渡る人影を認めて軽く息を呑んだ。

昨日の朝、佐兵衛一家が渡って帰った俎橋を、今、真新しい黒羽二重《くろはぶたえ》の羽織を纏った姿の良い男が、少しばかり重い足取りで渡って来る。痩《や》せはしても、齢のわりに肌に張りがあり、顔色も良いのを見れば、息災であることが知れた。

「待ち人きたる、だわ」

ふきのように跳ねて、澪は路地から調理場を目指す。

「ご寮さんよぅ、今日あたり一柳へ返事を届けてやんなよ」

「今日は駄目ですよ、日が悪いですからねぇ」

「おや、りうさん、そうなんですか？」

夕餉の仕度にかかる前の、束の間《つかま》の休息を過ごしている皆の会話が聞こえていた。

「ご寮さん」

澪は調理場へ駆け込むと、賄いの器を洗っている芳の腕をきゅっと摑んだ。

「ご寮さん、一柳の旦那さんがお見えになりました」

今、橋を渡ってこちらへ、という澪の言葉を聞いて、芳は一瞬、息を止めた。

「お澪坊、二階へ上がってもらいな」

店主の言葉を受け、澪は柳吾を迎えるために再び表へと駆けた。

「出来れば、この座敷で話をさせて頂きたい」

二階座敷へ案内しようとする澪を制して、柳吾は明瞭《めいりょう》な口調で告げる。

「そして、芳さんとの話し合いに、ご店主と澪さんにも同席願いたいのです」

神妙な面持ちで入れ込み座敷の隅に控えた種市と澪に、柳吾は芳から受けた看病の礼を改めて伝えてから、芳の方へと向いた。

「芳さん、あなたに求婚しておきながら、二十日も沙汰止《さたや》みにして済みません。それにもうひとつ、詫びねばならぬことがあります」

柳吾は懐から袱紗《ふくさ》を取り出して、芳の前にそっと置く。そのままゆっくりとした仕草で袱紗を開けば、中から簪《かんざし》が現れた。

大粒の珊瑚《さんご》のひとつ玉。

「これは……」

芳の顔色が変わった。

種市と澪は腰を浮かして、簪を注視する。

大きさも色目もよく似ているのだが……。

種市の問いかける眼差しを受けて、澪は悲痛な面持ちで頭を振る。よくよく見れば傷も一切なく、使い込まれた品ではない。

「いつぞや、あなたが話してくださった、嘉兵衛さんから贈られたという珊瑚の簪。あれを何とか取り戻したいと思い、八方手を尽くしているのですが、未《いま》だ見つけられずにいます」

柳吾は視線を簪に落としたまま、続ける。

「せめて今は、似たものを贈らせてください。いつか、あなたがこれを……」

言葉途中で、柳吾はふいに口を噤《つぐ》み、それきり黙り込んだ。

澪は紫紺《しこん》の袱紗に置かれた珊瑚のひとつ玉に見入る。

嘉兵衛が祝言の日に芳に贈った簪は、一度め、澪のために芳の髪を離れ、種市が苦労して取り戻した。二度め、佐兵衛を捜すからと欺《あざむ》かれ、騙《だま》し取られてしまった。

もう二度と戻らぬもの、と諦《あきら》めている芳のために、おそらく柳吾は懸命に探し回り、そしてこれからも探し続けるつもりなのだ。

嘉兵衛の想《おも》いも、そして芳の想いも、決して疎《おろそ》かにしない――たとえ簪が見つからなかったとしても、柳吾のそうした気持ちが皆の胸に沁《し》みた。

清浄な静寂が座敷を包んでいた。

柳吾はふと視線を入口の方へ向けた。つられて澪もそちらを見る。

暖簾の下、降りしきる雪が覗く。風がないゆえに真っ直ぐに落ちる雪は、瞬く間に道に純白の綿を敷いた。

暫くは誰も何も口を利かず、ただ、おそらくは皆、柳吾が途中で断ち切った台詞の続きに思いを重ねていた。

　ふっと、芳の手が動いた。

　袱紗の簪を取り上げ、左手で後ろ髪を確かめて、右手でそっと挿す。白髪の混じった髪に、しかしその珊瑚のひとつ玉は切ないほどよく似合っている。

　芳はそのまま畳に両の掌を置くと、

「不束者《ふつつかもの》ではございますが、末永う、宜《よろ》しゅうお頼み申します」

　と慎ましく告げて、深く頭を下げた。

　ひと呼吸置いて、間仕切りの奥から、うううっと絞り出すような声がして、おりょうが調理場から飛び出してきた。あとにりうとふきが続く。

　おりょうは座敷の端に両膝《ひざ》をつくと、

「ご寮さん、良かった。本当に良かった」

　と、泣きながら声を放った。

　りうとふきは互いに抱き合って、喜びの涙に暮れている。種市は、と見れば、

「畜生め、何だか目から汗が出てきやがった」

　と、袖で乱暴に顔を拭った。

　澪は、畳に両手をつくと、柳吾と芳の顔を交互に見、心を込めて寿《ことほ》ぐ。

「一柳の旦那さん、ご寮さん、おめでとうございます」

種市とりうらも慌てて居住まいを正し、おめでとうございます、と声を揃えた。

「そうですか、来年の初午《はつうま》に、いよいよご寮さんは一柳に入られるんですか」

その夜、りうを迎えに来た孝介は、話を聞き終えると、感じ入った表情を浮かべた。

「おめでとうございます、ご寮さん、そして皆さんも」

母親からこれまでのことを聞いていたのだろう、孝介はしみじみと良かった、何よりです、と繰り返す。おおきに、と礼を言う芳の髪には件《くだん》の簪があった。

「俺ぁ、もっと早くとも思ったんだが、つる家がこの場所に移ったのも初午だから、ってご寮さんが聞かねぇのさ」

店主は言って、洟《はな》を啜りあげている。

なぁに初午なんてすぐですよ、と孝介は優しく笑ったあと、

「しかし、ご寮さんが抜けるとなると、つる家は手が足りなくなりますね。誰か探しましょうか」

と、口入屋《くちいれや》らしく提言した。

「ああ、それなら心配いらないんだよ、孝介」

帰り仕度を調えたりうが、下駄に足を入れつつ、応える。

「一柳の旦那が、ご寮さんの代わりになるひとを、明日にでも寄越してくれるそうだから。一柳仕込みだし、ご寮さんも安心さ」

板敷での会話を耳にして、擂り鉢を洗う澪の手が、ふと止まった。

どんなひとが来るんだろう。

同じことを考えていたのか、ふきが僅かに不安の宿る眼差しで澪を見た。

柳吾の話によれば、長く一柳で仲居を勤めたひと、とのこと。心配要らないわ、と言葉にする代わりに、澪は少女に微笑みを返した。

孝介とりうを見送るために、皆で表へ出れば、東の空に高く上る満月が白銀の街を煌々《こうこう》と照らしていた。おっ母《か》さん、ほら、と孝介が腰を落としてりうに背中を向けた。

その背に乗る前に、りうは皆を振り返る。

「又《また》さんのことでは、この世に神も仏もない、と思いもしました。けれど、今日はご寮さんのお蔭《かげ》で幸せのおすそ分けを頂きましたよ。霜月は、またの名を『神帰月《かみかえりづき》』と言うけれど、本当に神さまはちゃんと帰っていらした」

そんな言葉を残して、老女は孝行息子に背負われて去っていく。

月下、四人は暫くの間、りうの言葉を嚙み締めて、親子の後ろ姿を見送った。

二の酉《とり》を迎えた、霜月十六日の朝、つる家の調理台に置かれたのは、目の下三尺（約九十センチ）を越える、丸々と肥え太った見事な鰤《ぶり》であった。目から尾にかけての黄の帯を境に上下ではっきりと変わる体色といい、勇ましい尾の形といい、実に美しい魚だ。大坂では「年取り魚」として大切にされるのだが、江戸では下魚の扱いだった。

「澪姉さん、大きい鰤ですねえ」

「そうね、鰤は捨てるところがないから、今日は料理のし甲斐《がい》があるわね」

澪とふきがそんな会話を交わし、店主が神棚に手を合わせていた時に、御免なさいまし、と勝手口の外で案内を乞う女の声がした。

「構わねぇよ、俺が出らぁ」

鰤を捌《さば》き始めた澪たちに替わって、店主が引き戸を開いた。

「お待たせ……うわあっ」

種市の裏返った声を聞いて、澪は慌てて勝手口を見る。

そこに、上背も身幅も並外れて大きな、相撲《すもう》取りのような大女が立っていた。藍鉄《あいてつ》色《いろ》の棒縞《ぼうじま》の綿入れを纏った姿は、まさに関取の貫禄である。

主の声を聞きつけて、何事かと、座敷の用意を整えていた芳たちも調理場へ顔を出した。

「一柳の旦那さんから、こちらでご奉公させて頂くよう言われまして」

調理場の隅に身を置くと、女はまず店主に、次いで奉公人らに丁寧に頭を下げた。そこに居るだけで調理場が狭く感じる迫力だった。

店主に勧められて板敷に上がると、みしみしと板が鳴る。年の頃、三十七、八。両鬢《りようびん》を詰めた結髪は、少しでも顔を小さく見せようという女心だろうか。大きな目は表情豊かで、とても優しい印象を受ける。

「そうかい、そうかい、お前さんが一柳の旦那のお薦めなのかい」

あんまり大きいから俺ぁ驚いちまったが、と種市は照れたように頭を掻いた。

「じゃあ、早速今日から頼むとしよう。お前さん、名は?」

はい、と女は板敷に手をついて店主を見た。

「臼《うす》と申します。石臼の臼です」

「そりゃあ、わかり易……いや、良い名だな」

土間に並んで、ふたりの遣り取りを見守っていた奉公人たちは、笑いを堪《こら》えて俯いた。それに気付いたのだろう、お臼は皆を見回して、朗らかな声で続ける。

「杵《きね》で搗《つ》かれるのは御免ですが、案外、気の良い臼ですよ。力仕事と高いところのものを取るのが得意技です」

おやまあ、とりうが嬉しそうに手を叩いた。

「そりゃまた心強いこと。何せ、この店の男手といったら、皺《しわ》くちゃなお爺さんだけですからねぇ」

何だとぅ、と店主は腕を捲《まく》る。

「皺くちゃとは何だ、皺くちゃとは」

耐え切れずに、ふきが思いきり噴き出した。それを合図に皆がお臼の傍へ寄る。

「お臼さん、あたしゃどうにもあんたに近しいものを感じるよ」

おりょうが言えば、お臼も、私もですよ、とその手を取る。麻疹《はしか》の罹患で随分と痩せたはずが、徐々にまた身幅を広げたおりょうなのだ。

笑いの溢《あふ》れる調理場に身を置いて、澪は感慨深い面持ちになる。芳が去ったあとも、つる家は上手く回っていける、そう信じることが出来た。

生きの良い寒鰤は刺身にせず、敢《あ》えて塩焼きに。蒸して皮を外し、串《くし》に刺して甘味噌を塗って軽く炙った里芋。小松菜と油揚げの味噌汁はたっぷりと大きめの深い椀で。

そして、炊き立ての白飯。いち早く暖簾を潜ったお客らに供された昼餉の献立は、どれも湯気の立つ熱々のものだった。

雪でぬかる道を歩き、風邪を引きそうになっていたお客らは、そうした料理に大きな慰めを得るのだろう。入れ込み座敷のあちこちで、ほうっと溜息が洩れていた。

「おい、こっちの飯はまだか」

「こっちが先だぜ」

店が込み合う刻限を迎えて、お客の怒鳴る声が聞こえていた。芳もおりょうも二階座敷のお客に捉まっているらしく、店主とふきだけでは手が回らない様子だった。

「どれ、そろそろ私の出番ですかね」

お臼は言い、洗い物をしていた手を拭った。膳を軽々と抱えると、座敷へと向かう。重そうな身体にも拘《かかわ》らず、足運びは軽やかで、澪は間仕切りからお臼の後ろ姿を見守った。

「うわっ、何だ何だ、新顔か」

座敷にお臼の姿が現れた途端、お客が騒ぎ出した。

「お運びというより、力士じゃねぇか」

「この店は何時から相撲部屋になったんだ」

注文通りの膳をお客のもとへ置くと、お臼はからからと笑い、

「今日からつる家の土俵に上がらせて頂く幕下ですよ。大関になるまで育ててくださいな」

と、野次を軽く往《い》なした。

お臼の切り返しに座敷は笑いで揺れる。だが、中には店主を捉まえて、

「下足番は妖怪《ようかい》、お運びは相撲取り。つる家は味で勝負の料理屋だが、ちったぁ見栄《みば》えも考えて奉公人を置いた方が良いぜ」

と、真顔で説教する者まで現れた。

馬鹿いっちゃいけませんぜ、と店主はむくれてその客にこう応える。

「下足番はうちの看板娘、お運びはうちの花形なんでさぁ」

昼餉の書き入れ時が過ぎると、澪は、鰤のあらの料理にかかった。かまは塩焼き、尾の付け根は照り焼き、そして皮は酢味噌和《あ》えにして、これは店主の寝酒の肴になる。料理人が何ひとつ無駄にせず一尾の鰤を料理し尽くす様子を、ふきは傍らでじっと見つめていた。

「ふきちゃん、魚のかまはね、よく動かしているから肉が締まっていて、とても美味

しいのよ」

「鰤だけじゃなくて、ですか」

ええ、と澪は大きく頷く。

「どんな魚でもそう。塩焼きにすれば、その美味しさがわかるから」

料理人と見習いとの遣り取りが続く中、板敷では、おりょうとお臼が遅い賄いを食べているところだった。

「うちは亭主が五つも年下でねえ」

おりょうが言えば、

「おや、うちも五つ下なんですよ。ただし、相手には内緒にしてますがね」

と、お臼が応える。

あらまあ、とおりょうが声を立てて笑い、

「うちのは伊佐三といって、大工をしてるのさ。お臼さんのご亭主は？」

と問いかけた時だった。

それまで打てば響く遣り取りを重ねていたはずが、お臼に躊躇いが見て取れた。亭主の名も仕事も知られたくないのかも知れない。ほんの少し不穏なものを感じたのだろう、おりょうはさり気なく澪を見た。

「お臼さん、おじゃ、まだ残っていますから、良かったらどうぞ」

澪から出された助け舟に、お臼は、ほっとした顔で、頂こうかしらね、と応じた。

「ふき坊、悪いがまた番屋で焼き芋を買ってきてくんな。えらく冷えてきたし、ご寮さんとお澪坊に持たして帰してぇんだ」

お臼が通うようになって三日が過ぎた夜、種市はふきをお使いに出すと、帰り仕度を終えた澪と芳とに、そっと打ち明ける。

「お臼さんのことだがなぁ、疑いたかないが、ちょいと気になるのさ。ほら、ふき坊の例があるからよぅ」

ふきが登龍楼から送り込まれた間者《かんじゃ》だった経験が、店主を慎重にさせているのだ。

「旦那さん、何ぼ何でもそれは……」

と、芳が言うのを、まあまあ、と制して、種市は続ける。

「もしかして、一柳の旦那が寄越すはずだった奉公人が何処かで入れ替わってる、てぇことも考えた方が良いかも知れねぇ。ご寮さん、明日にでも一柳へ行って、お臼さんの風体なんぞ確かめてもらえまいか」

店主の気持ちを慮《おもんぱか》って、芳は、承知しました、と応えた。

「客あしらいもそつがないし、働きぶりに何の文句もありゃしねぇ。ただ、どうして亭主のことになると貝になっちまうのか、そこんとこがどうにも腑に落ちねぇのさ」

店主の言葉に、澪も芳もただ黙って顔を見合わせるばかりだった。

寒紅《かんべに》ぃ、寒中の丑紅《うしべに》ぃ
昼の荒れに、丑の日の寒紅ぃ

九段下を流す紅売りの声が凍えている。丑の日に買う紅は荒れに効く、と言われているせいか、売り子を呼び止める声が、あちこちで上がった。厳しい寒さと乾きとで肌の傷む季節になっていた。ことに水を触ることの多い者には、冬は辛い。

溶き玉子と出汁を合わせたものを布巾で漉《こ》していた澪は、手伝うふきの指に幾つものあかぎれが口を開いているのを認めた。ぱっくりと裂け、かなり深くて痛々しい。

「ふきちゃん、ちょっと手を貸してみて」

下拵えが一段落した時、澪は茶碗蒸し用の柚子の果汁を鉢に搾って、ふきの手を取った。搾り汁をあかぎれに塗られて、ふきは痛そうにきゅっと目を瞑《つぶ》る。

「我慢してね。あかぎれには柚子の汁が一番効くから。仕事あがりに擦《す》りこむようにしてちょうだい」

竈《かまど》の火加減を見ていたお臼が、

「ふきちゃんも魚を沢山捌くようになれば、魚の脂が回って綺麗な手になれますよ」

と、慰める口調で言った。

「お臼さん、詳しいんですねえ」

魚を捌くことの多い料理人の手は、よほどのことがない限り、真冬でもしっとりしているものなのだ。感心してみせる澪に、お臼は何故《なぜ》か少し狼狽《うろた》えて口ごもった。

座敷の用意も整い、昼餉の献立も整った頃、芳が漸《よう》く姿を現した。

店主と澪にだけわかるように、心配ない、とばかりに微笑んで首を振る。ほう、と種市は大きく安堵の息を吐いた。

「ご亭主は、若い女と逃げたんですか」

書き入れ時、忙しくなるお運びの途中で、お臼の居ないうちに店主に耳打ちされておりょうは、気の毒に、と溜息をついた。

「旦那さん、あたしゃ金輪際、お臼さんの前ではご亭主の話はしませんからね」

店主と奉公人らの間でそんな遣り取りが交わされているとも知らず、お臼は大きな身体で軽やかに座敷を行き来していた。

手隙《てすき》を見つけては蒲鉾作りに挑戦するようになって、じきに半月になる。だが、澪の焼き板作りは、焼く以前で難航して中々前へ進まない。混ぜる塩だけを予め擂り鉢であたり、きめ細かくしておくことは経験でわかった。また、鮃だけではなく、別の白身魚を混ぜると味わいが深まるところまでは摑んだ。だが、蒸し上がった時点での仕上がりが納得できない。本職ではないので、そう易々と到達できないとは思うものの、ここまで失敗を重ねるその理由が澪にはわからなかった。

随分と材料を無駄にしてしまった。もう、諦めてしまおうか。

一日の商いを終えて、ひとりきりの調理場で、澪はがっくりと両の肩を落とした。

「お澪坊」

顔を上げると、店主が源斉の背を押して勝手口から入ってくるところだった。

「つる家の前を、飯も食わないで素通りしようとしなさるのを、捉まえてきたぜ」

ご店主、と源斉は慌てて種市を制する。

「もう暖簾を終われておられるではありませんか。私はこのまま帰ります」

まあまあ、と何時の間にか芳とふきまで加わって源斉を引き留めた。

「ご店主の寝酒の肴ではなかったのですか」

ほかほかと湯気を立てる苧環《おだまき》蒸しに匙《さじ》を入れて、源斉は申し訳なさそうに詫びた。

「他でもない源斉先生のためだ、良いってことよ」

少し萎《しお》れた声で応え、あとを澪に託して、店主は芳らと共に内所へと引き上げる。

ふたりきりの板敷で、医師のためにお茶を淹《い》れながら、澪は上の空だった。苧環蒸しを綺麗に平らげて、源斉はそんな澪を眺めてほろりと笑う。

「澪さん、蒲鉾作りが難航しているのですね」

はっと我に返り、澪は、ええ、と項垂《うなだ》れる。

私で何かお手伝い出来れば良いのですが、と医師は料理人に失敗の内容を尋ねた。

ひと通り聞き終えて、源斉は、もしかすると、と室内をぐるりと見回す。

「魚を擂る時、この調理場でしますか？」

ええ、と澪は頷いた。

調理場には煮炊きの湯気が残り、仄かに暖かい。

「擂る道具は、擂り鉢と擂粉木でしょうか」

頷く澪に、源斉はさらに尋ねる。

「すり身を板に塗りつけたら、休ませてから蒸すのですか？」

「はい、半刻（約一時間）ほど休ませて蒸します」

そうですか、と源斉は頷き、再び、じっと思案に暮れる。じりじりして、澪は次の言葉を待った。実は、と漸く口を開いた源斉は、何かを思い出すように考え、考えしながらこう続けた。

「日本橋の小網町《こあみちょう》のさる蒲鉾屋のご店主を往診した際、遠目に、ちらりとですが、蒲鉾を作る様子を眺めたことがあります。寒い時期にも拘らず、職人たちは一切火の気のない中で、作業をしていました。用いる道具も擂り鉢ではなく、石臼でした。石臼に魚の身を入れて、杵で潰すようにすり身にしていました」

はっと澪は顔を上げる。

魚をすり身にするのには、相当な力が要る。擂り鉢で懸命にあたれば、どうしても熱を持ってしまうのだ。石臼を用いて潰すように練り上げれば、熱を持つことはないのではないのか。魚のすり身は生ものゆえ、熱に弱くて当然なのに、そのことに気付かなかった。頭を抱える澪に、源斉は言い添える。

「また、すり身を板に塗り、形を整えたら、そう間を置かずに蒸籠《せいろ》に入れているようでした。あまり休ませずにおくことにも、何か意味があるのではないでしょうか」

源斉の示唆に、澪は息を詰めて考え込んだ。

うどんの生地と同じく、すり身も休ませることで強い粘りが出るように思う。だが、飲み込む時、喉に引っかかるように感じるのは、もしかすると粘りが強すぎるからかも知れない。八方塞がりの蒲鉾作りに、光が射し込んだように澪には思われた。

「そういえば、先達て、あさひ太夫《たゆう》と蒲鉾談義をしました。あなたが蒲鉾作りに難儀している、と伺ったすぐあとくらいに」

食事を終えた源斉を表まで送って出た澪に、源斉は語った。

「太夫はひどく懐かしがっておられましたよ。大坂の焼き板という蒲鉾をもう何年も口にしていない、と。どうでしょう、澪さん、もし澪さんがそれを完成させることが出来たなら、太夫に食べてもらいませんか?」

明日にでも弁当箱を届けますよ、と言い残して、医師は帰っていった。


つる家にある石臼は、蕎麦の実を引くためのものだから使えない。あれこれ考えて、澪は外の積雪の中に擂り鉢を埋め込み、そこで擂粉木で叩き潰すようにして魚の身をすり身にすることとした。

「お澪坊、大口魚《たいこうぎょ》の良いのが入ったぜ、これで試してみちゃあどうだい」

仕入れから戻った店主は重さで前屈みになりながら、桶の中身を料理人に披露する。

「まあ」

中を覗き見て、澪は感嘆の声を洩らした。

身の丈三尺三寸（約一メートル）、腹は真っ白、背中は苔色《こけいろ》のくっきりとした斑模様《まだら》。たっぷりと肥え太った大口魚こと鱈である。鱈は鮃よりも遥《はる》かに値が張る。店で出す料理のために使うのならまだしも、試作のために、というのはあまりにも申し訳ない。良いから、良いから、と店主は料理人の戸惑いを察して、鷹揚《おうよう》に首を振る。

「ここまで頑張ったんじゃねぇか。もう少しやってみな」

ありがとうございます、と澪は心から感謝して、店主に頭を下げた。

鮮度の良いうちに鱈を捌くのだが、試作で使うには多すぎるため、半身を切り分けて小鍋立て用に店で用いることにした。あとはこれまで通り、鮃も使う。

勝手口から通じる路地には先日来の積雪でこんもりと雪の布団が敷かれている。その中に擂り鉢を置いて、予め包丁で叩いておいた身を澪は懸命に潰し始めた。

塩を加えて擂り、粘りが出て擂り辛くなるのに耐えて卵白を加え、調味料を入れて、さらに滑らかに仕上げる。ふう、と澪は額に浮いた汗を手の甲で拭う。擂り鉢の中のすり身はこれまでに比して生臭くはない。擂り鉢を抱えて調理場に戻り、中身を板に塗り付けて、形を整えたら、あまり間を置かずに蒸籠に入れて蒸し上げる。冷水に取って引き上げれば、ほどよい弾力のある白板の出来上がりだった。これはもしかすると、と澪の胸は高鳴る。

いつもならここで味を見るのだが、吉兆を信じ、そのまま表面に味醂《みりん》をさっと刷毛《はけ》で塗り、炭火で表面を炙り始めた。

伊佐三の手作りの柄付きの蒲鉾板は炙るのにとても都合が良い。伊佐三への感謝の念を込めて蒲鉾の表面を炙るうちに、澪の眉間に深い皺が刻まれる。

炙る作業は炎で顔が火照《ほて》る。板の焦げる臭いもする。どうしてもあの吉原《よしわら》での火事を想起してしまうのだ。忘れようとしても忘れられる光景ではない。今も耳の奥にひとびとの悲鳴と、火の粉の爆《は》ぜる音、廓《くるわ》の焼け落ちる地響きが帰ってくる。

ぱちっと音がして、蒲鉾の背が大きく裂けた。それは丁度、野江を胸に抱いて戻った又次《またじ》の背中を思い起こさせる。勝手に身体が震えて、澪は激しく頭を振った。

落ち着け、落ち着け、と自身に言い聞かせて、澪は鼻から大きく息を吸う。

何とか気持ちを整えると、万遍なく表面に焼き目が付くように調整して、火取り続ける。調理場に味醂と魚の身の焦げる香ばしい香りが漂っていた。

「お澪坊、こ、こいつぁ」

店主は呻いたきり、絶句している。

澪も出来上がった焼き板の端を口に入れた。

ぷりぷりとした噛み心地に、上品な魚の味わい。焼き目の香ばしさが何とも言えず良い。作業を冷たい中で行ったことで、魚特有の生臭さは消え、すり身を休ませないことで、この優しい喉越しが生まれたのだろう。味醂の焦げ目もまた味わい深い。

試作の品は、芳やおりょうたちにも振る舞われた。

「大坂の焼き板は魚の味が濃うおましたが、これは江戸の白板に似て、何とも上品で優しおますなあ」

芳は年若い料理人に幾度も頷いて見せた。

「もう幾度か試して同じ味が出せたなら、つる家の献立に載せます」

料理人の提案に、しかし種市はすぐには応えず、何か考え込んでいる様子だった。

店主の気持ちが読めないまま、その翌朝、澪は残りの焼き蒲鉾を、じっと眺めていた。調理台には源斉から預かった二段の弁当箱が蓋を外された状態で待機している。

既に昼餉の献立の下拵えは終えており、ふきは澪の真剣な様子に、邪魔にならぬようそっと水を汲みに外へ出る。

ざばん、という水音に、澪は漸く我に返り、少女に気を回させたことを悟った。

「しっかりしないと」

自身に言い聞かせ、源斉との約束を守るべく、太夫のための弁当作りに取りかかる。

俵形のお結びには黒胡麻《ごま》をちょんちょんと載せる。野江の好物の玉子の巻焼き。小松菜と松の実の白和え。そして、焼き蒲鉾を少し厚めに切ったもの。

澪は先刻よりずっと、つる家の料理人としてあさひ太夫に会った時のことを思い出していたのだ。

あの時、又次の最期を問われ、その出会いから遡《さかのぼ》って、澪自身の知ることを出来うる限り話した。だが、ただひとつだけ、澪は野江に嘘《うそ》をついていた。

大火の中、あさひ太夫は又次に背負われて逃げたのではない。又次は我が胸にあさひ太夫を掻き抱き、その背中で落ちてくる梁《はり》を受け止めて絶命したのだ。背中が割れたその姿の惨たらしさを、澪は決して忘れない。焼き蒲鉾を作る際、火で白板を炙る度に、あの情景を思い出して澪は苦しんだ。惨死の痛みは終生、消えることはない。

もしあの時、太夫が背負われていたなら、命を落とすのは太夫の方だった。野江ならば我が身よりも又次を救いたい、と願ったに違いない。そんな辛い悔いを野江に抱かせたくなかった。今後も一生、このことはずっと胸に抱いて洩らさずにいよう、と澪は改めて自身に誓うのだった。

「お、太夫の弁当だな」

何時の間にそこに居たのか、種市が脇から覗いて、上機嫌で言った。

「丁度良い、俺ぁ、これから腰を診《み》てもらうついでがある、源斉先生に届けとくぜ」

ちりちりちり

ちりちりちりちりちり

か細く震え、重なり合う鳴き声、あれは黄連雀《きれんじやく》の群れだろうか。

勝手口から空を見上げて、澪は鳥影を捜す。

朝焼けの空が徐々に青へと色を変え、今日一日の晴天を約束する。

焼き板作りは困難を極めたが、手順がわかれば何とか同じ味に仕上げることが出来た。火ぶくれした右腕を撫でながら、澪は思う。霜月最後の三方よしには間に合わなかったけれど、これを切って入麺の具とすれば喜んでもらえるだろう。

「お澪坊、出来たのかい」

神棚の水替えを終えた店主が声をかけ、澪は笑顔で、はい、と頷いた。

店主に味を見てもらうべく、熱い入麺に薄く切った蒲鉾を添えた。蒲鉾だけを味わってもらおうと、切り方を変え、やや厚めに切ったものを小皿に入れ、山葵《わさび》を添える。

「こいつぁ楽しみだ」

店主は入麺の蒲鉾を食べて、旨い、と身を捩《よじ》ったあと、焼き板に山葵をちょいと塗り付けたものを口に運んだ。暫く刻をかけて咀嚼《そしゃく》し、惜しむように飲み下したあと、感極まったように箸を握った手を振り上げた。

「思った通りだ。こいつぁいけねぇ、全くもって、いけねぇぜ、お澪坊」

良かった、と澪は芳らと笑顔を交わす。

「では旦那さん、早速、明日から献立に載せますね。師走《しわす》の三方よしからは、お酒の肴としても皆さんに召し上がって頂けます」

澪がそう話した途端、種市は右の手を下ろし、ううむ、と小さく呻いた。

「さあ、それなんだが……」

店主は言い淀《よど》み、壁に貼《は》られた暦に目を向けた。今日は霜月二十六日、今月は小の月なので、残る三日で月が替わる。

「俺ぁ思うんだが、この焼き蒲鉾なら、料理番付の大関位を狙《ねら》える。きっと狙えるぜ。この旨さ、その上、うちで作ればお客に安く食ってもらえる。江戸っ子たちが放っておくわけがねぇよ。だが、番付は師走朔日《ついたち》だ。残り三日で選んでもらうことなんざ、到底無理だ」

戸惑う表情を見せる料理人の腕を優しく叩き、店主はさらに提案する。

「どうだろうか、お澪坊。来年の料理番付に賭《か》けて、来春からの売り出しにするってのは」

「それは……」

種市の料理番付への執念はよく知っている。ましてや昨年は番付表自体からつる家の名が消えてしまったのだ。けれど、新年を迎えて徐々に暖かくなる中で蒲鉾を作る自信はなかった。本職の蒲鉾屋ならば専門的な技の蓄積もあろう。しかし、澪にはそれがない。今、この時点でたまたま焼き板が出来たまでのこと。ならば、一番美味しい時を逃さずに、つる家のお客に食べてもらいたかった。

店主の気持ちと己の思いとの板挟みになり、澪は返事を決めかねて俯くばかりだ。

二十八日は三の酉。暦に罪はないが、三の酉まである年は火事が多いと言われ、江戸ではその通りの年であった。しかしながら、その朝は風もなく、陽射しも心地よい。恐ろしい記憶を払しょくしてくれそうな、穏やかな一日の始まりとなった。

つる家の面々が店を開けるために忙しく立ち働いていた時に、勝手口から意外な二人連れが顔を見せた。

「おや、こいつぁまた、思いがけない取り合わせで」

店主は、背の高い医師と頭の大きい戯作者とを交互に眺めて、まあどうぞ、と中へ招き入れた。

「俎橋の前でばったりお会いして」

源斉が言えば、清右衛門は、

「焼き板が完成した、と聞いたが、何故このわしに伏せておった」

と怒り心頭である。

まあまあ、と宥めて、とりあえず店主はふたりを板敷に通す。

澪さん、これを、と源斉は二段の弁当箱を風呂敷から外して差し出した。

「太夫が殊《こと》のほか、焼き蒲鉾を喜んでおられましたよ」

受け取って開けてみれば、綺麗に洗ってある。ありがとうございます、と礼を言い、澪はそこに昨夜の作り置きの焼き蒲鉾を少し切って収めた。

「源斉先生、また宜しくお願いします」

その遣り取りを怖い目で眺めていた清右衛門が、料理人に食ってかかる。

「おい、待て。これは一体どういうことか」

どういうことか、と言われても。

「中に文か何か入っていることも考えて、使用した弁当箱を一旦《いったん》、こちらに届けて、また私の手もとで預かるのです。その際に、澪さんは、ちょっとしたお菜を入れておいてくださるのです」

両の眉を下げている料理人に代わって、源斉が申し訳なさそうに応える。

「鼈甲珠も、完成した早々に頂戴しました」

よもや、自分とそう刻を違えず鼈甲珠を食べていた者が居るとは思わなかったのだろう。また、つる家の料理人がいそいそと焼き蒲鉾を詰めるのも気に入らない。ただ、息子宗伯は医師としては源斉の後輩にあたるため、清右衛門は頭まで朱に染まりながらも、怒声を上げるのを辛うじて堪《こら》えている様子だった。

「旦那、ちょいと味を見ますか?」

種市が恐れをなして、小皿に切り分けた焼き蒲鉾を差し出す。

清右衛門は憤怒の表情を崩さず、そのまま手づかみで蒲鉾を口へと運んだ。

「むっ」

嚙んだ刹那、声が洩れる。目を閉じ、ゆっくりと口の中のものを嚙み進める。

江戸の白板とは異なり、味醂を塗って焼いた香ばしい香りが口一杯に広がる。ぷりぷりとした食感もまた愛《いと》おしくなるはずだ。

ふん、と戯作者は大きく鼻を鳴らした。

「まあまあだ」

さらには勧められてもいないのに、もう一切れ、俎板に置かれたものを取ってきて口に放り込んだ。

「江戸の蒲鉾は馬鹿高くて敵《かな》わぬが、店で作ったのなら安上がりだろう。これは今日からつる家で出すのだな」

戯作者の気に召したのが、店主には相当に嬉しかったのだろう。

「いえね、あっしはこれで来年の料理番付の大関位を狙おうと思うんでさぁ。なので、まあ、売り出しは年明けから、と」

揉《も》み手しながら店主としての考えを告げられ、清右衛門は深く鼻から息を吸い込んだ。そして、それを吐き出す勢いで、

「この大馬鹿者めが」

と、年老いた店主を怒鳴りつける。

それはまさに雷が落ちたのか、と思うばかりの激昂で、種市ばかりか、澪や源斉まで身を縮めるほどだった。

「さほどに番付に拘《こだわ》るなど、愚の骨頂。浅ましいにもほどがあるわ。料理は生き物だ、季節が移ろえば同じ味ではなくなる。お前は店主を勧めながら、それすらもわからぬのか」

怒鳴るだけ怒鳴ると、戯作者は、ふん、と再び大きく鼻を鳴らして、勝手口から出て行ってしまった。残された者たちは、ただ呆然とするばかりだ。

翌日は朝から猛吹雪《ふぶき》となった。

りうは幾度も呼び込みに挑んだが、雪と風に晒されて、断念せざるを得なかった。なまじ小春日和《びより》が続いて身も緩んでいたところへこの吹雪である。雪塗《まみ》れでつる家の暖簾を潜ったお客らは歯の根も合わぬほど寒さに震えあがる。暖簾の内側でりうに雪を払ってもらい、板敷へと通されるも、献立の中身を聞く余裕もなかった。

「さあさ、熱いうちにどうぞ」

そういって目の前に置かれた膳を見れば、湯気を立てている入麵と、白飯に鰹田麩《かつおでんぶ》。平皿には焼き色のついた、分厚めに切られた何かが二切れ。

まずはとにかく丼鉢を両手で包んで暖を取る。中身を装う前に充分に湯で温められているので、掌からじわじわ熱が伝わってくるのだろう。誰しもがほっと安堵の表情を見せた。

「こいつは蒲鉾とは違うのか？」

入麵の具を摘まみ上げて、しげしげと眺めたあと、口に入れたお客ははっと瞠目《どうもく》した。そして確かめるように、もう一切れ。

「違《ちげ》ぇねぇ、焼いちゃあいるがこれは蒲鉾だ」

「ってことは、この分厚いのもそうなのか」

入れ込み座敷のあちこちで、平皿を手に取って、くんくんと匂いを嗅ぐ様子が見受けられる。

「おう、正真正銘の焼き蒲鉾だよぅ。そのまんま食うのが一番だが、横に添えてある山葵をちょいと付けて食うのもまた堪《たま》らねぇのさ」

やけになって、種市が大声を上げている。

焼き目のついたものの正体が真実、蒲鉾と知れて、お客らは互いに訝る眼差しを交わし合う。

「親父《おやじ》」

腹掛け姿の大工が、大きな声で店主を呼び止めた。

「こいつぁ、四人前で板付き蒲鉾一枚分くらいあるぜ。蒲鉾屋で買ったものなら、どうしたって一人前五十文はするはずだ。今日のお代はそれ以上ってことなのか」

冗談じゃねぇよ、と継だらけの半纏《はんてん》を着た棒手振《ぼてふ》りらしき男が立ち上がった。

「こちとら、そんな銭に縁があるかよ。騙し討ちみてぇな真似しやがって」

入れ込み座敷が一斉に殺気立った。

「おいおい、ちったぁこの店を信用してくれても良いんじゃねぇのか」

種市が両の手を振り上げて、声を張る。

「初鰹の時もそうだったが、このつる家が一度だってそんな阿漕《あこぎ》な商いをしたかどうか。お代は二十八文だ、それ以上は頂かねぇよぅ」

店主の声に一旦は静かになったものの、やはり皆、どうにも信じ難いのか、箸が止まったままになっている。間仕切り越しにその光景を見て、弁明のために出て行こうとした澪を、お臼が止める。

「料理人がこんなことで持ち場を離れちゃいけません」

でも、と困惑した様子の澪に、お臼は自分の胸をぽんと大きくひとつ叩いた。そうして、調理台に置いてある蒲鉾板をふたつ摑むと、調理場から座敷へと向かう。

ちょんちょん、と拍子木《ひょうしぎ》に似た音に、お客らが顔を上げげた。皆の注目の集まる中を、お臼が蒲鉾板を打ち鳴らし、入れ込み座敷を練り歩く。

「つる家特製蒲鉾の土俵入りにござーい。つる家の料理人が突出《つきだ》し、寄りきりで勝負ありのこの蒲鉾、お代は間違いなく二十八文にござーぃ」

お臼の手にしている柄のついた蒲鉾板に目を留めて、お客らは蒲鉾がこの店の手作りと悟ったようだった。

「何処かで仕入れた蒲鉾に焼き目を付けただけかと思ったが、ここで作ったのか」

「俺ぁ長く生きちゃぁ居るが、こんなに分厚い蒲鉾を食うのは生まれて初めてだ」

どのお客も感動の面持ちで箸で蒲鉾を摘まみ上げる。口に運んでひと噛みすれば、自《おの》ずと目を閉じ、口中の幸福を確かめる表情になった。中には蒲鉾を一切れだけ食べて、残りをそっと手拭いに包んで懐に仕舞う者まで現れた。家で待つ誰かに持ち帰るのか、あるいは仕事上がりの楽しみにするのか。

その様子を間仕切りから覗き見て、澪は言葉に尽くせない喜びを噛み締める。

この先、どれほどの困難があったとしても、この情景を胸に刻み、どんな努力も厭《いと》わない——火取る作業で爛《ただ》れた手をそっと押さえ、澪は自身にそう誓うのだった。


その日、昼餉をつる家で取ったものの多くが、夕餉時、再び暖簾を潜った。積雪の中、老いた親を背負ってくる者も居た。

「うちは蒲鉾屋じゃねぇのによぅ」

そう言いながらも、種市は嬉々《きき》として膳を運ぶ。豆腐、葱をたっぷり入れた小鍋立ての牡蠣鍋に銀杏ご飯、そして厚切りの蒲鉾。

凍てる夜道を震えながら歩いてきた者は誰しも鍋に手を翳して暖を取り、拝むようにして蒲鉾を口にする。

二階座敷で芳とお臼とが武家のお客に捉まっているらしく、種市とふきだけでは手が足りない。澪も手隙の時に膳を下げるため、座敷に向かった。

冷え込みのきつい夜だが、座敷の中はひとの熱気と料理の湯気とでとても暖かい。お客の中に、悪い足を投げ出して食事をする姿を認めて、澪はぱっと笑顔になる。

「ご隠居さま」

昆布のご隠居は、その声に顔を上げて、これはこれは、と相好を崩した。

「いつぞやの私の願いを聞き届けてくれて、ありがとう」

つる家の焼き蒲鉾を食したい一心で、悪い足を押してこの雪の道を昼も夜も、と思うと、澪は感謝の気持ちで一杯になった。

「板ごと、とまで行かずに申し訳ありません」

どうぞごゆっくり、と声をかけ膳を抱える料理人の姿が見えなくなった時に、老人はつくづくと独り言を洩らす。

「何とかしてこの店に、料理番付の大関位を取らせてやりたいものだ」

そうとも、とその周辺に居た見知らぬ者同士が一斉に頷いた。

「この蒲鉾は、充分に大関位に相応しいぜ」

「けどよ、番付の発表は明日だぜ。どう考えたって間に合わねぇよ」

ううむ、と誰もが口惜しそうに唸った。

番付を狙うなら売り出しを遅らせただろうに、それをしなかったつる家の姿勢に、お客らは一様に黙り込む。

その夜は暖簾を終ってもなかなかお客は店を去らず、最後のお客を送りだした時には、五つ（午後八時）近かった。

「ご馳走《ちそう》さん」

継だらけの、色褪《いろあ》せた袷《あわせ》を着た若者に、澪は見覚えがあった。小松原《こまつばら》との縁談で揺れていた時の澪に、心星《しんぼし》を見つけるきっかけを作ってくれた、あの若者だった。

親の代からの貧乏で何の望みもない、と吐露したあと、こんな風に話していた。

——ここで旨い料理を口にすると、それだけで俺ぁ息がつけるんだ。まだ大丈夫だ、生きていける、ってな
その言葉は、今も澪の胸の奥で力強く息づいている。

「いつかの……」

仄かな笑みを向ける澪に、若者は、

「ふた月に一遍かそこら、この店へ寄せてもらうが、今夜がその日で良かった」

と顔をくしゃくしゃにして笑う。それから、ふと真顔になり、こう言い添えた。

「明日の料理番付がどうであれ、俺の中じゃあ、つる家の焼き蒲鉾が間違いなく大関位だ。いや、俺だけじゃねぇよ、今夜、ここであの料理を食った者は皆、そう思ってるに違いねぇや」

提灯《ちょうちん》もなく、雪明かりだけを頼りに帰っていく若者の背中を見送って、種市は小さく洟を啜る。

「ありがてぇなあ。あんな風に思ってもらえる料理屋なんざ滅多とありゃしねぇ」

澪は両の手を膝頭《ひざがしら》に揃えて、最後のお客の消えた俎橋の方へ深く頭を下げた。

店主と奉公人の頭上、霜月最後の夜空が名残を惜しむように、静かに白い贈り物を落としている。

美《み》雪《ゆき》晴れ——立春大吉もち

「お澪《みお》坊には悪いが、やっぱり皺は大事だぜ」

師走朔日《しわすついたち》、つる家《や》は店主のこんな苦言から幕を開けた。

調理台には下拵《したごしら》えを終えた食材が並び、朝一番に馴染《なじ》みの魚屋が持ち込んだ鯖《さば》は塩を施され、大人しく出番を待つ。暖簾《のれん》を出すまで少し余裕があった。

「皺《しわ》は寄れば寄っただけ縁起が良いってもんだぜ。だから江戸っ子は皺くちゃが好きに決まってらぁ」

鼻を膨らませて言い募る店主に、でも旦那《だんな》さん、と澪は反論を試みる。

「ふっくら艶々《つやつや》している方が、見た目も味も良いと思います」

「ちょいと何ですねぇ、朝から皺談義ですか」

りうが二つ折れの姿で調理場を覗《のぞ》く。

「江戸っ子が皺くちゃ好きだなんて、あたしゃ初耳ですよ。殿方はどなたも、若い娘の皺ひとつない柔肌が好みでしょうに」

歯のない口をきゅっと窄《すぼ》めて異議を唱えるりうに、澪と種市《たねいち》は思わず顔を見合わせた。違う違う、と店主は老女の誤解に気付いて、大袈裟《おおげさ》に手を振る。

「おんなの肌のことじゃねぇんだよぅ」

「そうなんです、りうさん。旦那さんと口論になったもとは、これです」

澪は中身が見え易《やす》いように笊《ざる》を斜めにして示す。乾物の黒大豆が入っていた。

「おやまあ、黒豆の話ですか」

りうは呆《あき》れ顔で笊を覗き、

「それなら話は別ですよ。黒豆には皺が寄ってないと」

と、店主に加勢する。

そんなぁ、と澪は両の眉《まゆ》を下げた。

江戸に暮らして、もうすぐ五年になる。随分と馴染んだつもりだが、どうしても受け入れ難いのが、黒豆の煮方だった。

大坂では、丹波《たんば》産の大粒の黒大豆をふっくらと戻して柔らかく炊き上げる。甘い煮汁に浸け込まれた黒豆は、葡萄《ぶどう》と見紛《みまご》うほど皮が張り、皺ひとつない。だが、江戸では皺を寄らせて歯応《はごた》えを残して炊き上げるのを最良とする。座禅豆《ざぜんまめ》とも呼ばれ、皺は長寿に通じるとして、お正月料理に欠かせない。それゆえ澪の煮る黒豆はあまり評判が芳しくなかった。毎年、澪はそれで悔しい思いをするのだ。

「おやまあ、澪さんの眉間《みけん》に皺が寄っちまいましたねぇ」

「違《ちげ》ぇねぇや」

りうのひと言に種市が腹を抱えて笑う。ふたりに釣られて、やむなく澪も笑顔になった。それまで控えていたふきが、話が一段落したところで、そっと澪を呼んだ。

「澪姉さん、鯖がこんな風になりました」

桶《おけ》の上に笊が載せられ、そこに塩をした鯖が置かれている。どれ、と澪は笊を手に取り、鯖の様子を見た。

良い具合に塩が回り、笊の下に置いた桶に水が少し溜《た》まっている。

「良い塩梅《あんばい》だわ、ふきちゃん。このまま、もう暫《しばら》く置きましょう」

澪は満足そうに、見習いの少女に頷《うなず》いた。

これで鯖寿司《さばずし》を作るつもりだった。しっかりと水を出して、葉蘭《はらん》で巻いて、と手順を考えるだけで心が弾む。ふきも澪の傍らから、鯖の状態を目に焼き付けていた。

「久しぶりですねぇ、師走朔日をこんなに穏やかな明るい気分で迎えるのは」

黒豆の話題で笑い過ぎて浮いた涙を拭《ぬぐ》い、りうはしみじみと言った。

料理人と見習いはもう鯖に夢中で、老いふたりの遣《や》り取りは耳に入っていない。

りうと並んで板敷に腰を下ろし、そう言やぁそうだなあ、と店主も頷く。

「三年前に、とろとろ茶碗蒸《ちゃわんむ》しで初星を取って以来、俺ぁ欲の塊になっちまった」

そのためにお澪坊には随分と辛《つれ》ぇ思いをさせたに違ぇねぇのさ、と種市は声を落とした。

例年、師走朔日には浅草の版元《はんもと》、聖観堂《しょうかんどう》が料理番付を売り出す。相撲《すもう》番付を模して、その年に売り出された料理屋の料理を格付けするのだ。巷《ちまた》に料理番付は数多出回っているが、聖観堂の番付表は何処《どこ》よりも信頼できるとして、江戸っ子たちの絶大な支持を集めていた。その大関位をずっと保持し続けているのが、日本橋登龍楼《とりゅうろう》だった。

「もう俺ぁ、今年っから番付は買わねぇと決めたのさ。そしたら憑《つ》き物が落ちたみてぇに楽になった」

店主は言って、両の拳《こぶし》で肩を交互にとんとんと叩《たた》いた。

暖簾を出すまで、このまま穏やかに刻《とき》が進むかに思われた時だった。

「親父《おやじ》さん、親父さんは居るか」

大声で店主を呼びながら、伊佐三《いさぞう》が勝手口から飛び込んで来た。

「伊佐さんじゃねぇか、こんな朝っぱらから一体どうしたんだよぅ」

両の膝頭《ひざがしら》に掌を置いて荒い息を整えている伊佐三に、店主は恐る恐る尋ねる。

「親父さん、つる家が……」

伊佐三は懐に右手を突っ込むと、折り畳んだ刷り物を引っ張り出した。

「つる家が返り咲いたぜ。見事、関脇に返り咲きだ。この通り、番付に載ってるぜ」

「何だと」

種市は伊佐三の手から半ば奪うように番付表を受け取ると、皺に埋もれた両の眼《め》をかっと見開いた。澪とりう、それにふきも脇から覗き込む。

大関位の欄には、日本橋登龍楼。その隣り、関脇位には「元飯田町《もといいだまち》つる家」と、確かに記されていた。だが……。

「えっ」

そこに書かれた料理名を見て、種市が素っ頓狂《とんきょう》な声を上げ、尻餅《しりもち》をついた。

「これは一体どういうことでしょうかねぇ」

店主から取り上げた番付表に見入って、りうは戸惑いを隠せない。

「それに何より、登龍楼のこの料理……」

天の美鈴、と記されたものを示して、りうは首を捻《ひね》る。

「これって、澪さんの鼈甲珠《べっこうだま》を真似《まね》した品じゃありませんでしたか」

その時、おりょうとお臼《うす》、それに芳《よし》が入れ込み座敷から調理場へと駆け込んで来た。

「お前さんの声が座敷まで聞こえてね。本当に嬉《うれ》しいこと。澪ちゃん、おめでとう」

おりょうは澪の手を取り、身を弾ませる。

「蒲鉾《かまぼこ》は間に合わなかったけれど、鯛《たい》の福探しに牡蠣《かき》の宝船、三方《さんぼう》よしの日の吹き寄せ、と今年もつる家は名物料理を次々に送り出したんだ。あたしゃ、内心、関脇は当たり前だと思っちゃいたんだよ。で、どの料理が関脇位を射止めたんです?」

最後の台詞《せりふ》を店主に向かって言い、おりょうは老女の持つ料理番付を覗き込む。その刹那《せつな》、おりょうは息を詰め、吐き出すことも忘れたように固まった。

「どないしたんだす、おりょうさん」

おりょうの様子があまりに異様で、芳は案じつつ、その肩越しに番付表を注視した。

そして同じく、戸惑いの表情になった。

「澪、これは一体……」

問われても、澪は答えることが出来ない。

そこに記されていた料理は、「面影膳」――もとは又次《またじ》の供養のために考案された精進膳で、つる家では三日精進の折りに日を限って供されたものだったのである。

「ご店主、澪さん、それに皆さんも、この度はおめでとうございます」

他のお客の姿が消えた入れ込み座敷に、坂村堂《さかむらどう》の晴れやかな声が響く。隣りで清《せい》右衛門《えもん》が不機嫌そうに、好物のはずの蕪《かぶ》の柚子《ゆず》漬けを食べていた。

「いや、そいつぁ」

店主は弱ったように頭を掻《か》いた。

「正直、戸惑うばっかりで。他に選ばれて良い料理もあるのに、どうしてあの料理だったのか」

なあ、お澪坊、と店主に話を振られて、澪もまた、応えられずに俯《うつむ》いた。

「聖観堂も中々の策士よのう」

清右衛門は空になった小鉢を澪の鼻先に突き出して、嘲《あざけ》る声を上げた。

「大関位を射止めた登龍楼の『天の美鈴』はひとつ二百文。酔狂な金持ちしか口に出来ぬわ。片やつる家の『面影膳』は三日精進に限って商われたもので、口に出来たのは幸運な常客のみ。ともに大半の江戸っ子にとっては見知らぬ料理よ。例年、同じような取り組みばかりでは飽きられるからな」

戯作者《げさくしゃ》の得々とした話し振りは、まだ続いている。

中座して調理場で蕪の柚子漬けを装《よそ》いながら、澪は考え込んでいた。清右衛門の言う通りの意図で選ばれたものなら、それは純粋に料理そのものの評価とは異なる。料理番付とは要するに聖観堂によって催されるお祭り騒ぎに過ぎないのではないのか。

丹精込めて考え出した料理がそうした使われ方をすることに苦い思いが込み上げて、澪はそっと胸の辺りを擦《さす》った。

異変があったのは、その日の夕餉《ゆうげ》時だった。売り出されたばかりの番付表を手に、つる家を訪れる者がぽつり、ぽつりと現れた。いずれも、料理番付関脇位を射止めた「面影膳」を食わせろ、という初めての客ばかりだ。

「相済みません、あれは用意がなくて」

りうが二つ折れの格好で詫《わ》びると、大半の客は悪《あ》しざまに罵《ののし》って踵《きびす》を返す。翌日になれば、そうした類《たぐい》の輩《やから》はさらに増え、朝からひっきりなしに訪れることとなった。

店主に頼まれて、澪は一応、面影膳の中の「謎《なぞ》」を夕餉の献立に載せるべく用意した。熱々の氷豆腐の揚げ物を種市は板敷で味見したが、随分長く、ひとりで考え込んでいた。種市の視線が、又次の遺骨替わりの灰を納めた壺《つぼ》の方に向けられているのを認めて、その心中を慮《おもんぱか》り、澪は敢《あ》えて声をかけなかった。

「おや、旦那さん、それは何です？」

夕方、内所《ないしょ》から一枚の紙を持って現れた店主に、遅い賄いを摂《と》っていたりうが尋ねた。店主はふきに芳やお臼も呼んでくるように命じ、全員が揃《そろ》ったところで、徐《おもむろ》に紙を開いた。そこにはまだ墨が濡《ぬ》れ光る筆跡で、「面影膳、文月《ふづき》十三日から十五日の三日間のみ」と認《したた》めてあった。

「これを表に貼《は》っておくから、もし『面影膳を食わせろ』ってお客が来ても、出来ねぇものは出来ねぇ、ときっぱり断ってくんな」

店主の決断に、皆は表情を引き締める。

事情をよく知らないお臼が、差し出口とは思いますが、と大きな身体《からだ》を縮めつつ、店主に尋ねた。

「もしも今、面影膳をつる家の献立に載せれば、番付に載った料理を食べようと新たなお客が詰めかけて、店も今以上に繁盛すると思うんですよ。人手も足りてるし、充分、やっていけると思うんですが」

「だが、それもほんの一時のことだろうよ」

種市はお臼に面影膳が誕生した経緯をかいつまんで話した上で、

「せめて三日精進の間だけでも、皆それぞれ、胸に棲《す》んでる大事なひとを思って食ってもらいたい。あれはそういう料理なのさ」

と、結んだ。

　ぱん、とりうが大きく両の手を打つ。

「それでこそ、つる家の店主ですよ。又さんだって、あの世で胸を撫《な》で下ろしてますとも」

　りうのひと言に、残る奉公人たちも互いに頷き合った。

　表格子《おもてごうし》に店主の手で紙が貼られると、番付表を手に面影膳を食べてやろう、と勇んで足を運んだ者たちから不満の声が上がった。

　澪は表が気懸かりで、鰯《いわし》の蒲焼《かばや》きを炙《あぶ》りつつ、耳を欹《そばだ》てる。

「お月見は十五夜十三夜、菊酒は重陽《ちょうよう》の節句、つる家の面影膳は三日精進限りです」

　と歌うように諭す、りうの声音が優しい。

「つる家は本当に良い店ですねぇ」

　流しで汚れた器を洗っていたお臼が、つくづくと洩らす。

「目先の商いに囚《とら》われることなく、料理というものを何より大事にする。それがつまりは、お客を大切にする、ということですからね」

　料理人にとっても素晴らしい店ですねえ、とお臼は嚙《か》み締める口調で言い添えた。

　そうして迎えた、師走最初の「三方よしの日」。

昨日の貼り紙の横に、三方よしの紙が貼られて、あとは暖簾を出すばかりだ。

調理場では店主以下、一同が澪の手もとをじっと見守っている。

俎板《まないた》の上に置かれているのは、葉蘭で包まれた何か。一日半、押しをして、しっかりと固くなったそれを、包丁で切り分けていく。

「これが鯖寿司ってやつなのか」

手にした一切れをまじまじと眺めて、種市はそっと鼻を寄せる。

「鯖とそれに葉蘭の良い匂《にお》いがしてやがる」

「京坂でよく好まれる鯖寿司は、こんな風に葉蘭で巻いたりしないんです。鯖寿司は棒寿司の一種ですから、鯖が載ったままか、あるいは巻くとしても昆布を用いるでしょうか。それに皮目を内側にするのも珍しいかと」

天満一兆庵《てんまいつちようあん》では、良い鯖が入った折り、塩鯖にし、さらに酢で締めて、棒状の酢飯を抱かせて葉蘭で巻き、押しをして保存の利く手土産として旦那衆に配ったのだ。

「懐かしおますなあ」

芳が感嘆の声を洩らす。

「ご贔屓《ひいき》筋の中に、紀州の印南《いなみ》出身のおひとが居られて、里では暖竹《あせ》の葉を用いてなれ寿司にする、と伺ったのが発端だした。鯖の銀色の皮目を内側に置くのも奥ゆかしいて、嘉兵衛《かへえ》が天満一兆庵でも取り入れたんだす」

葉蘭で巻くことで日持ちもするし、おまけに切り分けやすくなる。

どれ、と種市は葉蘭を剝《は》がして、大きな口でがぶりと嚙《かじ》り付いた。嚙んだ途端、はっと両の眼が見開かれる。口一杯に頰張《ほおば》っているため、声を出せない様子で、切なそうに身を捩《よじ》っている。

「皆さんもどうぞ」

店主の様子に頰を緩めて、澪は切り分けた残りを皆に勧めた。

「こいつぁ、何だ？」

「どうやって食うんだ？」

昼餉《ひるげ》を取るためにつる家の暖簾を潜《くぐ》ったお客らは、膳の上の見慣れぬ料理に揃って首を傾《かし》げている。

とろとろになるまで煮込んだ蕪と油揚げの汁、口直しの柚子大根、ここまではわかるのだが、もう一品。葉蘭と呼ばれる濃い緑色の葉を身に纏《まと》った何か。

「鯖寿司ですよ。葉蘭を外して、そのまま何もつけずに召し上がってください」

お運びに食べ方を教わり、おっかなびっくり口にして、お客は一様に黙り込んだ。

鯖独特の癖のある味に酢と塩がそれこそ塩梅《あんばい》よく効いて、寿司を堪能している気分になった。殆《ほとん》どのお客にとって初めて出会う味なのだろう、無我夢中で口の中のものを味わい尽くす。

「下足番《げそくばん》の妖怪《ようかい》、もとい看板娘から、今日の献立が鯖寿司だと聞いちゃあいたが、どんなもんか思いも寄らなかった。よもや、こんなに旨いもんだったとは」

ひとりが言えば、周辺のお客が一斉に頷く。

「料理番付で面影膳が関脇位になったから、暫《しばら》くはそいつが献立になるのかと思っていたが、そういうことをしねぇんだよな、この店は」

「あたぼうよ、番付に載ったからって足を運ぶような野郎は客とは呼ばねえぜ。こちとら通い続けて四年、ここの親父が不味《まず》い蕎麦《そば》を打ってた頃からの常客よ」

「『不味い蕎麦』は余計だよぅ」

聞き咎《とが》めて店主が上げる声に、入れ込み座敷のお客は一斉にどっと笑った。

初めて献立に載せた鯖寿司は、常客らに大好評を博し、昼餉時を過ぎる頃には用意していた全《すべ》てを売り切ってしまったのだった。

「七つ（午後四時）からの三方よしでも用意出来れば良かったんですが」

空の桶を幾度も覗いて、澪はしょんぼりと肩を落とす。

「良いってことよ、本当に旨いものは『また食いたい』で留《とど》めておくことも大事だからよ」

店主は笑って、料理人を慰めた。

鰯は手で裂いておろし、下味を付けておいたものを炙って蒲焼きに。定番の辛煮には刻んだ生姜《しょうが》をたっぷり。梅肉を巻き込んで串《くし》に刺し、つけ揚げに。身を細かく叩いて味噌《みそ》や酒、生姜で味を調え、熱々の摘み入れ汁に。

昼間、鯖寿司で皆の胃袋を摑《つか》んだつる家は、七つ、三方よしの刻限を迎えると、脂《あぶら》の載った鰯と生姜を合わせた「鰯尽くし」でお客を出迎えた。この刻を待ち兼ねたひとびとは、熱くしたちろりの酒を吞《の》み、鰯料理に舌鼓を打つ。

「ちょいと澪ちゃん、そこから覗いてご覧な」

膳を下げてきたおりょうが、間仕切りを示して、にこやかに笑っている。

「良い景色が見えるからさ」

勧められて、澪は手拭いで掌《てのひら》の水気を拭うと、間仕切りから座敷を覗いた。

「あら」

常は清右衛門と坂村堂の定席で、寛《くつろ》いだ様子の柳吾《りゅうご》が手酌で吞んでいるのだ。連れは居ないが、周囲のひとり客らと、朗らかに談笑している。

険しい形の棒手振りや、汚れた腹掛け姿の大工の中に、上質な上田紬《つむぎ》の綿入れを纏い、見るからに大店《おおだな》の旦那然としている柳吾が混じるのは、何とも不思議な光景だった。だが、旨い酒と旨い肴《さかな》とがひとびとの気持ちの垣根を低くして、心から打ち解け合って見える。

「ね、良い景色だろう？　澪ちゃん」

おりょうに言われ、澪はにこやかに頷いた。

暮れ六つ（午後六時）を過ぎる頃には、空席を待つ列が出来て、店は一層賑《にぎ》わいを見せる。

「澪」

膳を下げて来た芳が澪をそっと手招きしたのは、そんな時だった。

「一柳《いちりゅう》の旦那さんがお帰りだす。目立たんよう、お前はんに送ってほしいんだすが」

何ぞお話があるそうなんや、と言われて、澪はこくんと頷いた。ふきを振り返り、すぐに戻るから、と言い置いて前掛けを外す。

「三方よしの日、堪能させて頂きましたよ」

下足番の差し出す提灯《ちょうちん》を受け取ると、柳吾は、見送りのために現れた料理人ににこやかに告げた。

「焼き蒲鉾や鯖寿司など、客の口から語られるあなたの料理の数々は、実に心惹《ひ》かれるものばかりだった」

柳吾がこの店の料理人と話したがっていることを察したのだろう。りうはさっと暖簾の奥に引っ込んでしまった。澪は橋の袂《たもと》まで、と決めて柳吾と並んで歩き始めた。

月のない夜で、北天の、手を伸ばせば届きそうな低い位置に、柄杓《ひしゃく》の形の星座が柄を下に浮かんでいる。ずっと高い位置には錨星《いかりぼし》。吐く息は白く凍り、星雲に紛れて溶けていった。

「つる家が料理番付に返り咲いたことで、私にはひとつ、密《ひそ》かに危惧《きぐ》することがありました」

橋の袂で足を止めてじっと空を見上げている料理人に、柳吾は静かに語りかける。

「番付に選ばれれば、自然、つる家は世間の耳目を集める。この時とばかり、面影膳を売り出すのではなかろうか、と。もしそうであれば、つる家は料理屋として長くはない」

澪は真剣な面持ちで柳吾の話に耳を傾ける。若き女料理人にも、老練な料理屋店主の言わんとすることが理解できるように思われた。

柳吾はそんな澪を見返して、深く頷く。

「だが、つる家はそうはしなかった。そのことが常客をどれほど安堵《あんど》させ、また、誇らしく思わせているか、今夜、あの座敷に身を置くことで心底感じ入りました」

澪さん、と柳吾は身体ごと娘に向き直り、星影のもと、その顔を覗き込むようにして、こう続けた。

「あなたのあとにどのような料理人が入ったとしても、つる家さんはもう舵取《かじと》りを誤ることはないでしょう。あなたは安心して巣立つことを考えなさい」

亡き嘉兵衛の言葉かと思うほど、温かな慈愛に満ちた声だった。

はい、と澪は柳吾の眼差しを正面から受け止めて、

「店主からも、そうするよう言われています」

と、応えた。

柳吾は安堵した表情になり、それならば話が早い、と思いきったように切り出した。

「これは私の一存だが、来春の初午《はつうま》、芳さんと一緒に一柳に移っておいでなさい。一柳の板場へ入り、私のもとで修業をなさい」

澪は息を呑んだまま身じろぎひとつ出来ず、怯《おび》えたように双眸《そうぼう》を見開くばかりだ。

己の言葉がどれほど娘に衝撃を与えたかを察して、柳吾はほろ苦く笑った。

「すぐに返事を、とは言いません。よくよく考えた上で、気持ちを聞かせてくれれば良い」

そう言い残して去っていく柳吾の後ろ姿を、澪は俎橋の袂に佇《たたず》んで見送った。その姿が亡き嘉兵衛に重なって見えて、ふいに涙ぐみそうになる。ぐっと耐えて、澪は唇を引き結んだ。

調理場が、料理が待っている。早く戻らねば。

澪は思いを振り切るように俎橋に背を向けると、つる家目がけて駆け出した。

火の用心、火の用心
火の用心、さっしゃりましょー
木戸番の声と拍子木《ひょうしぎ》の音とが、吹き荒ぶ寒風に果敢に挑んでいる。
澪はかじかむ手に息を吹きかけて、先ほどから裏店《うらだな》の狭い流しの前に座っていた。塗りの器に、味噌とこぼれ梅とを合わせた生地を詰めて晒《さら》しを敷き、窪《くぼ》みを作った中に玉子の黄身を落とす。生地を塗り付けた晒しを上にそっと被《かぶ》せ、よしよし、と声に出して、澪は器に蓋《ふた》をした。これで三日後には鼈甲珠が出来る。

季節が進めば、ひとの欲する味わいは少しずつ変わっていく。玉子や調味料の味もまた違ってくる。澪は少しずつ調味料の割合を変え、工夫を凝らし続けていた。

行灯《あんどん》の薄い明かりが点《とも》る室内に、規則正しい芳の寝息が聞こえている。三方よしの今日は忙しく立ち働いて、酷《ひど》く疲れた様子だった。

「ご寮《りょん》さん、よう寝てはる」

澪は安堵の声を洩らし、土間に両足を下ろして、板張りに腰を掛けた。日中の疲労がどっと襲い、前屈《まえかが》みになって大きく息を吐く。

——一柳の板場へ入り、私のもとで修業をなさい
柳吾の言葉が耳の奥で木霊《こだま》していた。

あれは芳も承知の申し出なのだろうか。思う傍《そば》から、否《いや》、違う、と澪は打ち消す。柳吾は「一存」という言葉を用いていた。それにもしも芳も承知ならば、芳のことだ、自分の口から、先に澪に話してくれるに違いなかった。

柳吾の申し出を受けたなら、芳と離れ離れにならずに済む上、料理人としても、これほど恵まれた話はない。けれど、と澪は右の掌をそっと胸もとに置いた。綿入れの生地越しに、片貝のこつんとした感触がある。

自身の料理で成し遂げたいことが、澪にはあった。

十四年前、淀川《よどがわ》の大水害によって孤児となり、運命に翻弄されることとなった幼子ふたり。花魁《おいらん》と料理人としてではない、野江《のえ》と澪として再び出会い、互いを取り戻す、という心願。それを叶《かな》えずして、澪は己の将来を考えることなど出来なかった。

不幸な災害の記憶を消すことは出来ないし、亡くなった命も二度とは戻らない。せめても狂ってしまった人生の歯車を修復し、ともに生き直したいだけなのだ。

野江ちゃん。

胸もとに手を置いたまま、澪は声に出さずに友の名を呼ぶ。

又次亡き翁屋《おきなや》に身を置く、大切な友の名を。

「うう、今日の寒さったら無ぇよ、生きながら凍えちまいそうだ」

師走六日の早朝、煩《うるさ》く洟《はな》を啜《すす》りつつ、店主が仕入れから戻った。その手にぶら下げられている、荒縄で括《くく》られた二尾の魚を見て、澪は歓声を上げた。

「旦那さん、荒巻ですね」

「おうとも」

鼻息荒く、店主は応える。

「今年初だぜ。もうこいつが出回る季節になったんだな」

荒巻きとは、塩引きの鮭《さけ》のことである。これからの時期、武家の歳暮の品の定番でもあり、江戸では庶民にも年取り魚として人気だった。

えらから口に荒縄を通された鮭は、店主の手で調理台に二尾、並んで置かれた。土間には馴染みの百姓家から届けられた大根、人参《にんじん》、葱《ねぎ》が積み上げられている。

「あとは、これとこれと、これだな」

種市は下ろした背負い籠《かご》から、蒟蒻《こんにゃく》と油揚げ、それに竹の皮に包んだものを次から次へと取り出す。竹皮の包みを開けば、酒の芳香が鼻をくすぐった。

「手握り酒も手ぬかりなく仕入れて来たぜ。お澪坊、今日はこの冬、初めてのあれを頼む」

「はい、例のあれですね」

澪はくすくす笑いながら頷いた。

大寒は昨日だったはずが、朝からの凍てで汲《く》み置きの水は全て氷と化し、洗濯ものも物干しに干された形のまま凍りついていた。通りを行くひとびとの耳も鼻も真っ赤にかじかみ、吐く息ばかり勢いがある。

水仕事に慣れているはずの澪でさえ、水を使えば手が痺《しび》れて動きも鈍い。

「りうさん、今日は外での呼び込みは止《や》めてくださいね。こんなに寒いですから」

澪は仕込みを終えると、暖簾を出す前にりうに懇願した。

冗談じゃありませんよ、とりうは歯のない口を窄める。孝介から贈られた入歯は、紐《ひも》で括《くく》って首から提げてはいても、それをはめる意思はとうに無いらしい。

「お客さんへの料理の紹介は、今やこの年寄りの生き甲斐《がい》なんですからね。寒さなんかに負けちゃいられませんって」

「よしな、よしな」

見かねて、種市が割って入る。

「いろはかるたの札にも『年寄りの冷や水』ってのがあるだろ？　今日の寒さは心の臓に障る。お澪坊の言う通り、呼び込みは止めてくんな」

けど、と老女はあくまで不服そうだ。

「この冬、初めての酒粕汁《さけかすじる》じゃありませんか。ひとりでも多くのお客さんに暖簾を潜って頂かないと」

その時、三人の会話を聞いていたふきが、勝手口の引き戸を開け放った。

外の冷気が室内に襲いかかる替わりに、調理場に籠《こも》っていた酒粕汁の芳醇《ほうじゅん》な香りが寒風に乗って路地を抜け、九段下の方へと流れていく。

「おい、つる家」

「良い匂いさせやがって」

表で幾つもの声が上がった。

「この冬初めての酒粕汁だな。気を持たせねぇで、さっさと暖簾を出しやがれ」

ひゃっ、と種市とりうが揃って首を竦《すく》めた。


予《あらかじ》め湯で温めておいた深い鉢に、たっぷりと装われた酒粕汁。好みで七色唐辛子をぱらりと振り入れれば、さらに身体はほかほかと温まる。

「まったく、泣きたくなっちまう味だぜ」

指の先が藍色《あいいろ》に染まっているのを見れば、藍師だろうか。水を使う仕事ゆえ寒さが骨身に沁《し》みたところへ酒粕汁を口にしたからか、ひとり瞼《まぶた》を擦って箸《はし》を動かしている。

だが、お客の多くは殆《ほとん》ど口を利かず、鉢の温《ぬく》もりを慈しむように手で触れ、酒粕の味わいに心を寄せて、中身を口に運んでいた。

「良い光景ですねえ。一柳でも、あんなお客さんの姿は見たことがありませんよ」

膳を下げてきたお臼が、つくづくと感銘を受けたように洩らした。

この冬初めての酒粕汁の噂《うわさ》はあっという間に広がって、昼餉時を過ぎても、暖簾を潜るお客が絶えない。結局、用意していた分を全て売り切ってしまい、澪はもう一度、酒粕汁を用意することとなった。

「済みません、旦那さん」

皆が漸《ようや》く遅い賄いにありついた時、澪は店主に一刻（約二時間）ほど出かけたい、と申し出た。店を抜けるのは心苦しいが、どうしても会わねばならぬひとが居た。

「珍しいな、お澪坊。一体どこへ……」

そう問いかけて、店主は軽く頭を振る。

「おっといけねぇ、詮索《せんさく》は野暮だ。おぅ、行っといで。酒粕汁はもう出来てることだし、夕餉の商いまでに戻ってくれりゃあ、大丈夫だからよぅ」

気持ちよく送り出されて、澪は小さな風呂敷《ふろしき》包みを胸に抱えてつる家を出た。

俎橋を渡り、飯田川沿いを下って一石橋《いっこくばし》、さらに下って北紺屋町《こんやちょう》の手前を折れる。陽射《ひざ》しはなく、過酷な冷えが襲う中、漸く一柳に辿《たど》り着いた。

澪は建物の前で深く息を吸うと、心を落ち着かせて勝手口へと足を向けた。

「よくいらしてくださった」

奉公人に誘われて奥座敷に顔を出した澪を、柳吾は穏やかな笑みを浮かべて迎え入れた。

「今日はまた格別寒い。風邪を引いてはいけないから、長火鉢の傍へおいでなさい」

さあ、もっと近くに、と強く勧められて、澪はおずおずと長火鉢を挟んで柳吾と対《たい》峙《じ》する位置に座った。

火鉢にかけられた鉄瓶《てつびん》がしゅんしゅんと柔らかな湯気を上げ、部屋をほど良く潤し、暖めていた。

「私がつる家へ出向いてから、丁度三日。三日で心は決まりましたか？」

柳吾は火鉢に置いていた手を両の膝に移して、平らかな口調で問うた。

暫く言葉を捜したが、上手《うま》く見つけられず、失礼します、とだけ応じて澪は傍らに置いた風呂敷包みに手を伸ばした。

風呂敷には、蓋付きの器がひとつ。それとは別に取り皿と取り箸、それに利休箸を用意してきた。塗り物の器の蓋を開け、中身を取り皿に移す。

娘が味を見させたがっている、と悟った柳吾は、湯飲みの置かれた盆を取り、こちらへ、と畳を滑らせた。澪は盆に取り皿と利休箸を載せて、柳吾の方へすっと戻した。

柳吾は皿を目の高さまで持ち上げて、載せられた料理にじっくりと見入った。

「玉子の黄身の味噌漬けのようだが……。それにしても美しい」

暫《しば》し見惚れたあと、鼻に近づけてすっと深く息を吸い込んだ。

「味噌だけではない。この馥郁《ふくいく》たる香り……これは……」

考え込んだものの答えは出ないらしく、柳吾は箸を手に取るとそれを摘まんで口に運んだ。舌の上で感触を確かめて、ゆっくりとひと噛み。すっと浅く息を吸い、両の肩を後ろに引く。双眸に動揺が走った。狼狽《ろうばい》を抑え込み、柳吾は丹念に味わって口の中のものを飲み下す。余韻が完全に消え去るのを待って、徐《おもむろ》に澪を見た。

「これはあなたが考えたのですか？」

はい、と答える澪に、

「料理の名は何と？」

と、重ねて問うた。

澪は居住まいを正すと、臆《おく》することなく柳吾を見据えた。

「鼈甲珠と名付けました。二種の味噌と、大坂で『こぼれ梅』と呼ばれる味醂《みりん》の搾り粕とに漬け込んだものです」

秘中の秘、とでもいうべき内容を柳吾に明かしてしまうことに躊躇《ためら》いはなかった。

こぼれ梅、と柳吾は低く唸った。

「それでこの香りと味わいなのですね。味醂の搾り粕を用いるとは、よくぞ思いついたものだ」

両の掌を腿《もも》に置き、前のめりになって太く息を吐くと、一柳の店主はこう続けた。

「登龍楼が吉原《よしわら》で黄身の味噌漬けをひとつ二百文で商っている、と聞き、呆れ果てていました。けれども、もしもそれが鼈甲珠ならば、二百文でも納得するでしょう。それだけの値打ちは充分にある料理ですよ、これは」

料理番付の行司役には必ず名を挙げられる名料理屋。数多《あまた》ある江戸の料理屋の中で別格の存在。それが一柳という店だった。その主《あるじ》に鼈甲珠を評価されて、胸の奥から込み上げてくるものがあった。澪はくっと唇を噛み、息を深く吸って心を整える。

気持ちが平らになるのを待って、澪は畳に手を置き、改めて唇を解いた。

「この料理でどうしても成し遂げたいことが、私にはあるのです。一柳の板場へ入ることはお許しくださいませ」

一気に言って、澪は額を畳に擦りつける。その姿勢のまま返答を待ったが、柳吾はひと言も発しない。気が遠くなるほど待って、漸く、顔を上げなさい、のひと言が耳に届いた。澪は手を畳に置いたまま、言われた通りに顔を上げた。

「女といえども、あなたなら料理人として後世に名を残せるに違いない。鼈甲珠を口にして、そう確信しました。どうあってもこの天賦の才の料理人を傍に置き、我が手で育て上げたい――おそらくは嘉兵衛さんがそう願った通りに、私もまた同じ思いを抱きました。この祈りにも似た思いは、そう簡単に捨てきれるものではない。否、捨てるわけにはいかないのです」

言い終えると、柳吾はすっと立ち上がり、中庭に面した障子を僅《わず》かに開いた。友待つ雪、と呼ばれる消え残りの雪が中庭を覆っている。それに視線を向けて、柳吾は仄《ほの》かに口もとを緩めた。

「ただ、あなたは陽だまりの中に居てぬくぬくと育てられるよりも、凍てる場所に身を置いて自らを鍛錬するのが似合うのかも知れない。一柳に入るのは、それからでも遅くはない。少なくとも今は……今しばらくは、そう思うことにしましょう」

寒中の麦。

柳吾の脳裡《のうり》にあるに違いないその言葉を、澪もまた思っていた。

日暮れ近くから、寒さは一層厳しさを増した。夕餉の商いのために一柳から駆け通して戻った澪だったが、陽が落ちて寒くなればなるほど客足は途絶えがちになった。たっぷりと用意した酒粕汁も売れ行きは芳しくない。

ついには、六つ半（午後七時）までまだ大分あるというのに、一階の入れ込み座敷からも二階の小部屋からもお客の姿は消えてしまった。

「そりゃまあ、そうだよなあ」

がらんとした座敷を眺めて、店主は長々と息を吐く。

「この寒さだ、夜歩きしている間に凍え死んじまう。こんな夜はさっさと帰って頭っから夜着を被って寝ちまうのが一番だ」

今夜は早終《はやじま》いにしちまおう、と店主自ら表の暖簾を取り入れてしまった。

「旦那さん、こんなに残ってしまいました」

両の眉を下げて、澪は大鍋の中を示す。ううむ、と店主は唸り、

「よし、こうなったら皆で食っちまおうぜ」

と、やけになって叫んだ。

予め鉢を湯で温めておいて、さっと水気を拭ったところへ、煮えばなの酒粕汁を装う。ふきがじっと澪の手もとを見つめているのに気付いて、

「ふきちゃん、装ってみる?」

と、水を向けた。

いつもは下拵えばかりのふきだから、よほど嬉しいのだろう、ぱっと顔を輝かせた。玉杓子《たまじゃくし》を手に、底から鍋を掻き回して、具が偏らないように装い入れる。緊張した面持ちで、器をお盆に載せた。蒟蒻と大根、油揚げの具が浮かんで、如何《いか》にも熱そうに

ほかほかと湯気を立てている。ふきは少し難しい顔をして、首を捻った。澪はにこにこと微笑《ほほえ》みながら、少女の様子を見守る。ふきは一心に何か思い出そうとし、果たせぬまま両の肩を落とした。

「あまり美味《おい》しそうに見えません。澪姉さんの手にかかれば全然違うのに……」

少女の言葉に柔らかく笑んで、澪は箸を手に取ると、ふきの装った酒粕汁の鉢に手を伸ばした。

「大したことではないの、盛り付けはちょっとしたこつが必要なだけ。でも、それがとても大切なのよ」

器の底に沈んでいた鮭の切り身を、澪の箸が捉《とら》える。鮮やかな紅色を摘まんで、引き上げてみせた。

「料理は色で食べさせる――料理人なら必ず気付くことなの。青物にしろ魚にしろ、食材には様々な色があるでしょう？　食べ物の美味しそうな色を引き出してみせて、『ああ、食べたい』と思ってもらうように盛り付けることが大事なの」

ことに料理人は、赤い色を大切に扱う。

赤、橙《だいだい》、朱、紅、等々。こうした暖かみのある色は、少し入るだけで料理そのものの色彩を華やかにして、「食べてみたい」と思わせる不思議な力があるのだ。

「ただし、過ぎたるは及ばざるが如《ごと》しで、多過ぎては駄目なの。少し混じるくらいが丁度良いのよ」

ほら、このくらい、と澪は器を示す。鮭の切り身と人参の赤が汁から覗き、鉢の中は見た目にも彩り豊かで、如何にも美味しそうだ。

「なるほどなあ」

器を覗いて、種市が唸った。

「料理はまず目で食べる、っていうのは聞いちゃあいるが、色で食べさせる、ってのは初耳だ。こいつぁ、ふき坊でなくてもためになるぜ」

澪の手ほどきを受けて、ふきが人数分の酒粕汁を装い終えた。それを板敷に運んで、皆で食べる。

「あたしは幅を取りますから」

と遠慮するお臼も引き込み、六人で膝を突き合わせて、わいわいと酒粕汁に舌鼓を打つ。調理場の板敷でちょっとした宴《うたげ》が始まったようだった。

ねぇ、澪さん、とりうが箸を動かす手をふと止めて尋ねる。

「さっきの論法で言うなら、料理を不味《まず》く見せる色ってのもあるんですかねぇ」

問われて、澪は箸を置いて考え込んだ。

「そうですね、たとえば鶯茶《うぐいすちゃ》は、茹《ゆ》で過ぎた青菜や、古い菜種油で揚げた精進揚げを連想させるせいか、あまり美味しそうに見えません。黒焦げのものもそう。あと、料理の色が本来のものと違っていても、いきなり食べる気が失《う》せるように思います」

話していて、澪は遠い昔の出来事を思い出す。あれは初めて天満一兆庵で賄いの手伝いを任された時のことだ。牛蒡《ごぼう》と蒟蒻とをひとつ鍋で煮て、出来上がったものを見て腰を抜かしたことがあった。鍋の中身が緑一色になっていたのだ。

「そうそう、そないなことが確かにおましたなあ」

懐かしそうに相槌《あいづち》を打って、芳はころころと笑う。

牛蒡と蒟蒻の一体何が、互いにそんな悪さをしあうのか、未《いま》だに理由は明確にはわからない。けれどあれがきっかけで、下拵えの大切さ、料理の色の大切さを思い知ったのだった。

「ふきちゃん、お前さんは果報者ですよ」

澪の話を聞き終えて、りうは傍らの少女に目を向けた。

「料理人ってのは、自分で身に付けた技は、滅多とひとに教えないものですよ。亡くなった又さんと言い、澪さんと言い、ふきちゃんは良い師匠に恵まれたこと」

老女の言葉に、ふきは真剣な表情で、はい、と頷いた。その細い肩に又次の形見の真っ白な襷《たすき》が掛けられている。澪は温かな気持ちでその襷を見つめた。

師走も十日を過ぎれば、町のあちこちに煤竹《すすたけ》売りの姿が見受けられるようになる。天井の煤を払うために長く切られた竹は先端に青々とした葉を茂らせており、煤竹売りが通ったあとには青竹の芳香と鮮やかな緑の葉が目の奥に色を残す。そうなると江戸っ子たちは背中を押されたように、怒濤《どとう》の年越し準備へと突入するのであった。

「ああもう、刻が無いったら」

調理場で膳の手入れをしながら、誰に言うともなく、おりょうが焦り声を洩らす。

「畳替えに障子の張り替えだろう、それに太一《たいち》の手習いの師匠に届け物をして、そうそう、餅《もち》つきの段取りもしないと。男たちの肌着くらいはせめて新しくしたいし」

親方の家に一家で引っ越して、初めて年を越すのだ。裏店《うらだな》の一室で暮らすのと違い、新しい年神さまを迎えるのにすべきことは沢山あるのだろう。澪は蓮根《れんこん》の皮を剝《む》きながら、おりょうの気苦労を思った。

「そうだよなあ、確か去年も大晦日《おおみそか》まで店を開けてたんだよなあ」

板敷で目打ちを研いでいた種市が、傍らの暦に目をやって頭を振る。

「今年はひとつ、二十九日から休むとするか」

店主の提案に、おりょうは狼狽えた。

「旦那さん、あたしゃ何もそんなつもりで言ったわけじゃないんですよ。これから毎年のことですし、大丈夫、何とかなりますから」

「おや、二十九日からお休みを頂けるんですか？　それは嬉しいこと」

土間からひょいと調理場を覗いて、りうが嬉しそうに歯のない口を全開にしている。

「それでなくとも、この店は人遣いが荒いんですからね。おりょうさん、旦那さんの気の変わらないうちに感謝しておきましょうよ」

それにねぇ、とりうは視線を座敷の方に向ける。入れ込み座敷では芳が叩《はた》きを使う軽い音が響いていた。

「ご寮さんにとっては、一柳に入る前の、最後のお正月ですからね。お休みの間に色々と用意もしておきたいでしょうよ」

「ああ、確かに」

おりょうも納得したように頷いた。

芳とふたりで過ごす、最後のお正月になる。その事実が改めて胸に迫り、澪の包丁の手が止まった。隣りでふきが怪訝《けげん》そうに眺めているのに気付いて、澪は何でもないように再び包丁を動かし始めた。

店主は消し炭を手に取ると、暦の二十八日に印をつける。それから師走の欄をもう一度しげしげと眺めて、

「十九日が節分、二十日が立春か。こうしてみると、今年も残りわずかだな」

と呟《つぶや》いた。

「閏《うるう》八月が入りましたから、今年は春が来るのも早いですね」

澪が控えめに相槌を打てば、店主は少し考えて、お澪坊、と口調を改める。

「年内の三方よしも残り一回になっちまった。何かよう、嫌なこと哀《かな》しいことの多かったこの一年を気持ちよく締め括れる料理を考えちゃあくれまいか」

「三方よしの日に出す肴、ということでしょうか。それとも立春の日に出すお料理、ということでしょうか」

料理人に問われて、欲張りな店主は、両方だよぅ、と言って笑うのだった。

薄い引き戸の向こう側、辺りの音を呑み込んで夜が密《ひそ》かに凍えていた。

行灯の薄い明かりが、ふたり暮らしの倹しい室内を照らしている。澪は先ほどから紙に書いた文字を眺めて思案に暮れていた。

傍らで縫物をしていた芳が、そんな娘の様子を奇異に思ったらしく、針を置いて、

その手もとを覗き込んだ。紙には上の方に「立春」の二文字が記されている。

「どないしたんだす、澪」

声をかけられて、澪はしおしおと首を振ってみせる。

「初春を寿《ことほ》ぐ言葉で四文字のものがあったはずなのですが、思い出せないんです」

「ああ、よう禅寺に書かれてる、あれだすな」

仄かに笑んで、どれ貸しとおみ、と芳は澪から筆を取り上げた。

立春、と書かれたあとに、美しい筆跡で「大吉」と付け加える。

「立春大吉。この文字は縦半分に折れば左右がぴたりと重なるから縁起が良い。それに、裏から見ても立春大吉と読めるから厄除《やくよ》けにもなる、て言われてるんだす」

実際、ええ響きだすなあ、と芳はほのぼのと笑った。

立春大吉、と繰り返して、澪はじっと考え込む。

もしも、料理の名前に用いるとすれば、どんな食材が似合うだろうか。

「……餅」

「餅？」

娘の口から発せられた言葉を、芳は訝しげに問い返す。

だが、そんな芳に、澪は笑顔で応えるに留めるのだった。

ただ普通に餅を使うのではつまらない。餅のような味わいになるように、思いがけないものを用いて作れたなら。

澪は吐く息で両の手を温めながら、人影まばらな早朝の昌平橋《しょうへいばし》を渡る。

まず思い浮かぶのは山芋だ。摩《す》りおろして浅草海苔《のり》に塗り付けて油で揚げれば、もちもちとしてとても美味しい。だが、あれは秋から冬にかけて三方よしでもよく用いる一品だった。あとは、白いものと言えば豆腐、大根、蕪か。摩りおろして加熱すれば粘るのは蓮根だ。蓮根饅頭《まんじゆう》は澪も好きな料理だった。

穴が開いていることから「見通しを良くする」吉祥な食材とされているし、蓮根は良いかも知れない。他に何か……。

「澪さん」

いきなり名前を呼ばれて、澪は驚いて振り返った。橋の中ほどに、薬箱を下げた源《げん》斉《さい》がにこやかに立っていた。

「まあ、源斉先生」

「ああ、漸く気付いて頂けました」

先ほどからずっとお呼びしていたのですよ、と医師はほろりと笑う。

「済みません、つい考え事を」

「澪さんのことだ、また新しい料理について思案されておられたのでしょう」

源斉から指摘されて、澪は頰を赤らめた。

川風は相変わらず身を切るように冷たく、源斉は澪を守って風上に立ち、先に歩き始めた。その少しあとをついて歩きながら、澪は申し訳なさそうに告げる。

「料理のことを考え始めると周りが見えなくなるのが、自分でも情けないです」

「澪さんらしい」

源斉は眩《まぶ》しそうに娘を振り返る。

「料理に身を尽くす、という生き方を貫かれている。その姿に、私は時折り、無性に励まされるのです」

医師はそのあと、何かを言い足そうとして、留まった。

昌平橋を渡り切ったところで、ふたりは左右に別れた。源斉の後ろ姿を見送って、澪は改めて思う。励まされているのは自分の方だ、と。化け物稲荷《いなり》での最初の出会いから今日まで、源斉にどれほど多くの励ましをもらってきたことだろうか、と。

摩りおろした蓮根は決して搾ってはいけない。その汁気にこそ粘る力が潜んでいるため、そのまま油を引いた鉄鍋でじゅうじゅうと気長に焼けば、もっちりとした不思議な味わいの一品になるのだ。

「これはこれで何とも」

味見をした店主が、ほこほこと白い湯気を口から出して、満足そうに頷く。

「摩りおろした蓮根を油で揚げて銀あんをかけた蓮根饅頭は手の込んだ料理だが、こういう簡単な肴もまた乙なもんだな」

「でも、まだもうひと工夫してみたいんです」

口の中のものを幾度も幾度も噛んで、澪は眉根を寄せる。

蓮根と喧嘩《けんか》しない、淡白な味のもの。摩りおろして使えるもの。何かないか、何か。

ふと、戯作者の憎々しい面構えが浮かんだ。そうだ、と視線を向けた先に大きな蕪がごろりと転がっている。それこそ、清右衛門の大好物の食材だった。澪は身を屈め、手を差し伸べて蕪を取り上げた。

子どもの頃、風邪を引いて声が嗄《か》れた時に、摩りおろした蕪の搾り汁を飲ませてもらったことを懐かしく思い出す。冬に美味しくなるものは風邪に効くのだ、と話して聞かせてくれた母、わかの声が今も耳に優しい。

おろした蕪は卵白を使えば寄せることが出来る。蓮根との相性を試してみよう。中に何か入れようか。味付けはどうしよう。辛いことの多かった一年を心静かに閉じられるような、豊かで優しい料理に仕上げたい。

澪は早速、蕪を洗うと分厚く皮を剝いて、がしがしと摩りおろした。同じく摩りおろした蓮根と両者を並べて、はたと考え込む。混ぜる割合を工夫しなければ。つなぎに用いるのは卵白だけでは足りない。何を用いよう。上新粉はどうだろうか。蒸してお餅のようになれば、焼いてみたらどうだろう。醬油は香り付け程度で良い。

一心に考え込む澪の様子を、店主と料理人見習いは先刻からじっと見守っている。


師走二十日、立春の朝というだけで、心なしか寒さが手を緩めたように思われる。昨日の節分の名残りか、九段下の通りには煎《い》り豆が散り、通行人の下駄に踏まれて、がりがりと愉《たの》しげに鳴った。

つる家の暖簾が出る頃には、路地から何かの焦げる香ばしい香りが漂って、ひとびとの足を止めさせた。

「さあさ、つる家の今日の献立は、食べる吉祥、縁起物。お腹《なか》一杯に福を詰め込んで持ち帰ってくださいな」

下足番の手拍子入りでの口上は、いつにも増して華やいでいる。

表格子には「立春大吉もち」と太い筆で書かれた紙が誇らしげに貼られていた。老女に料理の説明を求めようとして、それも野暮だと思ったのだろう、お客らは連なって暖簾の奥に吸い込まれていった。

干し柿と鬼胡桃《おにぐるみ》の白和《しらあ》え、煮豆腐のみぞれあんかけ丼、そしてこんがりと狐色《きつねいろ》に焼き目のついた餅のような何か。

お客らは箸でその餅を摘まみ上げて、しげしげと眺め、思いきってがぶりと頬張った。まずはもちもちした嚙み心地、最初に舌が捉えるのは海老《えび》の味だろう。そして口中を満たす、食べた記憶はあるのにその正体がわからない滋養のある味わい。お客たちは一様にその正体を探ろうと考え込んでいる。

「今年はあんまり良い年じゃなかったからよぅ、せめて腰が曲がるまで元気に、ってぇことで海老と、来年は見通しが明るくなるように、ってことで蓮根が使ってあるんだよぅ」

鼻高々で解説する店主の声に、ああ、蓮根か、と皆は揃って頷き合った。

「澪、見とおみ」

最初の膳を引いて戻った芳が、器を示す。どの器も舐《な》めたかと思うほど綺麗に空けられている。

「こっちもだよ、澪ちゃん」

おりょうも手にした膳を示して笑った。

立春大吉もちはその名づけの妙もあり、それまでつる家の暖簾を潜ったことのないひとをも呼び込む力があった。

「これはこれは」

漸く空席の目立つようになった座敷で、料理を口にした坂村堂が丸い目をきゅーっと細める。うんうん、と頷きながら如何にも幸せそうに食べ進む様子に、他のお客もお運びも、そして店主までもが俯いて笑いを堪えた。

丁度、空いた膳を下げにきた料理人を捉《つか》まえて、坂村堂は料理の感想を伝える。

「いやはや、驚きました。初めは蓮根だけかと思いましたが、噛んでいると蕪の甘さがひょっこり顔を出すのです」

これは蕪好きの清右衛門先生が悔しがりますよ、と坂村堂は大らかに笑った。

聞けば清右衛門は戯作の締め切りに追われ、中坂の自宅に籠《こも》りきりとのこと。

「この料理は年内最後の三方よしにも出しますぜ。清右衛門先生にはその時に召し上がって頂けますよ」

店主が言えば、坂村堂は、ひぃふぅみぃと指を折り、頭を振った。

「三日で戯作が仕上がる訳はありません。気の毒ですが清右衛門先生には諦めて頂いて、その分、私が堪能させて頂きますよ」

澪の隣りに控えていた芳が、坂村堂の台詞《せりふ》に堪えきれず笑い声を洩らす。申し訳ございません、と詫びる芳に、坂村堂は泥鰌髭《どじょうひげ》を撫で撫で、こう切り出した。

「丁度良かった。実は父からご寮さんに伝言を頼まれていたのです。ご店主も澪さんもおいでなので、今、話させてください」

一柳の柳吾からの伝言は、芳と澪のふたりを年末年始、一柳に招待したい、というものだった。

「初午にご寮さんに一柳にお移り頂く前に、前もって勝手を知って頂いたらどうか、という父なりの考えでしょう。それと、これは私の推測ですが」

坂村堂は澪の方を向いて、続ける。

「父はおそらく、澪さんに一柳の板場を見せたいのだと思います。私の口から申すのも何なのですが、一柳の料理は一見の価値がある」

そいつぁ、と種市が両膝を叩いた。

「お澪坊、滅多と無い機会だし、ありがてぇ話じゃねぇか。それにご寮さんも、一柳の旦那と今のうちに話しておくべきこともあるだろう。この際だ、ふたりとも甘えさせてもらっちゃあどうだい」

店主の言葉に芳と澪は互いを見合った。ふたりで過ごす最後のお正月、との思いが澪の頭をかすめたが、芳が頷くのを見て、澪は心を決めた。

宜《よろ》しくお願いします、とふたりは揃って坂村堂に頭を下げるのだった。


師走最後の三方よしも大盛況で幕を閉じ、二十八日の夜六つ半を過ぎて、つる家は年内の商いを終えた。この日はおりょうも最後まで残り、皆でささやかに夜食を口にして、互いの労をねぎらいあった。

「泣いても笑っても残り二日で今年も終わっちまう。俺にとっちゃ今年ほど辛ぇ年《つれ》はなかったが、しかし、辛ぇばかりでもなかった」

種市が言えば、りうも大きく頷いた。

「嬉しいこともありましたとも。それに、お臼さんという心強い味方も得ましたし」

その言葉に、お臼は手にしていた箸と丼《どんぶり》を膳に戻して、居住まいを正す。

「あたしはこの店にご奉公させて頂けて、こんなに嬉しいことはありません。来年はもっとお役に立ちますよ。ええ、必ず役に立たせて頂きますとも」

後の方を自身に諭すように言って、お臼は皆に頭を下げた。その声に何か強い意思が宿るのを汲み取って、皆はそっと視線を交えた。

「まあ、そんなに力まなくても、お臼さんは充分役に立ってくれてるぜ」

店主は優しく言って、思い出したように芳に問いかけた。

「そう言やぁ、ご寮さん、何時《いつ》まで金沢町の裏店暮らしを続けるつもりだい？　店賃も無駄だし、一旦《いったん》引き払ってお澪坊とふたり、ここへ移って来たらどうだい」

「旦那さん、それは」

芳と種市の話に割り込む形で、澪が答える。

「初午よりあとは、あの部屋に、私がひとりで暮らすつもりなんです。なので、あのままで」

いずれは澪もまた、つる家を去る身なのだ。ここで暮らす訳にはいかない。

そんな娘の決意に、しかし、店主は頭を振る。

「お澪坊、お前さんが何れ《いず》はつる家を出るにせよ、暫くの間、俺たちと親子の真似事くらいしても罰は当たらねぇよ。それに何より、一柳てぇ名店の後添いにおさまるご寮さんを、俺はここから送り出したいのさ」

最後の言葉が、澪の胸に沁みた。

帰宅後、ふたりして話し合い、慌ただしいが翌日には大家に話を通した。そして一日がかりで部屋を隅々まで清め、あとは荷物を運び出すまでに準備を整えて、大晦日を迎えた。

「おいでなさいまし、お待ちしておりました」

大晦日の昼過ぎ、一柳の表に立った芳と澪を目ざとく見つけて、大番頭が飛び出してきた。常の勝手口ではなく、表の入口から中へ通される。

店の中は大掃除も済み、新年の準備を整えていた。塵《ちり》ひとつ浮かない、艶《つや》やかな廊下を大番頭に先導されて進む。

これまでは気安く「お芳さん」と呼んでいた奉公人たちは、些《いささ》か緊張した面持ちで芳を出迎えた。来年の初午には正式にこの店の女将《おかみ》となる相手なのだ。しかし芳は気張らず、これまでと少しも変わらない様子で、腰低く、お世話になります、と挨拶を返している。

「芳さん、澪さん、よくいらしてくださった」

奥座敷で柳吾がにこやかに出迎えた。室内には喰積《くいつみ》が飾られ、迎春の設《しつら》えになっている。そして柳吾の傍らには、ごく自然に坂村堂が控えていた。

「おふたりが気詰まりな思いをせぬように、馳《は》せ参じました」

坂村堂は泥鰌髭を撫でて、にこにこと笑う。

「お休みになる部屋は二階に用意してあります。それと失礼とは思いましたが、部屋に柳行李《やなぎごうり》を用意しておきました。中に、私の女房が見繕った着物やら帯やらが入っています。是非とも使ってやってください」

「いえ、そないなわけには」

芳は狼狽《うろた》えて、弱ったように澪を見た。

芳の身に着けているのは粗末な木綿の綿入れで、幾ら洗い張りをして体裁を整えていても、この場ではあまりにみすぼらしい。一柳の仲居たちのお仕着せの方が遥かに見栄《みば》えがする。澪は坂村堂の心遣いにむしろ嬉しくなった。

「どうか、遠慮なさらずに」

坂村堂は澪の感謝の眼差しを受けて、芳を優しく諭す。

「一柳の女将に相応しい装い、というのは追々に父が整えるとして、今は取り敢えず、うちのが用意したものでお茶を濁させてください」

澪さんの分も用意がありますからね、と坂村堂は丸い目を細めた。

一旦、奥座敷を退いて、二階の部屋へ案内してもらう。坂村堂の話していた通り、大きな柳行李がひとつ用意されていた。

黒紅梅《くろこうばい》地に薄紅の梅花を散らした綿入れに、遠州緞子《えんしゅうどんす》柄の帯、扱《しご》き帯も鴇色《ときいろ》の上品なものだ。いずれも上質ながら、晴着のような仰々しさはない。澪は坂村堂夫妻の心配りに舌を巻いた。

「ご寮さん、よくお似合いです」

綿入れを芳の肩にあてがい、澪は華やいだ声を上げる。

芳に着替えを勧めて、澪は一旦、部屋を出た。一階の板場から、鰹出汁《かつおだし》の爽《さわ》やかな香りが漂ってくる。おそらく重詰《じゅうづめ》にする正月料理の用意が始まっているのだろう。

炊き物は何だろう、澪は鼻から息を深く吸う。蓮根、里芋、蒟蒻、戻した干し椎茸《しいたけ》。

微かな匂いを嗅ぎ分けて、澪は目もとを和《やわ》らげた。

「おや、澪さん」

階下、坂村堂がこちらを見上げていた。

「着替えておられなかったのですか」

とんとん、と軽く階段を踏み鳴らして、坂村堂は澪の傍まで来た。

「萌黄紬《もえぎつむぎ》地の綿入れと繻子《しゅす》帯を行李の中に入れておいたはずですが」

「いえ、私はこのままの方が」

気が楽なので、という言葉を澪はそっと呑み下す。

一柳の後添いに入る芳とは違い、澪は付き添ってきた奉公人に過ぎない。そんな澪の気持ちを察したのか、坂村堂は軽く頭を振った。

「澪さんはご寮さんにとっては娘同然ですから、父もそのように接したいと考えているのですよ。甘えてくださった方が父も喜びます。それに、おそらく父は、ゆくゆくは澪さんを……」

言葉途中で、坂村堂はふっと口を噤《つぐ》む。

二階端の部屋の襖《ふすま》が開いて、芳が姿を現したのだ。紅梅に黒を上掛けした落ち着いた色が、明日には五十三を迎える芳によく映っている。髪に挿した珊瑚《さんご》のひとつ玉と相俟《あいま》って、天満一兆庵のご寮さんだった頃の風格が戻ったかのようだった。

「ご寮さん」

澪は思わず芳に走り寄った。

「お綺麗です。本当にお綺麗です」

澪の言葉に、芳は頰を朱に染め、おおきに、と小さく呟いた。

奥座敷で柳吾と芳とが今後のことを話し合う間に、澪は坂村堂に連れられて、一柳の中を案内してもらうこととなった。

「あれは調度部屋。各座敷の設えに用いる調度類を保管するための部屋です。それと、こちらは器類を保管する部屋ですよ。焼き物と漆器とは分けてあります。ご覧になりますか？」

坂村堂は言って、漆器ばかりが収納されている部屋へ澪を通した。

畳紙《たとうがみ》に真田紐《さなだひも》をかけたものが棚にずらりと並んでいる。坂村堂はひとつを手に取って紐と紙を外し、中の桐箱《きりばこ》の蓋を外した。鬱金《うこん》の根で染めた布を取り出して開くと、薄紙に包んだ塗りの重箱が現れた。

扇面流水蒔絵《まきえ》、と名付けられているもので、川の流れと開いた扇の図柄が溜息《ためいき》が出るほど美しい。塗師だった父、伊助《いすけ》にもひと目、見せたいと思うほどの見事な塗りが施されていた。

天満一兆庵にさえ、ここまでの名品はなかった。澪は息を凝らして重箱に見入る。

「見飽きないでしょう。この重箱に一柳の料理が収まると、それは見事なのですよ」

坂村堂は薄紙のまま手に取って、うっとりと眺めた。

春駒《はるこま》蒔絵、溜露草《ためつゆくさ》、芽張柳《めばりやなぎ》、等々、畳紙に記された漆器の名が中身の美しさを偲《しの》ばせる。おそらく、どの器も重箱同様、鬱金色の布に包まれ、桐箱に収められて出番を待つのだろう。正しく手入れされ、大切に扱われた漆器は永年の愛用に耐える、と幼い日、父から教わったことを思い出す。

澪は畏怖の念に打たれ、声を失うばかりだ。

「少し顔色が優れないようだが」

坂村堂に連れられて奥座敷に戻った澪に、柳吾は案じる声をかけた。

いいえ、と澪は頭を振り、気遣う眼差しを向ける芳に、

「今、漆器を見せて頂いていました」

とだけ告げた。

そのひと言で芳は澪の気持ちを察したのだろう、柳吾に向かって、

「澪の父親は腕の良い塗師でおました。せやさかい、澪には誰よりもこの店の器の値打ちがわかったんだすのやろ」

と、伝えた。

ほう、塗師の、と柳吾は身を乗り出す。

「なるほど、それは料理人にとってまたとないこと。漆器がわかる、というのは大きな宝になりますからね」

微《かす》かに、捨て鐘が三つ、続いて七つ。障子を照らす陽射しに薄く朱が混じっている。

奥座敷の四人は、時の鐘に耳を傾けて暫し黙った。

さて、と柳吾はゆっくりと立ち上がる。

「年始重詰の仕度も佳境に入った頃です。澪さん、今度は私が一柳の板場を案内するとしましょうか」

澪は緊張した面持ちで、柳吾に従った。

一柳の調理場は二十畳ほどの広さで、使い勝手よく調理道具が棚に並び、十名ほどの料理人がきびきびと働いている。座り流しに、座っての調理姿勢は江戸の料理屋の昔ながらの流儀だった。澪は作業の邪魔にならぬよう、調理場の土間の隅に陣取って、料理人たちの手もとに目を凝らす。

上客に届ける重詰作りが、柳吾の言っていた通り、佳境を迎えていた。

数の子、黒豆煮、田作り、といった祝い肴の他に、煮しめ、烏賊《いか》の松笠《まつかさ》、伊達巻《だてまき》、海老串焼き、祝い鯛、小鰭《こはだ》の粟漬《あわづけ》等々、吉祥を盛り込んだ料理の数々が仕上げられていくのを、澪は唇を結んだまま見つめていた。

「あっ」

ひとりの料理人が沸騰した湯の中に芽萱草《めかんぞう》を入れるのを目にした時、澪は思わず声を洩らした。予め熱湯の中に入っているのは、塩ではなく砂糖のようだった。気忙《きぜわ》しさで塩と砂糖を間違えたのではないか、と澪が思った時だった。

「あれは砂糖で良いのです」

傍らに居た柳吾がさり気なく言って、澪を驚愕させる。

「甘くならないのですか？」

「茹でた後、水に放つので甘くはなりません。一柳では、砂糖は魚を締めるのに使うこともあります。身が固くなることなく水気を抜くことが出来るからです」

料理人として砂糖を扱ってきた澪には、にわかに信じ難い話だった。顔を引きつらせている娘を見て、柳吾はほろりと笑い、さらに言い添える。

「あまり知られていないことですが、砂糖には食材から水を抜く力が備わっています。しかも塩辛くならない、という利点もある。塩よりも水に溶け易く、味沁みは遅い。こうした砂糖の質《たち》を知っていれば、下拵えの幅は格段に広がります」

安価な塩と比べて、砂糖は遥かに高い。甘味を付けるのではなく、下処理に使うだけとは何と贅沢《ぜいたく》なことだろう。澪はただもう驚いて、双眸を見開くばかりだ。

烏賊の松笠焼きは端を大胆に切り落とし、見栄えよく形を整える。焼き物の鰤は血合いや皮を外し、食べ易い大きさに。青物の煮しめも、形の悪いものは容赦なく外す。

外されたものは無論、捨てるのではなく賄いに用いられるのだろう。

料理はまず目で味わうもの――一柳の料理は、まさにそれを極めている。振り返れば、天満一兆庵の料理もそうだった。吟味され尽くした食材を用い、その最も美味しい部分のみを使う。手間を惜しまず、工夫を重ねて仕上げたものを、それに相応しい器に盛り付けて供する。名料理屋と呼ばれる店とは、そうしたものだった。

お客の懐具合を考えて、少しでも美味しいものを無駄なく充分に、との心構えで料理をしてきた澪にとって、その辿ってきた道の違いに言葉もない。

料理人たちの手で次々に重箱に美しく詰められていく料理を目の当たりにし、黙り込む澪のことを、柳吾は静かに見守っていた。

何処の寺の鐘か、少し高い音色が今年最後の夜に深い趣きを添える。

一柳の奥座敷では、柳吾と芳と澪の三人が、年取り蕎麦を手繰りつつ、鐘の音に耳を傾けていた。

「ひとの一生とはわからぬものです」

柳吾は箸を置いて、しみじみと呟いた。

「よもや今年の大晦日を、こうして過ごすことになろうとは……」

義絶していた嘉久《かきゅう》とも和解し、孫娘の加奈《かな》を含め一家との交流が始まった。そして芳という伴侶を得ることとなったのだ。

「この齢になって、年神さまをこれほど希望に満ちた気持ちでお迎え出来るとは、思いもしませんでした」

「それは私も同じでおます」

両の手を膝に揃えて、芳もまた小さく頷く。

長らく行方知れずだった佐兵衛と再会し、天満一兆庵の再建を諦めた代わりに、新たな絆《きずな》を得たのである。和やかに眼差しを交わし合うふたりのことを微笑ましく眺めて、澪は、ふっと唇を引き結ぶ。

振り返れば、料理人として大きな試練に晒された一年だった。師とも友とも慕う大切なひとを無残にも喪《うしな》った年だった。その亡きひとから思いを託された澪にとって、ただもう、身の引き締まる思いで迎える年神さまなのだ。

またひとつ、除夜の鐘が撞《つ》かれた。

この一年にあった喜怒哀楽を胸の内に思い返して、少しずつ、年が移っていく。

「良い年になりますように」

柳吾が言い、

「良い年になりますように」

芳と澪とが心を込めて唱和した。

深夜、二階の部屋へ引き上げて横になったものの、澪はなかなか寝付かれなかった。瞼《まぶた》を閉じれば、夕刻に見た調理場での情景が嫌でも蘇《よみがえ》ってくる。

美味しいから、心弾むから、とつる家の献立には魚のあらや骨まで載せてきた。洗練された料理などとは程遠いところに、澪の料理はあった。頭では理解もし、納得もしていたが、格の違いをまざまざと突き付けられた思いがする。

料理人を志した以上、師と仰いだ嘉兵衛のようになりたい、と願う。あの扇面流水蒔絵の重箱に相応しい料理の数々を作って詰めてみたい、との思いも確かにあった。

自分の作りたい料理とは、どういうものか。料理人として作り続けて行きたいのは、一体どういう料理なのか。自身への問いかけが頭を過《よぎ》る。

「澪」

優しい声で、芳が呼んだ。

ご寮さん、と澪は応えて半身を起こす。

「今日、初めてゆっくりと一柳の旦那さんと、お前《ま》はんのことを話しました」

少し離して敷かれた布団に、芳もまた上体を起こしている。

「旦那さんは、澪のことを『後世に名を残す料理人になる』て言うてはった。嘉兵衛が果たせなかった分、ゆくゆくは澪を手もとに置いて、その才を存分に伸ばしたい、と。そのために、料理人として自分の持てる全てを澪に教えておきたい、と。そないな風に言うてはった」

「ご寮さん……」

鼈甲珠を持参した際の遣り取りを、澪は芳には伏せている。どう応えたものかわからず俯く娘に、芳は膝行《しっこう》してその手を取った。

「澪には澪の考えがあることもわかる。せやさかい、すぐにとは言わへん。けんど、お前《ま》はん自身のためにも、末は一柳で修業することを考えてほしいんだす」

料理の才に男も女もない。嘉兵衛はそう言って周囲の反対を押し切り、澪を天満一兆庵の板場へ入れた。厳しい仕込みに耐えて才を伸ばす澪のことを、名料理人として育て上げるのが嘉兵衛の夢だった、と芳は言い募る。

「料理人としてのお前はんの名ぁを後の世に残すことが出来たなら、亡《の》うならはった親かて、嘉兵衛かて、どれほど誉《ほま》れに思うやろか。なぁ、澪、料理の道でお前はんの人生の花を咲かせておくれやす」

言い終えると、芳は娘の手を取ったまま、祈るように自らの額に押し当てた。

年が明けて、文化十四年（一八一七年）、睦月《むつき》となった。

元日の祝いを一柳で済ませると、翌二日、初荷で賑わう日本橋を抜けて、芳と澪は一旦、金沢町の裏店へ戻った。隣人たちと新年の挨拶を交わし、部屋を引き払う報告を済ませる。

「伊佐三さんとこが引っ越して、今度はご寮さんたちまで居なくなっちまうだなんて。新年早々、寂しくなるねえ」

顔馴染みのおかみさんたちは、口々にそう言って別れを惜しんでくれた。

思えば、嘉兵衛を喪い、他に頼る人もないまま、この裏店で暮らし始めた。江戸の水になかなか馴染めず、最初の頃は孤立したままだったが、おりょうと親しくなったのをきっかけに、裏店のおかみさんたちとの交流が始まった。

倒れた芳のために、裏店中の行灯が部屋に集まった日があった。はてなの飯が売れに売れて、おかみさんたちが助っ人に来てくれたこともあった。ふたり暮らしの心細さを、どれほど周囲の情に救ってもらったか知れない。芳と澪は、おかみさんたちに幾度も幾度も礼を言い、最後にもう一度、長く暮らした部屋へと足を向けた。

布団、行李、小さな仏壇など僅かな家財道具はひとに頼んで、ひと足先に荷車でつる家まで運んでもらっていた。何もない、がらんとした部屋に暫くふたりで佇む。

「おおきに、ありがとうさんでございました」

板張りの端に正座して、芳が涙声で言い、沢山の思い出の宿る部屋に向かって深く頭を下げた。澪もこれに倣う。

芳のあとに続いて部屋を出る時、澪は上り口にふと目を留めた。

そこに腰を掛けていたひとの姿を思い出す。

雲外蒼天《うんがいそうてん》、とだけ書かれたあさひ太夫《たゆう》からの文と十両とを持ってきた又次の姿を。

今にして思えば、野江と又次と澪、三者が初めて結びついたのがこの場所だったのだ。

思い出のひとつひとつを大事に胸に収めて、澪は部屋の薄い引き戸を閉じた。


暦の上ではとうに春を迎えたはずが、年明けから底冷えする寒さが続いていた。

そのせいか、今年の七草には、つる家の甘くない七種粥《ななくさがゆ》を求めるお客の行列が、店の表から俎橋の袂あたりまで伸びた。平素は粥に見向きもしない江戸っ子も、つる家の七種粥を口にすると、一年の息災を約束された気になるのだろう。結局、その日は暖簾を出してから終うまで、一階、二階とも、畳の冷える暇がなかった。

「良いもんだな、一日身を粉《こ》にして働いたあと、皆で揃って湯ぅに行くってのも」

湯屋からの帰り道、水洟を啜りあげて種市が言う。

「旦那さん、湯冷めしはったたんと違いますか」

案じる芳に、種市は、

「何の何の、帰ったらお澪坊に熱いのをつけてもらうから心配ねぇよ」

と、笑った。

ふたりのあとを澪と並んで歩いていたふきは、自身の手の甲の匂いを嗅いで、

「糠の良い香りがします」

と、嬉しそうに澪に話しかけた。

こうして皆で湯屋へ行き、再び店へ帰って、ひとつ屋根の下で休む。まだ始まって間もない四人での暮らしが、まるで家族のような暮らしぶりが、澪は愛《いと》おしくてならなかった。来月になれば芳は一柳へ嫁ぎ、澪もいつかはつる家を出て、ひとり立ちすることになる。

せめて限られた日々を大切に、掌で慈しむように過ごそうと思う。

はっくしょん、と種市が大きな嚔《くさめ》をひとつ。ぢんと音を立てて、濡れた手拭いで洟をかむと、

「お澪坊、肴も熱いのにしてくんな」

と懇願した。

はい、と笑いながら返事をして、澪は頬を撫でる。そこに冷たいものを感じた。

あっ、とふきが小さく声を洩らす。

「澪姉さん、雪です」

提灯を持たない方の手を天に向けて、ふきが声を上げた。

初めは細かな雪だったが、見る間に牡丹《ぼたん》雪となった。四人で雪花の幕の下をつる家へと急ぐ。勝手口の引き戸を閉める時には、降りしきる雪影で周辺が仄白《ほのじろ》く見えた。

「こいつぁ朝までに積もっちまうなあ」

店主がもう一度、引き戸から外を見て、諦めた口調で呟いた。

七草の深夜に降った雪は店主の予想通り、翌朝には厚く積もった。その上、翌日も、そのまた次の日も曇天で、道端に掃き寄せられた雪は融ける気配もない。初寅《はつとら》の毘沙《びしゃ》門天詣《もんてんまい》りもちらちらと降る雪の中で、江戸っ子たちは連日の曇天と雪にうんざりしていた。

待望の陽光が街にあまねく降り注いだのは、お鏡開きの翌日だった。

「全くよぅ、俺ぁ、もうすっかりお天道さまの面ぁ忘れちまうとこだったぜ」

空を仰いだ。

　よほど嬉しいのか、つる家の店主は自身で店の表へ暖簾を出し、気持ち良さそうに
　笊を干しに表へ出た澪も、釣られて天を見上げる。

　町家の屋根に消え残る真白の雪に、一片の雲もなく澄みきった蒼天《そうてん》が眩《まばゆ》い。じっと見つめれば、魂ごと吸い上げられてしまいそうだった。

「美雪晴《みゆきば》れ、とでも名付けたくなるような今朝の空だな。なぁ、お澪坊」

　種市の言葉に、ええ、と頷いて見せると、澪は両の腕を開き、胸一杯に息を吸う。

雪解けの匂いに混じり、微かに梅の香がしていた。

　その日は、久しぶりに客足もさほど伸びず、接客もゆっくりとしたものになった。

「あんまり上天気なんで、お客は皆、余所《よそ》へ行っちまったのかよぅ」

　膳を引いて調理場に戻った店主がぶつぶつと零《こぼ》せば、出来上がった料理を手におりょうが応える。

「明日は年明け最初の、待望の『三方よし』ですからね。今日の分まで明日に回そうと痩《や》せ我慢するのが、酒呑みってもんなんじゃないんですかねぇ」

　おりょうの読みが当たったのか、まばらだった客足は、昼餉時を過ぎた頃には、ぱたりと途絶えた。つる家の表に塗り駕籠《かご》が止まったのは、丁度その頃合いだった。

おいでなさいませ、と出迎えるりうの声が妙に裏返って聞こえて、澪は賄いを用意する手を止めた。

「旦那さん」

お客の案内を終えた芳が、調理場へ戻って種市を呼ぶ。

「二階座敷へお通ししたお客さんが、食事はええさかい料理人と話をさせてほしい、と……」

これを、と懐紙に包んだものを差し出され、店主はその手触りに眉を顰《ひそ》めた。

「中身は小判、それも三枚はあるぜ。心付けにしちゃあ多過ぎる。ご寮さん、そいつぁ一体、どんな野郎だい」

問われて、芳は店主と澪を交互に見て、声を落とす。

「以前もお見えにならはったおかただす。確か、清右衛門先生が『摂津屋助五郎《せっつやすけごろう》』と呼んではったように思います」

澪の頬からすっと血の気が失せた。

つる家の二階、東端の「山椒《さんしょう》の間」で、摂津屋は静かにお茶を啜っていた。

前回も同じくこの部屋で摂津屋を迎えたが、あの時は黒地の単衣《ひとえ》に絽《ろ》の薄羽織、という装いだった。今、老人が身に着けているのは、木賊《とくさ》色の結城紬《ゆうきつむぎ》の、見るからにたっぷりと綿の入った小袖《こそで》、それに同色の綿入れ羽織である。時の移ろいを思いつつ、澪は襖の傍に控えていた。

「昨年の、確か水無月《みなづき》でしたな。お前さんとここで会うたのは」

月日の流れるのは早いものです、と摂津屋はしみじみと言い、傍らに置いていた小風呂敷の包みを引き寄せた。

「長月の末から暮れまで三月ほど大坂に居て、先日ようよう江戸に舞い戻ったばかりです」

大坂に、と澪は低い声で繰り返し、じっと摂津屋の仕草を見守った。

摂津屋は小風呂敷を開いて、中のものを取り出す。桑茶《くわちゃ》の柔らかな表紙の、右綴《と》じの書物のようだ。

「その折りに、面白いものを見つけてね」

これですよ、と摂津屋は書を澪の方に向けて畳に置いた。

澪はじりじりと膝行し、摂津屋の傍まで寄ると、その表紙に見入った。

摂津國名所図会《めいしょずえ》、と書いてある。

「構いませんよ、手に取ってご覧なさい」

澪の問いかける眼差しを受けて、摂津屋は頷いてみせた。

恐る恐る手に取って、表紙を開く。名所図会、という題の通り、摂津の国の名所を挿絵と解説で巡る案内書だった。

「ああ……」

懐かしい四ツ橋、新町、順慶町、天満《てんま》天神社、等々。書を持つ手がわなわなと震えだすのを、どうしても止められない。

墨一色で摺《す》られたものながら、記憶の中の大坂の街並がそっくりそのまま絵に移り込んで多彩な色を放ち、そこに描かれているひとびとの顔が見知ったひとに重なるのだ。澪は思わず四ツ橋の絵を胸に押し当てた。

「今から十五年ほど前の、まだ淀川の水に飲み込まれる前の大坂を描いた珍しいものですよ。水害で街が様変わりしたため、全く売れなかったそうだが」

摂津屋は両の腕を組むと、目の前の娘に鋭い視線を投げる。

「お前さんが口を割らなかったあさひ太夫の素性を求めて、あれこれと手を尽くした。万策尽きかけた時に、それを見つけたのだよ」

老人の言わんとする意味がわかりかねて、澪は胸から書を外した。重なった分厚い紙の間に、短く栞《しおり》が挟んである。先ほどは気付かなかったその栞の箇所に指を挟んで開いた。

「こ……これは」

掠《かす》れた声を洩らして、澪は絶句する。

客で賑わう、広い間口の店内。異国渡来の珍しい書画や置物、それに棚には美しい義山《ギヤマン》の皿が飾られている。今にも売り買いの声が聞こえてきそうなその絵の右上、「唐高《とうこ》麗物《まもの》屋」の文字とともに、店の名が鮮明に読み取れる。

高麗橋淡路《あわじ》屋《や》。

思いがけず再会したその屋号に、澪は震える指先でそっと触れる。幼い日、野江とともに遊んだ店先、台所へと繋《つな》がる通り庭、奥座敷。懐かしい情景が脳裡に押し寄せる。澪は戦慄《わなな》く唇を固く結ぶことで、辛うじて激情に耐えた。

「大坂でも指折りの唐高麗物商、と添え書きされている。その末娘が水原東西《みずはらとうざい》の易《えき》で『天下取り』の予言を受けたゆえ、淡路屋の栄達は約束されたものだ、と……」

――澪ちゃん

摂津屋の声の奥に、澪は野江の声を聞いていた。

――ほかでどんな名ぁを貰《もろ》たかて、澪ちゃんにとって私は『野江』やんね

脳裡に、一面の菜の花の海に埋もれて笑う、野江の姿が映る。これから先に襲いか

かる過酷な運命を知らずに、満面の笑みを澪に向けて、小さな手を振っている。

野江ちゃん、野江ちゃん。

「気の毒に、あの水害で主一家も奉公人らも行方《ゆくえ》知れずとなってしまったそうな……。ただ、高麗橋淡路屋は大店《おおだな》ゆえに、華やかなりし往時の様子を覚えているひとも多く、色々と話を聞かせてもらううち、ある人物に辿り着きました」

摂津屋は言葉を区切り、大きく息をひとつ吐くと、腕を解いて腿に掌を置いた。

「龍蔵《りゅうぞう》、という名に聞き覚えは？」

投げかけられた問いの意味がわからず、澪は怯えた瞳を摂津屋に向けた。娘の仕草に、摂津屋は僅かに首を傾げ、ああ、そうだった、と呟いた。

「大坂では奉公人が親からもらった名を名乗ることは稀《まれ》でしたね。龍蔵さんも、淡路屋では龍助《りゅうすけ》と名乗っていたそうです」

龍助どん。せや、野江ちゃんがそう呼んでた。淡路屋の番頭さんのことやわ。

他の大店の嬢《とう》さんらと分け隔てなく接してくれた、優しい番頭の姿を澪は思い出した。小膝を打つ癖や、柔らかな物言いをよく覚えている。

「その龍蔵さん、というひとだけが九死に一生を得たのだそうですよ。ただ、背骨を痛めて寝たきりとなり、無念のうちに水害から二年後、亡くなられたそうです。その最期を看取《みと》った息子さんから詳細を伺いました」

澪の方へ心持ち身を傾けて、摂津屋は声を落とす。

「淡路屋の末娘の名は『野江』、旭日昇天《きょくじつしょうてん》の易に相応しく、聡《さと》い上に大層な器量よしだった、と」

摂津屋の口から野江の名が出た途端、澪は耐え切れずに両の掌で顔を覆った。

きりり、ころろ
きりりり、ころろ
重い沈黙に支配された部屋に、河原鶸《かわらひわ》の地鳴きが紛れ込む。はぐれた仲間を探しているのか、か細い鳴き声は止みそうにない。

摂津屋は腿に置いた掌を、ぎゅっと拳に握った。

「大店の末娘として、何不自由なく育てられていたはずが、洪水で何もかもを失い、欺かれて吉原へ売り飛ばされる——神仏は幼子に何と酷《むご》い運命を背負わせたものか」

世に名高い札差《ふださし》の声が、僅かに震えている。

両の掌を外して、澪は青ざめた顔を上げた。

摂津屋はすっと手を伸ばし、障子を細く開いた。河原鶸の地鳴きが少し大きくなった。鳥影を探すように窓の外へ視線を廻らせて、摂津屋は静かな声で続ける。

「前にも話した通り、私には齢《よわい》四つで逝った娘がいます。生きていれば、おそらくは太夫と同年、そのせいか、太夫と我が娘が重なって仕方がない。天変地異は人知の及ばざるところ、もしも娘が生きていて、同じ目に遭《お》うていたなら、と。翁屋の抱え遊女と客の間で何を綺麗事を、と思われるかも知れないが」

言葉を区切り、摂津屋は澪へ向き直る。そうして極めて真剣な表情で、目の前の娘をじっと見据えた。

「過酷な運命を補って余りある道を、あさひ太夫に、否、野江という娘に、拓《ひら》いてやりたい。真実、私はそう願っているのですよ」

摂津屋の言葉には、花魁の旦那としてではない、真実、父親の情のようなものが溢れていた。

「過酷な運命を補って余りある道を……」

澪は小さく繰り返す。

同じなのだ、目の前のひとの願いも、澪自身の願いも。

懐に手を差し入れて、巾着を引き抜くと、澪は中身を掌にあけた。ころんと丸い蛤の片貝。見覚えがあるのか、摂津屋ははっと目を見張った。

片貝を掌に握り締めると澪は心を決める。摂津屋さま、と呼びかけて畳に両手をついた。

「聞いて頂きたいことがございます」

障子越しに射し込む柔らかな陽が仄かに黄みを帯びている。河原鶸の地鳴りの代わりに、「一年中のご調法、ご調法」と、老いた暦売りが九段坂を流す声がしていた。

先刻から摂津屋は、片方の掌で唇を覆ったまま身じろぎひとつしない。

幼馴染みだったこと。新町廓で受けた易。水害で互いに天涯孤独の身となり、思いがけず江戸で巡り逢《あ》えたこと。著名な戯作者との遣り取りから、この手で太夫の身請けを願うようになったこと。そして、又次の願い。

澪から包み隠さず打ち明けられた内容は、おそらく摂津屋の想像を遥かに超えるものだったに違いない。

「又次の今わの際のあの言葉……」

掠れた声が、指の間から洩れた。

「あれは、お前さんに太夫の身請けを頼む、という意味だったとは……」

弱々しく頭を振ると、摂津屋は書物と小風呂敷を引き寄せた。そして沈思の表情を崩さぬまま、ゆっくりと立ち上がる。

先に立って表まで送って出た澪に、しかし摂津屋は何ひとつ言葉をかけない。

駕籠に乗り込む直前に、老人は澪を振り返った。何か言おうとして、しかし結局は黙ったまま駕籠のひととなった。

奉公人や用心棒らに守られて、摂津屋を乗せた塗り駕籠はゆるゆると俎橋を行く。北側の屋根に残る雪の衣を、斜めから射す陽が少しずつ、少しずつ畳んでいく。吉祥の証《あかし》のような、一点の翳りもない美雪晴れ。その天のもと、ゆっくりと遠ざかる駕籠を、澪は橋の袂に佇んでひとり見送った。

華燭《かしよく》——宝尽くし

吹き上げる川風はまだ冷たく肌を刺すが、朝焼けの弾正橋《だんじようばし》に佇《たたず》むと、春陽の恵みに僅《わず》かな慰めを得る。欄干に両手をかけて金色に輝く川面《かわも》を覗《のぞ》き込めば、京橋川と楓川《もみじがわ》の交わる辺りに、切り出したばかりの青竹を積んだ筏《いかだ》の船頭が棹《さお》を差していた。

ふたつの川が十文字に交差する情景は、故郷大坂の四ツ橋を思い起こさせ、澪《みお》を切ない気持ちにさせる。嘉兵衛《かへえ》を喪《うしな》って暫《しばら》くは、月忌《がつき》の度にここを訪れていた。天満一兆庵《てんまいつちようあん》の江戸店《えどだな》があった炭町は目と鼻の先、それに芳《よし》が後添いに入ることになった一柳《いちりゆう》もすぐ傍《そば》だった。ひとと土地との縁を思い、澪は弾正橋を渡る。柳町の手前を北へ折れようとした時、見覚えのある後ろ姿を認めた。

「坂村堂《さかむらどう》さん」

暖かそうな濃茶の紬《つむぎ》の綿入れを着た男は振り返り、声の主を認めて駆け寄った。

「澪さん、お珍しいですね、こんな朝早くに」

仕入れか何かですか、と尋ねる坂村堂に、澪は軽く頭を振る。

「八丁堀の玉子問屋さんに用があって」

鼈甲珠《べっこうだま》を作って売り出すための算段を整えている最中だった。もとより玉子は貴重で値の張る食材だが、つる家《や》がその店から仕入れていることもあり、何とか融通してもらえるよう話を付けてきたところだ。

それは何よりです、と坂村堂は泥鰌髭《どじょうひげ》を撫《な》で撫で、頷《うなず》いた。

「新しい玉子料理を吉原《よしわら》で売ることを考えておられるそうですね。詳細は存じませんが、清右衛門《せいえもん》先生からそのように聞いていますよ。廓《くるわ》は仮宅の方が儲《もう》かりますから、戻るのはまだ大分と先でしょうが、手はなるべく早くに打った方が良い。実際、吉原の揚屋町の商家はすでに再建を終えてぽつぽつ戻りつつあるそうですからね」

吉原に暮らすのは廓の者ばかりではない。日々の営みを支える商人や職人なども数多く、その大半が揚屋町に居を構える。そうしたひとびとから先に、まず吉原へ戻るのだという。

だとしたら、登龍楼《とりゅうろう》も……。

澪の心のざわめきを読み取ったのか、坂村堂は心配ない、という風に手を振ってみせた。

「登龍楼は廓の客を相手にした商いですから、再建も妓楼《ぎろう》と足並みを揃《そろ》えるに違いありません。聞くところによれば、随分と贅《ぜい》を尽くした造りにするようですし、完成までは時がかかることでしょう」

さて、途中までお送りしますよ、と版元は笑顔を見せ、先に立って歩き始めた。

「昨夜は一柳に泊まりましてね。久々に父と酒を酌み交わし、色々と話をしました。ご寮《りょん》さんのお蔭《かげ》で、そうした刻《とき》を持てるようになったのです。ありがたいことだ」

坂村堂はしみじみと語り、来月の初午《はつうま》が待ち遠しいです、と言い添えた。

ひとの身体は、酷暑の頃には塩味と酸味を欲し、極寒の頃には甘味とこくを求める。年が明けて二十日あまりが過ぎ、流石《さすが》に厳しい寒さからは遠のいた。酒粕汁《さけかすじる》も徐々にお暇かしら、と澪は思案しつつ、小松菜の根を切り落とす。

「あっ」

切り落とされた根がころころと土間を転がった。ふきが気付いて、さっと拾い上げる。手にした根を見て、ふきはくすくすと笑った。

「ふきちゃん、小松菜の根がどうかした？」

澪に問われて、ふきは頰《ほお》を染める。

「この前の藪入《やぶい》りの時に、健坊《けんぼう》がこの小松菜の根を見て、『姉ちゃん、牡丹《ぼたん》の花に見える』って言ったんです。それを思い出して」

どれ、と澪はふきの手から小松菜の根を受け取ってじっと見入った。白っぽい根の部分は、確かに花弁の重なりに似る。

「本当だわ、牡丹の花に見える」

いつも眺めているはずが、ちっとも気付かなかった。子供のものを見る目は新鮮で、澪はつくづく感心させられた。指の怪我《けが》のあと、細かい細工包丁は出来なくなったけれど、これなら、と澪は手の中の牡丹をそっと撫でる。

「ふきちゃん、これ、いつか使えるかも知れない」

澪の台詞《せりふ》に、ふきは怪訝《けげん》そうに首を傾《かし》げた。

この発見を店主に伝えようと、澪は種市《たねいち》の姿を探し回った。入れ込み座敷には芳とお臼《うす》の姿しかない。思い立って勝手口から路地を抜けようとした時、種市の声が耳に届いた。

「そりゃあ、一柳の旦那《だんな》がゆくゆくはあの店をお澪坊に継がせよう、って心づもりなのはまず間違いねぇぜ」

周囲を憚《はばか》って押し殺した声は、さらに続く。

「お澪坊ほどの才のある料理人をこのままうちに置いておいちゃあ宝の持ち腐れよ。あの腕前は一柳のような店でこそ役に立つのさ」

確かにねぇ、と店主に応じる低い声は、りうのものだ。

「澪さんが一柳を継いだなら、ご寮さんともずっと一緒に暮らせるわけですし、こんなに願ったり叶《かな》ったりの話はありませんよ。けれど、よもや旦那さんが澪さんをつる家から出す覚悟がおありとは、あたしゃ思いもしませんでしたよ」

あたぼうよ、と威勢の良い台詞を、妙に萎《しお》れた声色で店主は口にする。

「前々から腹は括《くく》っちゃあいたんだが、お澪坊のあとを任せられるような料理人を、そろそろ本腰を入れて探さねぇとな。でねぇと、お澪坊だって安心してここを出ていけやしねぇし」

「けど、旦那さん」

店主の台詞を涙声で遮ったのは、おりょうだろう。

「澪ちゃんほどの料理人がそうそう居るとは、あたしには思えませんよ。それに、そうするのが澪ちゃんのためと頭ではわかっていても、どうにも寂しくて……」

ぢん、と洟《はな》をかむ音が響く。種市とりうの吐息が虚《むな》しく重なったあとも、会話はまだ止《や》みそうになかった。各々の千々に乱れる思いをそれ以上耳にすることに居たたまれず、澪は足音を忍んで勝手口へと引き返した。

一柳の店主、柳吾《りゅうご》からは初午の芳の嫁入りに付いて一柳へ移ってくるよう誘いを受けたが、訳を話して許してもらっている。のちのちはどうするのか、未《いま》だ澪自身にも決められない。吉原で鼈甲珠を商い、四千両という途方もない身請け銭を作ってあさひ太夫《たゆう》を身請けする。今はその心願を叶える術《すべ》を考えるだけで一杯一杯だった。

「お澪坊、今日は百合根《ゆりね》がどっさり届いてるぜ。あと、俺ぁ慈姑《くわい》を仕入れてきた」

睦月《むつき》最後の三方《さんぽう》よしの日の朝、店主は料理人に自慢げに土間を示した。木箱に湿り気を帯びたおがくずがぎっしり。手を差し入れると、少し小振りだが、ころりと丸い百合根に当たった。

「百合根は身体《からだ》にとても良いんですよ。前に源斉《げんさい》先生から教わりました」

澪は嬉《うれ》しそうに百合根を手にした。土間や調理台に置かれた他の食材を眺めて、今日の昼餉《ひるげ》と三方よしの献立とを組み立てていく。

「せっかくですから、三方よしでは、ちょっと変わったものを出しましょうね」

料理人の言葉に、店主はもう、

「そいつぁいけねぇよぅ」

と、身を捩《よじ》ってみせた。

慈姑は極めて薄く切って、薄い塩水で灰汁《あく》を抜き、水気を拭《ぬぐ》って天日で軽く干す。

それを油でゆっくりと揚げ、膨らんできた頃合いを見計らって掬《すく》い上げ、紙に取って余分な油を吸わせた。

「慈姑煎餅《せんべい》です」

味を見てください、と差し出されたものを、店主はまず一枚、口に運ぶ。ぱりぱりと軽やかな音がした。

「こいつぁ滅法、癖になるぜ」

店主は言って、もう一枚、あと一枚、と手を伸ばす。

「三方よしの肴《さかな》を待つ間、これをあてに酒が呑《の》めるってもんだ」

ひとしきり感心して、はて、と店主は調理台を見た。蒸籠《せいろ》で蒸された百合根が沢山、並んでいる。

「お澪坊、百合根は何に化けるんだよぅ」

「まだ内緒です」

料理人はそう言って、店主に笑顔を向けた。

「さあさ、睦月最後の三方よしは、ほくほくあと引き、ほくほく、あと引き」

七つ（午後四時）を迎えて、りうの手拍子が九段下に響く。通りを行く者たちは足を止め、ほくほくあと引き、と繰り返して首を捻《ひね》る。

「婆《ばあ》さん、そいつぁ何の食い物だ？」

問われてりうは歯のない口を窄《すぼ》めてみせる。

「あたしゃ、ついさっき味を見たんですがねえ、ほくほく、あと引き、としか言葉が出ない美味《おい》しさなんですよ」

思い出しただけで涎《よだれ》が、と唇を拭って見せる老女の姿に、お客らは競うように暖簾《のれん》を潜《くぐ》った。

「これは店からの味見の品だよぅ。気に入ったら注文してくんな」

店主は声を張り上げて、小皿をお客の前に置いていく。

熱い酒が先に来て、お客らは料理を待つ間に小皿の中身に手を伸ばす。ぱりぱり、と良い音をさせ、皆は揃って、ああ、と呻《うめ》いた。

「この店の看板娘が言ってた『あと引き』ってなぁ、これのことだな」

「こいつぁ確かにあとを引きやがる」

正体が慈姑煎餅だと判明すると、座敷はわっと沸いた。芽の出る慈姑は縁起物。睦月に口に出来たことを誰もが喜んでいる。

親父《おやじ》、お代わりを持ってきてくれ、との声があちこちで上がり、種市はしめしめ、とほくそ笑んだ。

「百合根の丸揚げ、お待ちどおさま」

お臼が大きな盆に平皿を一杯に並べて運んで来た。

皿の真ん中にこんがり狐色《きつねいろ》の百合根らしきものがひとつごろりと。隅に焼き塩が添えてあるが、それだけだった。

「おいおい、随分と愛想のない料理だな」

「確かに丸揚げだが、そのまんまじゃねえか」

店主の勧めに従って注文したお客らは、かなりがっかりしたのか、肩を落とした。

まあまあ、とお臼が朗らかな声を上げる。

「騙《だま》されたと思って、まずは外側から一片を毟《むし》り取って、ちょいと焼き塩をつけて召し上がってくださいな」

そこまで言うなら、とお客らは不承不承、お臼の言う通りにして、口に放《ほう》り込んだ。

「こ、こいつぁ」

誰もが戸惑いを隠せない表情になる。

「本当に百合根なのかよ。まるで知らない食い物みたいに、ほくほくだぜ」

このつる家でも茶碗蒸《ちゃわんむ》しの具として馴染《なじ》みのある百合根だが、蒸してから軽く粉を叩《はた》いて揚げたものは全く違う味わいだった。お客らはまだ熱々の丸揚げを手に取って、一片一片を毟りながら夢中で食べている。

間仕切り越しに座敷の様子を窺《うかが》っていた澪は、ふきと密《ひそ》やかに微笑《ほほえ》み合った。


三方よしの日のつる家の店終《みせじま》いは夜五つ（午後八時）。これは常客の間では周知のことゆえ、六つ半（午後七時）を小半時（約三十分）も過ぎれば、新たに暖簾を潜る者は滅多と居ない。

そろそろ油の始末を、と思ったところへ、「おいでなさいませ」との下足番の声が調理場まで届いた。疲れたのか板敷で足を伸ばしていた種市は、その声に飛び起きる。そして間仕切りからお客の姿を確認すると、

「おいでなすった、おいでなすった」

と、嬉しそうに板敷を這《は》いおりた。

「お澪坊、俺の客なんだ。悪いが熱い酒と、それに肴を見繕って運んでくんな」

そう言い置いて、弾む足取りで調理場を出て行った。

命じられた通り、熱い酒に百合根の丸揚げ、小松菜と松の実の白和《しらあ》えなどを添えて、座敷へ運ぶ。店主が相手をしているお客を見て、澪は、あっ、と声を洩《も》らした。一柳

の柳吾だったのである。

やがて暖簾が終われ、最後のお客を芳やりうとともに送り出して、店内に戻ったところ、店主と柳吾は、ともに寛《くつろ》いだ様子で酒を酌《く》み交わしていた。

「お澪坊、後片付けはふき坊たちに任せて、ちょいとこっちへ来てくんな」

種市に命じられて、澪は襷《たすき》と前掛けを外し、ふたりの傍へ行って両膝《ひざ》をついた。

「俺ぁ、今、一柳の旦那にお澪坊のあとを引き受けてくれる料理人を誰か紹介してくださるよう、お願いしていたのさ」

それは、と言ったきり、澪は辛《つら》そうに目を伏せた。

何せ一昨年、同じく一柳に料理人の紹介を頼んでおきながら、それを反故《ほご》にする、という不義理をしているのだ。それも全《すべ》て、澪自身の身勝手が招いたことだった。

娘の気詰まりを察したのだろう、店主は手を伸ばし、ぽんぽん、と慰めるようにその腕を優しく叩《たた》いた。

「それも全部、一柳の旦那によくよくお詫《わ》びして、許して頂いたところさね」

「澪さん、あなたは幸せなひとだ」

黙ってふたりの様子を眺めていた柳吾が、徐《おもむろ》に唇を解く。

「およそ店を構える者は、まず儲けを出すことを一番に考えがちだが、ここのご店主は何よりも料理人としてのあなたの才を大事にしたい、と考えておいでのようです」

そうした主《あるじ》のもとで料理人を続けて来られたことは何と果報なことか、と柳吾はつくづくと言った。

それから小半時ほどを柳吾は種市と歓談して過ごし、最後は酔い潰《つぶ》れて眠ってしまった種市を気遣いつつ、帰り仕度を整えた。芳と澪とに見送られて、つる家の表へ出ると、柳吾は厳《おごそ》かな口調で告げる。

「実は、いずれは料理人の紹介を頼まれるに違いない、と踏んで、すでに心当たりをつけています。おそらく、澪さんが去ったあとのつる家さんを任せるのに一番相応《ふさわ》しい料理人です」

明日にでも連れてきましょう、と柳吾はふたりに軽く会釈をして立ち去った。


つる家の調理場の板敷の柱に、今年の暦が貼《は》られている。

このところ、主人も奉公人も日に幾度となく暦を見る習慣を得ていた。それも、皆、暦の日付を追って、ひぃふぅみぃ、と声には出さずに指を折って数える仕草までそっくり同じだった。

「来月の初午まで、今日を入れて十五日か」

昼餉時を大分と過ぎ、漸《ようや》く遅い賄《まかな》いにありついた店主が、吐息交じりに零《こぼ》す。

「ご寮さんと一緒に暮らせるのも、たった十五日かよぅ」

その言葉に、土間に屈《かが》んで七輪で胡麻《ごま》を煎《い》っていたふきの両肩が僅かに落ちた。

「何ですねぇ、わざわざ声に出して言わなくても良いじゃないですか」

同じく賄いを口にしていたりうが、唇を尖《とが》らせる。

「ふきちゃんをご覧なさい。涙ぐんでますよ」

「こいつぁ済まねぇ、つい……」

りうに指摘されて、種市はふきに両の手を合わせる真似《まね》をした。勝手口の外から、

「ごめんなさいよ」との声がかかったのは、そんな時だった。

聞き覚えのある声に、澪は下拵《したごしら》えの手を止めて、引き戸を開ける。

「昨日はお邪魔しました」

一柳の柳吾が勝手口のすぐ外に立っていた。

「善は急げ、と言いますからね。昨夜話していた料理人を連れてきました」

後ろに誰かが控えているのだが、背の高い柳吾に隠れてよく見えない。

「一柳の旦那、随分と世話になっちまって」

種市は慌てて勝手口に駆け寄り、りうもまた膳《ぜん》を両手に抱えて板敷を明け渡した。

「ご店主だけでなく、一応、皆さんに引き合わせておきたいので、申し訳ないのだが、つる家の全員にお集まり頂けますか」

柳吾の言葉に、ふきは入口に通じる土間へと駆けだした。

「一柳の旦那、立ち話も何なんで、まずは中へお入りくだせぇまし」

店主からそう勧められた柳吾は、背後を振り返り、

「政吉《まさきち》、そうさせて頂きましょう」

と、声をかけた。

政吉、と低く繰り返して、種市は首を捻る。店主の様子に不安を覚え、澪は柳吾の背後を凝視した。

柳吾のあとから現れたのは、年の頃、三十を二つ、三つ過ぎたあたりか、撫で肩の中背の男だった。澪は密かに眉根《まゆね》を寄せる。確かに見覚えがあるのだが、何処《どこ》で会ったのか思い出せなかった。

だが、種市はその男に歩み寄ると、頬をひくひくと痙攣《けいれん》させた。

「やっぱりそうだ、お前さんはあの時の」

政吉と呼ばれた男は、苦い表情で、

「そうです、二年前の冬、ここの調理場を任されることが決まっていて、反故にされ

た政吉です」

と、応《こた》えた。

刹那《せつな》、政吉の拵えた胡椒《こしょう》を効かせた里芋《さといも》の味が喉《のど》の奥に蘇《よみがえ》り、澪は片手を喉に添える。気まずい雰囲気が調理場を包んでいた。一体何だってそんな男を、とその場に居合わせた者が思った時に、芳、おりょう、それにお臼がふきに急かされて調理場に戻った。最後に現れた大女の顔を見るなり、政吉は、

「お臼」

と呼びかけ、眉を開いた。

「お前さん」

お臼も応えて、政吉のもとへ駆け寄る。

その様子に、柳吾を除いて全員が戸惑ったように視線を絡めあった。

「ちょ、ちょいと、お臼さん、一体どういうことなのさ。お前さんの旦那ってのは確か……」

女を作って出て行った、と聞かされていたおりょうは当惑して、情報をもたらした店主と芳とを交互に見る。芳にとっても寝耳に水だったのだろう、狼狽《うろた》えた眼差《まなざ》しを柳吾へと向けた。

「旦那さん、わかるように話しておくれやす」

芳に促され、柳吾は顎《あご》をつるりと撫でてみせる。

「取り敢《あ》えず、座らせて頂きましょうか」

そう言うなり板敷に上がり込み、政吉とお臼を手招きして自らの傍らに座らせた。

混乱した表情を崩さず、種市もまた、柳吾と向かい合う位置に座った。

「私は長年、一柳の板場で政吉の仕事ぶりを眺めてきました。贅を尽くした料理よりも賄いを作る方を好む、という変わり者ですが、腕は良いし、料理人としての勘も鋭い。おまけに誰より熱心だ。推すなら、政吉をおいて他に居ないのです」

もとの雇い主の言葉を、政吉は頬を紅潮させ、畏《かしこ》まって聞いている。ただ、と柳吾は些《いささ》か渋い表情で傍らの政吉に視線を向けた。

「この男の困った点はふたつ。ひとつめは、野心というものがまるでないこと。店主としての気苦労を負うのは嫌で、一生、雇われ料理人で居たい、というのです。実際、一柳を退いてからも、ひとに使われる料理人を通しているのですよ」

柳吾の話に、澪と芳はそっと互いを見合った。

政吉のように考える料理人はそう珍しくはない。根っからの料理人は出来る限り料理のことだけを考えて過ごしたがるものだが、自ら店を構えてしまえば、そうはいかなくなる。一生を雇われの身で過ごすことにも充分理由はあるのだ。

野心のないことは決して欠点にはならない、とのふたりの思いを読み取ったのか、柳吾はさらに言葉を続ける。

「ふたつめは、ともかく偏屈で一刻者《いっこくもの》だということ。臍《へそ》を曲げたら最後、どう宥《なだ》めすかしてもこちらの思い通りに動かない」

「ちょいと待っておくんなさい、一柳の旦那」

柳吾と対峙《たいじ》していた種市は、堪らず声を上げる。

「こっちはそれこそ政吉さんに不義理をした身。今更もう一度頼む、なんざ口が裂けたって言えませんぜ」

約束を反故にされたことで政吉は大いに怒り、柳吾が仲裁に入って何とかことを収めた、という経緯を思い返し、澪は身を縮めた。

柳吾は種市の方へ、僅かに身を傾ける。

「お気持ちは重々。ただ幸いなことに、政吉は恋女房の話には聞く耳を持っている。ともにまだ一柳で働いていた頃に夫婦になったのですが、これがまた大した女で。この一刻者が今日まで何とか周囲から誤解を受けず、また道を誤らずに済んでいるのは、女房のお臼あればこそなのですよ」

もとの雇い主からそう水を向けられて、お臼は板敷に両の手をついた。そしてまずはつる家の店主、次いで土間に控えている奉公人全員に視線を廻《めぐ》らせてから、黙っていて済みません、と声を詰まらせた。

「一柳の旦那さんから『お臼、お前さんの目でつる家をしっかり見ておくれ。そして政吉が働くに相応しい店だと思ったなら、何としてもあれを口説いてほしい』と言われて、こちらにご奉公に上がらせて頂きました」

料理番付で関脇位《せきわけい》を射止めた「面影膳《おもかげぜん》」を敢えて供さなかったこと。つる家の料理を生きる喜びとしているお客たちのこと。そうしたお客の気持ちを一番に考え、主と奉公人一同が心を合わせて懸命に働いている様子。

「そのいずれもが胸に響き、うちのひとがこの店の板場を預かることが出来たならばどれほど幸せか、と嘘《うそ》いつわりなく思ったのでございます」

声を震わせる女房の隣りで、政吉は居住まいを正した。

「女房にここまで言われて心が動かない亭主はおりません。あっしは料理のことにしか心が向かない偏屈ですが、どうかこちらで包丁を握らせてくだせぇまし」

夫婦そろって板敷に額を擦りつける姿に、種市が洟を啜《すす》る。

「ご寮さんがじきに抜け、いずれはお澪坊も送り出さなきゃならねぇ。大きな柱を二本も失うつる家に、政吉さんとお臼さん、ふたりが居てくれる。こんな心強いことはねぇよ。一柳の旦那、どう礼を言ったら良いのか……」

この通りです、と店主は柳吾に深々と首を垂れる。奉公人一同もこれに倣《なら》った。


その夜遅く、眠っている芳とふきとを起こさぬように、澪は注意深く部屋を抜け出した。横になったものの、なかなか寝付かれないのだ。階段の軋《きし》みに気を払い、入れ込み座敷を抜け調理場へ向かうと、行灯《あんどん》の薄い明かりが洩れていた。

「誰だい」

声をかけられて、澪は板敷を覗く。

「お澪坊か」

まだ寝酒を楽しんでいたらしく、店主は嬉しそうに手招きしてみせた。店主の手にした湯飲みが空なのに気付いて、澪はちろりの酒を注《つ》ぎ入れ、一杯になったところで、漸くその傍らに座った。

「あのあと政吉さんと話して、少し早《はえ》ぇが如月朔日《きさらぎついたち》から通ってもらうことにしたぜ」

種市は湯飲みの中身を半分ほど干して、太い息を吐く。

「断っとくが、お澪坊をこの店から早く出そうってための算段じゃあねぇよ。翁屋《おきなや》だって吉原へ戻るにはまだかかるだろうし。とにかく、これからは調理場を少しずつ政吉さんに任せて、お澪坊には鼈甲珠を作るのに専念してほしいのさ。こぼれ梅は年中あるわけでなし、まして生の玉子だ、扱える時季も限られる。今のうちに色々試して、売り出し方を考えておいた方が良いからな」

種市は澪の手からちろりを取り上げると、自ら湯飲みに酒を継ぎ足した。満々と酒を湛《たた》えた湯飲みに、しかし口を付けるでもなく、じっと目を落としたままだ。

「遊里で鼈甲珠を商って、太夫の身請け銭を用意する——清右衛門先生からお澪坊の覚悟を聞いちゃあいるが、俺にはあんまり突飛過ぎて、正直、途方に暮れちまう」

太夫の身請け銭、四千両。

その道のりの遠さ、険しさを思ってか、種市は弱々しく頭を振る。だが、湯飲みの酒を一気に干すと、一転、厳しい眼差しを澪に向けた。

「ただ、太夫の身請けのために、お澪坊が自分の人生を潰しちまうのは、俺ぁ我慢ならねぇぜ。頼むから約束してくんな。決して危ねぇ真似《まね》はしない、と」

心底、その身を案じる種市の気持ちが、澪の胸に沁《し》み入る。潤み始めた双眸《そうぼう》を隠して深く頷き、澪は再びちろりを手に取って、種市の湯飲みに静かに酒を注いだ。

「年が明けて、俺ぁ、六十九になっちまった。あとどれほど生かしてもらえるかわからねぇが、せめてこの店の行く末と、お澪坊とふき坊の幸せを見届けたいもんだぜ」

言い終えると、種市は着物の袖《そで》で乱暴に瞼《まぶた》を擦《こす》った。


ざばん、ざばん、と桶《おけ》の中で弾《はじ》ける水音が、まだ陽射《ひざ》しの恩恵を受けない路地に朝を引き寄せる。汲《く》みだした水で手桶はそろそろ溢《あふ》れそうになっているのだが、澪は気付かぬままだった。

玉子の仕入れの算段は整った。こぼれ梅は流山《ながれやま》の留吉《とめきち》に文を送って返事を待っているところだ。その他のものも調達に不自由はしない。問題はどういう形で売るのが良いのか、だった。

吉原で商うにしても、もとより登龍楼のように贅を尽くした座敷で豪奢《ごうしゃ》な器とともに供することなど、望むべくもない。第一、店がないのだ。振売りか、屋台見世《みせ》かのいずれかで始めることになる。屋台見世ならば酒粕汁を商った経験はある。だが、吉原でそれが可能なのか、誰に相談すれば良いものか。

どうしたものだろう、と澪は井戸端で水を汲みながら溜息《ためいき》をついた。水はいよいよ手桶から溢れ、それで漸く澪は、ああ、しまった、と我に返ったのだった。

目を転じれば、街は漸く目覚めたばかりで、欠伸《あくび》を噛《か》み殺して九段下を行くひとの姿が路地から垣間見《かいまみ》えていた。

ぴぃちく　ぴぃちく

ぴゅるる　ぴゅるる

「あっ」

澪の耳が響き渡る囀《さえず》りを捉《とら》えて、思わず路地を抜けて表通りに出る。空を仰げば、暁天《ぎょうてん》に一羽の雲雀《ひばり》が高く、低く、飛翔しながら歌っていた。

「初鳴きだな」

雲雀の囀りに気付いて、通りを行く者もまた、足を止めた。

「ありがてぇ、これから身体が楽になる」

「全くだ」

昨冬の極寒と半月ほど前の積雪の記憶が身に刻まれて、誰しもが春の訪れが待ち遠しかったのだ。皆、雲雀の姿を目で追い、頬を緩めてまた歩み始める。澪にとっても初鳴きは吉兆に思われて、暫くはその場に佇んで鳥影を見守った。

「お早うございます」

その声に振り返れば、俎橋《まないたばし》を渡ってくる源斉の姿が目に映った。相変わらず、重そうな薬箱を手に提《さ》げている。

源斉先生、と澪は呼んで、駆け寄った。

「お聞きになりましたか？　雲雀の初鳴き」

「ええ、これで漸く、暖かくなりますね。明後日はもう如月《きさらぎ》ですから」

源斉はにこやかに応えたあと、ふっと表情を引き締めた。

「澪さん。実はお伝えしたいことがあります。如月三日、私が太夫を化け物稲荷《いなり》に案内することになりました」

思いがけない話に、澪は怯《おび》えて双眸を見開いた。

「源斉先生、それは一体どういう……」

仮宅では遊女の外出は比較的自由だと聞いてはいる。しかし今戸から化け物稲荷まで随分と遠い。果たしてそんなことが理由もなく許されるのだろうか。

澪の戸惑いを読み取ったのだろう、源斉は、

「三日は昨年の吉原の大火で落命した者にとって月忌に当たります。供養のための遠出ですし、付き添うのが私なので、特別に伝右衛門《でんえもん》殿が許されたのでしょう」

と、応えた。

野江《のえ》は、源斉から化け物稲荷のことを聞き、どうしても詣《まい》ってみたい、と強く望んだのだという。

「太夫は澪さんと会うことは決して望まれないでしょう。けれど、澪さんは遠目にでも太夫をご覧になりたいのでは、と……」

若い医師は、迷いながら言葉を選ぶ。

「三日の八つ（午後二時）頃に、化け物稲荷に着くようにします。声もかけられず、姿を見せることも出来ず……それで良ければ、私のお節介を受けてください」

言い終えると、源斉は澪の返事も聞かずに、会釈を残して九段坂をのぼっていった。

あのまま患者のもとへ急ぐに違いない。

医師として身を削るように働きながら、たとえ遠目にでも野江の姿を澪に見せてやりたい、と思ってくれた源斉の気持ちが有難くてならなかった。

九段坂を行くその背中に、澪はそっと両の手を合わせた。

朝に雲雀の初鳴きを聞いたせいか、急に、綿入れの着物が身に重く感じられる。

坂村堂がうっすらと浮いた額の汗を拭いつつ、つる家の勝手口に姿を現したのは、昼餉時を過ぎて客足も落ち着いた頃だった。

「おや、坂村堂の旦那、どうしなすったんで、そんなとこから」

いつもなら入れ込み座敷で昼餉を取るはずが、と店主は訝《いぶか》しげに尋ねる。

「勝手口からお邪魔しておいて何なのですが、今日は父の名代として伺いました」

坂村堂は何時《いつ》になく畏まって、店主に一礼した。

「本来なら正式にひとを立てるべきところ、私ならばご寮さん始め皆さんも心安かろう、ということでして」

板敷に座ると、坂村堂は芳と種市を前にそう切り出した。賄いの仕度をしていた澪は、手を休めずに話を聞くこととなった。

「初午には、一柳でごく慎ましく祝宴を催したい、とのことです。ご承諾頂けましたら、この足で染井《そめい》村の佐兵衛《さへえ》さんのもとへ伺う予定でいます」

種市と佐兵衛夫婦、それに澪に出席を請う心づもりであることを告げると、坂村堂は漸く、出されたお茶に手を伸ばした。

佐兵衛夫婦、と繰り返し、芳は躊躇《ためら》う眼差しを澪へと向ける。

春を鬻《ひさ》いでいた過去を気に病んでいるお薗《その》なのだ。姑にあたる芳の祝宴への出席は望まないのではないか——芳がそう考えていることを悟って、澪は坂村堂に頭を振ってみせた。

「お花《はな》ちゃんはまだ小さいですし、お薗さんは染井村に残られるかも知れませんよ」

澪がさり気なく言えば、坂村堂は、ああ、なるほど、と頷いた。

「では、一応お話をして、その場合は佐兵衛さんおひとりでも出席して頂ければ良しとしましょう。つる家のご店主と澪さんは是非ともご列席ください」

坂村堂に念を押され、種市は、いやいや、ときっぱり首を横に振り、

「実の息子の佐兵衛さんと、娘代わりのお澪坊で宴に出るのが筋——てえのは建前だ。出たいのは山々なんですが、何せ年寄りは涙もろくていけねえ。泣かずにいられる自信がねぇんで、あっしはつる家で皆と揃《そろ》って、ご寮さんを送り出す方に回らせてくだせぇまし」

と、深く頭を下げた。

坂村堂は残念そうな表情を見せつつも、承知しました、と応えた。そして、調理台の方へ身体ごと向き直って、澪さん、と呼びかける。

「これは私からのお願いなのですが、いつかの天上昆布《てんじょうこんぶ》と、それに何かもうひと品、宴用の料理をお願い出来ませんか？　澪さんの料理なら、ご寮さんへの何よりの餞《はなむけ》になるかと思うのですが」

澪は手拭いで手の水気を拭うと、板敷の端に両膝を揃えて座った。

「宴には他にどなたがお見えなのでしょう」

「父の側は、私ども夫婦と娘の加奈《かな》、父の幼馴染《おさななじ》みの房八《ふさはち》さん夫婦、あとは一柳の奉

公人のみです。店の外へ向けてのお披露目というよりも、ごくごく内輪で喜びを分かち合いたい、というのが父の望みなのです」

一柳の旦那さんらしい、と澪は頬を緩ませる。承知しました、と応えて、坂村堂に丁寧に一礼した。

そうだ、と種市がぽんと小膝を打つ。

「当日、染井村と一柳を往復するのは大変だ。佐兵衛さんには前日からうちに泊まってもらおうじゃねぇか。な、そうさせてくれよ、ご寮さん」

親子で積もる話もあるだろうし、との店主からの申し出を、芳は感謝して受けた。

「では、私はこれから染井村へ向かいます」

皆そろっての見送りを辞退して店の表へ出た坂村堂は、にこやかに泥鰌髭を撫でて、背後の澪を振り返った。

「父やご寮さんには内緒ですが、名料理屋の跡取りとして生まれ、結局は違う道に進んだ者同士、案外話が弾むかも知れません」

坂村堂の言葉に、澪は、まあ、と呆《あき》れてみせた。

睦月最後の夜は、種市と芳、澪とふきの四人とも遅くまで調理場で過ごしていた。

種市は板敷で寝酒を楽しみ、芳はその傍らで繕いものをする。ふきは澪の手ほどきを受けて篩《ふるい》の手入れをし、澪は砥石《といし》の面直しに取りかかった。

明日から政吉がこの調理場へ入るので、少しでも使い易《やす》いように、と澪はふきと手分けして、普段手の回らない調理器具の細かい手入れをしているのだ。

どーん、どんどん
どーん、どんどん
表通りを、太鼓売りが売り声の代わりに太鼓を打ち鳴らして流していく。初午の頃は火事が多く、火の用心を喚起するため太鼓を打ち鳴らす習慣があった。そのため、太鼓の音を聞くと、誰しもが初午が近いことを思う。

「良いもんだなあ」

湯飲みの酒をちびちび呑んで、店主は少し酔いの回った口調で洩らす。

「夜更けにこうしてひとつ部屋に集まって過ごすってなぁ」

「さいだすなあ」

針で髪を撫でて、芳が温かな声で応える。篩から顔を上げて、ふきが嬉しそうに笑う。そんな皆の穏やかな様子を、澪は密やかに胸に刻んだ。

一柳での祝宴の料理に、こんな集いの思い出を込められないだろうか、とふと思う。

縁起の良い意味を持つ食材をひとつひとつ集めて楽しめるような料理。一柳の後添いにおさまる芳に相応しい料理、祝宴に集うひとびとと喜びを分かち合える料理。

鼈甲珠の売り出しについて考えは定まらないけれど、全く別のことを思い描くのは、澪にとって気持ちを解《ほぐ》すのに役立った。

天満一兆庵でよく作った百合根饅頭《まんじゅう》はどうだろう。澪の作る百合根饅頭は、嘉兵衛《かへえ》から褒められた数少ない料理のひとつだった。饅頭ならば、縁起の良い具を包んではどうか。柳吾と芳の祝言を寿《ことほ》ぐに相応しいものは何だろうか。料理のことを考え始めると、寂しさは影をひそめる。それが澪にはありがたかった。

如月朔日は、雲雀の囀りが一層賑やかな、春の陽射しの溢れる豊かな朝になった。

約束よりも早くに、政吉お臼夫婦はつる家の勝手口に姿を現した。並んで立てば、お臼の方が遥《はる》かに大きく、政吉は一層小柄に映る。

「今日からお世話になります」

ふたり揃って頭を下げる姿に、店主と奉公人はにこやかに視線を合わせた。

「政《まさ》さん」

りうが二つ折れの腰を伸ばして、政吉の傍に歩み寄る。

「この年寄りに免じて、そう呼ばせてくださいな。政吉さん、ってのは何ともよそよそしいですからねえ」

又次《またじ》のことを、又《また》さん、と呼んでいたりうの気持ちを推し量り、澪は切なくなる。

種市も同じなのか、わざと朗らかに、

「政さん、か。年寄りは短い名前の方が忘れにくいし、俺にもそう呼ばしてくんな」

と、懇願した。

「あっしはどうでも、好きに呼んでおくんなさい」

政吉は照れた様子で頭に手をやり、快く承知してみせた。

調理台には種市が仕入れてきた鱵《さより》や浅蜊《あさり》がどっさり。土間には独活《うど》に芹《せり》、ふきのとうが出番を待っている。襷を掛けながらそれらに目をやり、

「春が廻ってきたなあ。こりゃあ料理のし甲斐《がい》があるぜ。澪さん、今日の献立はどうするか、教えてくんな」

と、水を向けた。

「浅蜊はお味噌汁《みそしる》、鱵の身はお刺身に、皮は竹串に巻き付けて炙《あぶ》ろうかと」

澪の返答に、そいつぁ旨《うま》そうだ、と政吉は目を細める。

「澪さんは酒を呑まない、とお臼から聞いちゃあいるが、酒呑みには堪らねぇお菜だ

な。ふきのとうはどうする？　無難につけ揚げか」

「からりと揚げれば春を満喫できますね」

澪はわくわくと声を弾ませる。

「独活はどうしましょうか、政吉さん」

「そうだな、若芽と酢味噌和《あ》えにするも良し、浅蜊のむき身と一緒に飯に炊き込んでもなかなか乙だぜ」

料理人同士の遣《や》り取りに、澪はふいに胸が詰まる。再び誰かとこんな風に料理の相談が出来る日が来るとは思わなかった。今は亡きひとを思い出し、くっと耐える澪には気付かず、政吉は調理台の隅に置かれた鉢を覗き込んで首を傾げた。

「玉子の白身がこんなに……。黄身だけ使った残りか何かかい？」

ええ、と無理にも笑顔を作って澪は答える。

「山芋《やまいも》に混ぜたり、蒲鉾《かまぼこ》作りに使ったり、とこれまで色々試したんですが、そろそろ使い道にも行き詰まってしまって」

「売りゃあ良いだろうに」

何でもない口調で言う政吉に、澪は驚いて目を見張った。娘の驚愕《きょうがく》が意外なのか、政吉は首を振り振り、こう続ける。

「蠟燭《ろうそく》の流れたのだろうが、抜け落ちた髪の毛だろうが、大抵のものには売り手も買い手も付くもんだ。それが高《たけ》ぇ玉子の白身ならなおさらだぜ。饅頭屋なんか喜んで買うだろうよ」

買い手の心当たりなら山ほどあるぜ、と言われて、澪は思わず政吉を拝んだ。

雇われ料理人として世間を広く渡ってきた政吉の存在は、つる家にとっても、そして澪にとっても、この上無く心強いものに違いなかった。

朔日、二日、と終日一緒に調理場へ立てば、ふたりの料理人は互いの役割を自然と踏まえるようになる。長く一柳で修業しただけあって、政吉の料理の腕前は惚《ほ》れ惚《ぼ》れするものだ。中でも澪を感心させたのは、海苔《のり》の扱いだった。

「政吉さん、海苔をどうするんですか？」

刷毛《はけ》で海苔の片面に胡麻《ごま》油を丹念に塗っている様子に、澪は好奇心を抑えられなくなって尋ねた。

「まあ、見てなよ。何の変哲もない浅草海苔も、こうやって食うと旨いんだ」

胡麻油を塗った面に、浅草海苔をもう一枚、貼り付ける。それを七輪の火で丁寧に隅々まで火取った。全体が美しい緑色に変わったところで、海苔を剝《は》がし、接着していた面に焼き塩をぱらりと振って、また合わせ直す。それを包丁で短冊に切ると、政吉は澪に差し出した。食ってみな、と言われて、澪は遠慮なく一枚を口にする。

ぱりぱりとした軽やかな嚙み心地、胡麻油の香りと塩味が何とも美味しい。呑めないはずの澪でさえ、お酒があれば、と思う味わいなのだ。

「初めての味です。素晴らしく美味しい」

澪の反応に、政吉は嬉しそうに笑った。

あらかたの食材が「天下の台所」と呼ばれた大坂に集約され、そこから江戸へ流れたのに対し、唯一、江戸で生まれて大坂へ渡ったのが浅草海苔だった。政吉はこの浅草海苔に実によく精通していた。

否、浅草海苔ばかりではない、浅蜊を始め、大坂で生まれ育ったため澪には馴染みの薄い食材についても、豊富な知識と調理方法を知っているに違いない。それこそが、一柳で仕込まれた、ということなのだろう。また、他の店で雇われ料理人を続けてきた、というだけあって、安価な食材を用いたり、材料を始末したりして、お客の懐に優しい料理に仕上げる心配りもあった。

政吉の腕があれば、つる家はもっとひとを呼べるだろう。一刻者ゆえに仮に周囲とぶつかることがあったとしても、お臼が居る。

澪はつくづく、柳吾の目の確かさを思う。種市が言っていた通り、つる家の調理場のことは徐々に政吉に委《ゆだ》ねて、鼈甲珠の売り出しに備えよう。澪はそう決めて、海苔を嚙み下した。

「昼から夕暮れまで出かけたい、って？」

つる家の表格子に「三方よしの日」の紙が貼られて間もない時にそう申し出られて、店主は意外そうに澪を見た。

「お澪坊がそんなに店を抜けるなんざ、珍し……」

言いかけて、種市は調理台の前に立つ政吉に目を留める。新しい料理人は手慣れた様子で鱵《さより》を捌《さば》き、真っ黒い粘膜を綺麗《きれい》に取り除いて、血合いにある小骨まで丁寧に抜いた。政吉の仕事振りを暫く眺めて、澪の気持ちを汲み取ったのだろう、店主は、

「構わねぇよ。調理場のことは政さんに任せて間違いないし」

と、応えた。

「初午の宴の料理を頼まれて、澪ちゃんも色々と準備が大変だよね」

膳の手入れをしていたおりょうのひと言に、政吉が包丁を置いて顔を上げる。

「特別な料理を考えるってなぁ、何とも骨が折れるもんだ。調理場は俺に任せて、存

分にそっちにかかってくんな」

頼もしい台詞に、澪は安堵《あんど》して、ありがとうございます、とお辞儀をする。政吉は何でもない、という風に首を振り、再び包丁を手に取った。

九つ半（午後一時）前、昼の書き入れ時が幾分緩和された頃に、澪はそっと店を抜け出した。雑巾《ぞうきん》を入れた桶と、浅草紙に包んだ油揚げを手に、小走りで俎橋を渡り、表神保小路《おもてじんぼうこうじ》を抜けて、昌平橋。金沢町まで辿り着いた時、澪の歩調はゆっくりになった。ひと月前に引っ越したばかりだというのに、もうこの道筋が恋しい。

感傷に浸っている場合ではない、と自らに言い聞かせて、明神下を北へと向かった。

懐かしい化け物稲荷は静寂の中にあった。

忙しさにかまけ、おまけに俎橋に居を移したことから、すっかり足が遠のいていた。古びた祠《ほこら》は枯葉に埋もれているだろう、神狐《しんこ》は汚れたままだろう、と申し訳ない思いで訪ねたものの、意外にも祠の上の葉は払われ、一体の神狐の身にも泥は少ない。

誰かが手を入れてくれている。そう悟って、澪は小さく吐息をついた。桶に水を汲んできて雑巾を絞り、まずは祠を清め、次いで神狐の身を丁寧に丁寧に拭う。神狐さん堪忍、神狐さん堪忍、と繰り返して、欠けた耳や折れた尾を幾度となく撫でる。神狐の油揚げを神狐の足もとに置いて、澪は両膝を折った。神狐は、と見れば湯上がりのような小ざっぱりとした姿になっていた。

祠に手を合わせ、無沙汰《ぶさた》を心から詫びる。野江のことを頼み、顔を上げると、神狐はふふっと常と変わらぬ笑みを浮かべていた。

一体、誰が化け物稲荷に手を入れてくれていたのだろう。祟《たた》りを恐れて、誰も寄り付かないこの化け物稲荷に、一体誰が。

かっか、と火打石を使うような鳴き声が頭上で聞こえた。頸《くび》を捩って楠《くすのき》の枝の先を見れば、あれは尉鶲《じょうびたき》か、鮮やかな橙色《だいだいいろ》の腹を見せて姿勢よく止まっている。かっか、かっか、と鳴き続けて、何かに警戒するようにぱっと飛び立つ。

捨て鐘が三回、続いて八回。

時の鐘が鳴り終わる頃、前の通りで幾人ものひとの声がした。耳を澄ますと、どうやら駕籠《かご》が止まったようだった。澪は慌てて、楠の太い幹の陰に隠れた。

「太夫、足もとに気を付けて、こちらへ」

源斉の声だった。

「ここが」

柔らかな声が続く。

「源斉先生の話してくれはった、化け物稲荷だすか」

野江ちゃんや。

心の臓は早鐘を打ち、喉までせり上がってくる。見咎《みとが》められぬよう、澪は楠に隠れて身を縮め、少しでも嵩《かさ》を低くするために蹲《うずくま》った。

「つる家の料理人と初めて会ったのも、この場所でした。化け物稲荷と呼ばれ、祟りを恐れて誰も寄り付かぬのに、あのひとはひとりで草を引き、道を作り、祠を直して、詣れるようにしたのです」

「ほんなら、きっとこのお稲荷さんが、あのひとを守ってくれてはるんだすなあ。まずは、お詣りさせて頂きまひょ」

会話は途切れ、風の渡る音だけが聞こえていた。楠の葉鳴りに勇気を得て、澪はそっと樹の陰から祠の方を覗き見た。

祠の前で膝を折り、祈る野江の後ろ姿が目に入る。

つぶし島田に結った髪、松葉を散らした紺縮緬《こんちりめん》の小袖に亀甲《きっこう》文様の錦《にしき》の帯。それは吉原で目にする遊女の姿などではなく、裕福な大店《おおだな》のご新造のようだった。

吉原廓では籠《かご》の鳥の遊女らも、仮宅の間は湯屋へ通うなど街歩きを許されており、その際には町娘の装いをするものだ、と聞いたことがあった。その白くて細い項《うなじ》を見つめて、澪はぎゅっと唇を噛み締める。

水害さえなければ。

騙されて吉原へ売り飛ばされていなければ。

おそらく野江はあの姿のままに、穏やかな日々を紡いでいたことだろう。

長い長い祈りを終えて、野江は顔を上げた。傍らの神狐に目を留めて、そっと腕を差し伸べる。澪の位置から野江の横顔がよく見えた。

鼻筋の通った、美しく整った顔立ち。病みやつれ削《そ》げていた頬も、柔らかな膨らみと血の気を取り戻している。長月《ながつき》に翁屋の寮で会って、およそ五か月。野江は健康を取り戻したのだ。これほど間近に居て、駆け寄ることも言葉を交わすことも出来ないが、澪は野江の健やかな姿を垣間見られて、救われる思いだった。そしてまた、元気になった野江の姿を見せんがために、澪に声をかけてくれた源斉に改めて感謝した。

「可哀想《かわいそう》に、こないな姿で、それも一体だけで……。さぞかし心細かろうに」

野江の手が神狐の欠けた耳を優しく撫でる。そして撫でた掌《てのひら》をそっと胸に当てて俯《うつむ》いた。それが祈りの仕草だと、澪にはわかった。懐にはおそらく、蛤の片貝が仕舞われているのだろう。そしてもう片貝を持つひとの無事を祈っているのだろう。

楠の陰で息を凝らしつつ、澪もまた、胸に手を置いて生地越しの固い感触を確かめると、静かに首を垂れた。

いつか、片貝同士が逢《あ》える日を迎えられますように。それまでどうか、野江ちゃんをお守りください――澪は一心に祈る。

互いの無事を願う清白な祈りは長く続いた。

「陽が陰ってきましたね」

源斉の気遣う声が聞こえた。

「それに、まだ風も冷たい。太夫、長居をしたい気持ちはわかりますが、早めに駕籠に戻られた方が良いでしょう」

医師の言葉に野江は頷き、もう一度、祠へ向き直って両の手を合わせた。

野江が源斉に導かれて化け物稲荷を出るまで、澪は楠の陰から息を殺したまま見送った。駕籠とひとの気配が表から消えて漸く、澪は楠を離れた。懐から巾着《きんちゃく》を引っ張り出して、中身を掌に空ける。角の取れた優しい姿の片貝。澪は唇を引き結んだまま、それを天に翳《かざ》した。そして静かに自身に誓った。

厚い雲を切り拓《ひら》き、美しい蒼天《そうてん》を望む。もうひとつの片貝とともに。

「澪さん、酒の燗《かん》のことなんだが」

三方よしのために急いで店へ戻った澪に、待ち兼ねたように政吉が尋ねる。

「今夜は少しばかり温《ぬる》めにしたいんだが、どうだろうか」

「燗を温めに？」

戸惑って問い返す澪に、ああ、と政吉は頷いた。

「つる家は熱燗が殆《ほとん》どのようだが、今夜は独活や三つ葉を肴に使う。少し燗を控えた方が、春らしい肴の味を楽しんでもらえる」

政吉の応えに、澪は双眸を見開いた。酒を嗜《たしな》まない澪には、燗の味わいの違いがわからないのだ。それを悟ったのだろう、政吉はちろりを手に取った。

「酒ってなぁ、そのまま呑めば酒そのものの味わいだが、温めてやるにつれて香りが開いて、味も変わる。酒の質《たち》にもよるが、ひと肌なら優しく甘く、温めの燗なら香りも味もほど良く広がり、もう少し熱くすりゃあ締まりのある味になる。さらに熱燗にすりゃあ味に切れが出るのさ」

ごくりと妙な音で澪の喉が鳴る。知らなかった。燗でそこまで酒の味が変わるとは全く知らなかった。澪は料理人としての己の無知を激しく恥じた。

項垂《うなだ》れている娘を見て、その心中を察したのだろう、政吉は頭を振ってみせる。

「俺ぁ手前が酒に煩《うるさ》い呑兵衛《のんべえ》なもんで、あれこれ試してみたのさ。つる家は料理屋だ、別に酒を呑むためだけの料理を作るわけじゃねぇよ。酒の味を知らないことくらい、恥でも何でもねぇさ」

さ、そろそろ三方よしが始まるぜ、と政吉が言った時、捨て鐘が聞こえた。

「おいでなさいませ」

りうのお客を迎える声がして、如月最初の三方よしが始まる。

気を取り直し、政吉と並んで調理台に立ちながら、政吉を料理人に迎えたことでこの店はさらに多くのお客の心を摑《つか》むだろう、と澪は強く思った。

無事に暖簾を終い、通いの皆が帰ったあと、澪は種市の許しを得て調理場に籠《こも》った。解した百合根と山芋を蒸籠で蒸し上げ、指を火傷《やけど》しそうになりつつも、熱いうちに別々に裏ごしする。

「お澪坊、何が始まるんだよぅ」

芳とふきは先に休み、板敷でひとり寝酒を楽しんでいた店主が、料理人の手もとを覗きにきた。

「百合根のあんかけ饅頭です。三方よしでも一度出しましたが、もとは天満一兆庵でよく作った料理で、それにひと工夫したものを初午の宴に、と思って」

年明けから初午までつる家で四人、家族のように寄り添って暮らした日々を胸に留めてもらえるような、そんな料理に仕上げたい。饅頭の中に包む具を、皆の面影を重ねてもらえるものにしたらどうだろう。

例えば、背の丸まった海老《えび》は旦那さん。蕗《ふき》の時季には少し早いけれど、ふきちゃんに因《ちな》むので探してみよう。ご寮さんは何にしようかしら。そうだ、乾物の椎茸《しいたけ》も入れて、又次さんに。初午までご寮さんには料理の内容を伏せておかないと、等々。

あれこれと思いを巡らせ胸を躍らせる料理人の横顔を眩《まぶし》そうに眺めて、種市はほうっ、と溜息をついた。

「名料理屋ゆかりの料理なだけあって、何とも手がかかって風情のあるもんだなあ。何せ料理にも格ってのはあるし、天満一兆庵で出していた料理なら一柳の宴でも引けを取らないものに仕上がるだろうよ」

どうだろう、お澪坊、と何かを思いついた体で種市ははたと手を打つ。

「初午の前の夜は佐兵衛さんもここに泊まることだし、つる家でもご寮さんを送る宴をしねぇか。店が終わったあとだから、そう大層なことも出来ねぇだろうが、皆で前祝いをさせてもらいてぇんだよ」

ご寮さんが食べたいと望むものを作ってくんな、と店主は天井へ視線を向けた。

種市が内所《ないしょ》へ引き上げ、澪も後片付けを終えて二階へと上がる。そっと夜着を捲《めく》って横になろうとした時、澪、と名を呼ばれた。

「遅うまで大変やったなあ。苦労かけるなあ」

薄暗い行灯《あんどん》の火が半身を起こす芳を淡く照らす。

ご寮さん、と澪はその傍まで膝行《しっこう》した。

「ご寮さん、実は先ほど……」

店主からの申し出を告げて、芳に料理の希望を問う。

「食べたいもの、なあ」

芳は思案の眼差しを夜着に落として、暫く黙った。

色々と考え込む様子に、澪は声をかけずにじっと待つ。どれほど待っただろうか、
ああ、そうや、と芳が顔を上げ、嬉しそうに澪を見た。

「蓮《はす》の実のお粥《かゆ》を覚えてるか、澪。ほれ、私が倒れてしもた時に、お前《ま》はんが源斉先生に教わって、蓮の実の入ったお粥を作ってくれたことがおましたやろ」

「はい、ご寮さん、よく覚えています」

懐かしさが込み上げて、澪も大きく頷いた。源斉から「口から摂《と》るものだけが、人の身体を作る」との言葉とともに教えてもらった料理だった。

「生まれて初めて食べた蓮の実が美味しゅうて。今の丈夫な身体になれたきっかけは、

あのお粥のように思えてならへんのだす」

ただ、と芳は小さく頭を振る。

「今は時季が違うよって、無理だすなあ」

ご寮さん、と澪は明るく呼んで、その手を取った。

「蓮の実は薬として用いられると聞きました。それなら乾燥させたものがあるはずです。明日、薬種商に行ってきます」

一柳の祝宴で供するものは、一柳の名に恥じぬ格式あるものを。つる家の祝宴で供するものは、芳の希望通り、身体を健やかにすることを一番に考えたものを。同じ宴の料理でありながら、まるで違うように思われる。

行灯の火を消した室内、ふきと芳の健やかな寝息を耳に、澪はなかなか寝付かれなかった。自分は料理人として、どちらの料理をこれから先も作り続けたいのか。

一柳の、贅を尽くした漆《うるし》塗りの重箱に詰められるような料理か。

はたまた、土鍋から装うのが似合うような素朴で身体に優しい料理か。

目の前にふたつの道が現れたようで、澪は息を詰めて考え続ける。

——なあ、澪、料理の道でお前はんの人生の花を咲かせておくれやす
一柳で芳に言われた言葉が、耳の奥に響いていた。

料理の道で人生の花を咲かせるとは、一体どういうことを指すのだろう。

たとえば、師と仰いだ嘉兵衛のように料理の道を究めることが出来たなら、どれほど素晴らしいだろうか。それこそ「人生の花を咲かせた」と言えるに違いない。柳吾のもとで修業させてもらえたなら、到達できるかもしれない。嘉兵衛のようになりたい、そう渇望する一方で、迷う心があるのもまた事実だった。眠ろうと無理にも両の目を閉じた時、懐かしい情景が瞼の裏に広がった。

灯を落とした、天満一兆庵の奥座敷。ひと気のないその隅で、月明かりを頼りに、器を手にして沈思している嘉兵衛の姿が映る。おそらくは用事を言いつけようと呼び出しながら、澪の存在を忘れて、嘉兵衛は一心に器に見入っていた。

まるで器と対話しているかのように、その表情がきゅっと引き締まったり、仄かに緩んだりするのを、澪は子供心に厳かな気持ちで見守っていた。もしかするとあの時、嘉兵衛は嘉兵衛なりに料理の道で何か逡巡《しゅんじゅん》することがあり、ああして器と対話することで解決の糸口を探っていたのではないだろうか。

当時、嘉兵衛は四十半ばを過ぎた頃か。いずれにせよ、今の澪の倍を超える年齢だった。その嘉兵衛でさえ、悩み迷うことがあったのならば、未熟な自分が煩悶《はんもん》して当然なのだ。心願を叶えたなら、とことん迷って悩んで、その上で心を決めれば良い。

そう思えた時に漸く、優しい眠りが訪れたのだった。

長寿を願う海老。富貴に通じる蕗。乾物の蓮の実と椎茸は不老の証《あかし》。寿ぎの宴に相応しいように、と選ばれた具材が、百合根と山芋で作られた皮に包まれ、薫《かお》り高い三つ葉を刻んだ銀《ぎん》あんをかけられている。

澪が心を尽くしたひと椀《わん》を畏まって受け取って、店主はまず吐息をついた。三つ葉の芳香とともに柔らかな湯気が立ち上り、百合根と山芋の純白の生地が目にも眩しい。料理を口に運ぶ前から、目と鼻とが既にその美味しさを堪能していた。

「こいつぁ何とも……」

早朝の寒い板敷に正座し、慎重にひと口めを食べて、種市は唸《うな》った。あとは無言で匙《さじ》を使い続け、最後にあんを掬《すく》い取って器を空にしたあと、参ったとでも言いたげに頭を振った。

「俺みてぇなもんが食っちゃいけない気がするほど、見事な料理だぜ。典雅なだけでなく、お澪坊の祈りが籠ってるのがよくわかる。ご寮さんの祝言の宴の席に、これ以上に似合う料理なんざありはしねぇよ」

さあ、良いから早く一柳の旦那んとこへ行って味見してもらってきな、と早口で言うと種市は手の甲で瞼を擦った。

料理に込めた芳への思いを的確に汲み取ってもらえたことを澪は心からありがたく思い、その言葉に甘えることにした。まだ熱い鉢を手拭いで包み、周囲に綿を巻いて箱に入れると、風呂敷に包んで胸に抱えて店を出る。

初午まであと三日、飯田川の土手には淡い緑の草が生え、すでに春の陽気に満ちている。通りを行くひとびとの足も軽やかで、季節がはっきりと動いたことがわかった。澪は風呂敷の中身を揺らさぬよう慎重に抱え込んで、道を急ぐ。

八つの時に順慶町の屋台見世の前で助けられて以来、片時も離れたことのなかった芳と、三日ののちには別れて生きることになるのだ。最後に料理で寿ぐ機会を得たことをありがたく思いつつ、澪は一歩、一歩、道を踏みしめて一柳へと向かう。

正面に鍛冶橋《かじばし》が迫り、河岸《かし》に荷を揚げる威勢の良い声がここまで響いてきた。一柳は、もうじきだった。

ひび割れた樹皮の枝に、黄色い小さな花が毬《まり》状に集まっている。針に似た雄しべがつんつんと突き出すさまも愛らしい。さり気なく生けられた山茱萸《さんしゅゆ》の花が、人払いをした一柳の奥座敷で、唯一、長閑《のど》やかに寛いで見えた。

障子越しの柔らかな陽射しの中で、先刻来、柳吾は鉢の底に目を落としたまま黙り込んでいる。あまり長く見つめるのも躊躇われて、澪は居心地悪く山茱萸に視線を移し、じっと店主の言葉を待った。

「百合根饅頭はよく出来ているが、中の具と銀あんの味付けには不満が残ります。椎茸の旨煮と三つ葉、ともにでしゃばり過ぎる」

徐に唇を解いたかと思えば、柳吾は澪の持ち込んだ料理を容赦なく冷評した。

百合根饅頭は天満一兆庵で仕込まれたものだが、具と銀あんは澪がひと工夫を凝らしている。そこを斬《き》り捨てられて、澪はくっと唇を固く結んだ。

身内として近しい種市を満足させることは出来ても、一柳の店主である柳吾を納得させるには至らない。だが、むしろそれが至極真っ当のように思われた。少しでも料理人として伸びるための手がかりがあれば、と真剣な眼差しを向ける娘に、柳吾は仄かに微笑んで、ただ、と言葉を続けた。

「ただ、どういうわけか心を惹《ひ》かれるのは、作り手の料理に込めた祈りが、食べる者の胸に響くからでしょう」

料理の名は何と、と柳吾から問われ、澪は迷いのない声で答える。

「宝尽くし、と名付けました」

「良い名です」

即座に応じて、柳吾は破顔する。そして表情を改めると、料理人に正対した。

「あれから私も考えに考えました。例の鼈甲珠で、あなたが成し遂げたい、と願うことは一体何なのか。いくら思案を巡らせても、私にはわからない。ただ、あなたは寒中の麦だ。どれほど苦労したとしても、成し遂げるまで決して諦《あきら》めないだろうということだけはわかります。あなたはそう器用でもなく、悪賢くもない。一柳で修業しながらその願いを叶える、という道は選ばないのですね」

柳吾の言わんとする意味がわかりかねて、澪は両の眉を下げた。娘の様子に、ほろ苦く笑い、一柳の店主は嚙み砕く口調で言い添える。

「鼈甲珠を一柳で作って商う、という考えはないのですか。一柳の名があれば、売り出しにもそう苦労せずとも良い。あなたの心願を叶える近道だとは思うのですが」

思いがけない話に澪は驚き、畳に手をついて身体を支える。

一柳の名で鼈甲珠を売ることが出来れば、おそらく確実に多くのひとの手に取ってもらえるに違いない。料理番付で行司役として知られた一柳の名があれば……。

一柳で修業をしながら、鼈甲珠であさひ太夫の身請け銭を作り、心願を叶える。そんな道筋があったとは……。身を貫くような動揺に、澪は咄嗟《とっさ》に懐に手を置いて、片貝の在《あ》り処《か》を確かめた。綿入れの生地越しに、こつんとした手触りがあった。

違う、その道は間違っている。

掌を通じて、澪は確かに自身の内なる声を聞いた。

初めて一柳を訪れ、生麩《なまふ》を口にした時に思ったのは、この店が何者からも侵されず、持ち上げられず、ただ静かに在る、ということだった。料理番付というお祭り騒ぎの土俵には立たず、己が道を究めるという在りようが一柳を一柳たらしめているのだ。

だが仮に、澪が一柳の名で鼈甲珠を商えば、登龍楼との諍《いさか》いに一柳を巻き込みかねない。たとえ好意から差し伸べられた手であっても、それに縋《すが》ってしまえば一柳の名を貶《おとし》めることになりかねないのだ。

激しい動揺は去り、澪は凪《な》いだ心を取り戻した。顔を上げて柳吾に曇りのない眼差しを向ける。

「愚かにも動揺したことを恥じています。鼈甲珠は一柳さんとは無縁のままで通させてくださいませ。私自身の手で作り、商います」

澪の見出した答えを聞き、柳吾は深く頷いた。

「あなたはやはり、嘉兵衛さんが見込んだ通りのひとだ。ならばこそ、私からも助言させてもらいましょう」

柳吾は、温かく厳かな口調で続ける。

「今はその心願を叶えることで頭が一杯でしょうが、おそらくあなたの料理人としての人生は、それを叶えてからの方がずっと長い。どのような料理人を目指すのか。どんな料理を作ることを願うのか。よく見据えることです。今から進むべき道をよくよく考えておきなさい。嘉兵衛さんに代わり、あなたを育てたい、と思う私の気持ちに変わりはありません。そのことを胸の隅に刻んでおいてください」

わかりましたね、と念を押され、澪は頷くしかなかった。

「一柳の旦那もやるもんだな。こっちから何も言わねぇでも、こうしてご寮さんと若旦那の仕度をして届けてくださるなんざ、大した心遣いだぜ」

内所に据えた行李《こうり》を前に、種市が感嘆の声を洩らす。

芳の手で広げられた小袖は裾《すそ》に鴛鴦《おしどり》を配した淡い金茶の縮緬地で、帯は青丹《あおに》と金地に松の文様。下着は更紗《さらさ》染め鶸色《ひわいろ》の胴抜き。一柳から届けられた初午の芳の装束は、溜息の出るほど優雅なものだった。また、佐兵衛に恥をかかさぬように、との配慮からだろう、男物の晴れ着も一式、用意されていた。

芳の小袖に、ふきはぽかんと口を開いたまま見惚《みと》れ、りうは両の掌を擦り合わせて

拝んでいる。おりょうはおりょうで、

「旦那さん、ここに置くより二階へ上げる方が良かありませんか。煮炊きの匂《にお》いがせっかくの晴れ着に移っちまいませんかねぇ」

と、気が気でない様子だ。

調理場には天上昆布を炊いたあとの美味しそうな香りが残っている。

明日は初午、いよいよ、芳がこのつる家から嫁いでいく日だった。

「旦那さん、ほんまに今夜は暮れ六つ（午後六時）で店を閉めはるんだすか」

申し訳なさそうに芳が問うと、おうとも、と店主は薄い胸を張る。

「実際、明日丸一日休みたい気持ちは山々なのさ。けどそうしない代わりに、今夜と明日の昼は商いを勘弁してもらうって寸法よ。三日前から貼り紙はしてあるし、何の遠慮も要らねぇぜ」

「宴だなんて、何年ぶりだろうか」

おりょうが夢見心地に両の指を組み合わせる。

「楽しみだこと」

りうもまた、歯のない口を全開にして笑う。

今夜の祝宴には伊佐三《いさぞう》と太一《たいち》、親方、それに口入屋《くちいれや》の孝介《こうすけ》も招かれていた。

「蓮の実の粥だけじゃあ寂しいし、あとは俺に任せてくんな」

腕に縒《よ》りをかけるぜ、と政吉は言って、ふと、調理場の隅に目を向ける。気になって澪もそちらを見れば、ふきが萎れた様子で布巾を洗っていた。

ふき坊、と政吉は呼んで、

「悪いが大根を洗って、千六本に切ってくれるか。そのあと、この前教えた通りに豆腐に串《くし》を打つんだ。ついでに田楽味噌も、今日はひとりで作ってみな」

と、命じた。

はい、とふきは応えて、大根を手に飛び出していった。寂しさを覚えたところへ手伝いを頼まれ、元気が出たのだろう。井戸端で水を使う音にも勢いがあった。

澪の安堵の表情を見て、政吉は言う。

「ふき坊に料理を仕込んでることは、お臼から聞いてるぜ。俺に澪さんのような行き届いた教え方が出来るとは思えねぇが、そっちの方も引き受けるから、心配しねぇでくんな」

ぶっきら棒な口調だが、実があった。

ありがとうございます、と澪は心から言って、政吉に頭を下げた。

その夜は決められた通りに、暮れ六つに暖簾を終った。そこから宴の料理作りに取りかかる。下拵えはあらかた済ませておいたので、さほど手間はかからない。

「お言葉に甘えまして」

孝介が一番乗りで勝手口に現れ、次いで伊佐三、親方と太一が揃って顔を出した。

「親方、すっかり元気になんなすって」

卒中風《そっちゅうふう》のあと、随分と衰えていた親方だったが、顔色も良く、何より覇気があった。種市は喜び、親方の手を取って入れ込み座敷へと案内する。

乾物の蓮の実を用いた粥の様子を見ようと、澪が行平《ゆきひら》の蓋を外した時だった。今晩は、と聞き覚えのある声がした。

引き戸を開けて、そのひとを確かめ、澪は華やいだ声を上げる。

「若旦那さん」

澪、と応えて、佐兵衛は口もとを綻ばせた。澪はそっと佐兵衛の背後を覗いたが、やはりお薗の姿を見つけることは出来なかった。

「おやまあ、若旦那さん、前にも増して良い男だこと」

入れ込み座敷と調理場を行き来していたりうが目ざとく佐兵衛を認め、ふたつ折れの姿のまま駆け寄った。

母親の晴れの日だから、と気張ったに違いない。借り物だろう綿入れを着込んだ佐兵衛の姿は、天満一兆庵の若旦那だった頃を彷彿とさせた。

「佐兵衛」

調理場の遣り取りが耳に入ったのだろう、座敷にいたはずの芳も調理場へ姿を見せて、早速にその腕を引っ張るようにして宴の席へと誘った。

「澪さん、ここは俺とふき坊に任せて、あんたも向こうへ行きな」

店主が奮発して買い込んだ鯛《たい》を塩焼きにしながら、政吉が提案する。だが、澪は頭を振り、料理を作り終えてから三人揃って宴に参加することを提案した。

鯛の塩焼きは別として、あとは豆腐田楽や蛤《はまぐり》の時雨《しぐれ》煮、浅蜊と大根の小鍋立て等、素朴で滋味豊かな料理が次々に仕上がって座敷へと運ばれる。酒も充分に用意が出来て、澪は政吉とふきとともに宴に加わった。芳と佐兵衛を囲んで、皆が楽しそうに話している。

五年前、佐兵衛が行方《ゆくえ》知れずとなった時、こんな日を迎えられるとは思いもしなかった。澪は潤み出した瞳《ひとみ》を隠すように、皆に酒を注いで回った。

風が出てきたのか、勝手口の引き戸がかたかたと鳴っている。

もうとうに宴は済み、りうは孝介に、親方は伊佐三に背負われて帰った。種市と佐兵衛は内所で休み、芳とふきは二階に引き上げた。灯明皿の明かりを除いて火の気のない調理場で、大根に包丁を入れていた澪は、冷えを覚えて両の手を擦りあわせた。

ふと目をやれば、棚の壺《つぼ》に供えるように、一枚の絵が置かれている。つる家の店主と奉公人全員を描いた太一の絵だった。芳を真ん中に据えて、皆が実に良い笑顔を向けている。それぞれの特徴をよく捉えて、今にも笑い声が聞こえてきそうだ。

「本当に、良く描けている」

傍へ行って絵を覗き込み、感嘆の声を洩らす。絵師の辰政《ときまさ》から絵手本を贈られて以後、太一はまた腕を上げたようだ。料理は食べてしまえば無くなるけれど、絵や文字にしたものはこうして残っていく。それが羨《うらや》ましくもあった。

「まだ仕事してるんか」

ふいにかけられた声に驚いて首を振れば、内所から佐兵衛が襖《ふすま》を開いて出てきたところだった。酒の力もあって少し眠ったのだろう、疲れの取れた表情になっていた。

「若旦那さん」

「もう若旦那さんとは違う、佐兵衛で構へん」

佐兵衛は澪の傍まで来て、調理台の大根に目を留めた。先刻まで澪が挑んでいた鶴《つる》の剝き物が置かれている。鶴と言わねばわからぬような不出来な仕上がりで、澪は赤面する。佐兵衛は剝き物にじっと見入ったあと、視線を澪に移して、優しく言った。

「母親から聞いた。左の指をえらい怪我《けが》したんやてなあ」

見せとおみ、と促されて、澪は佐兵衛におずおずと左手を差し出した。

源斉の手で綺麗に縫合されていても、人差し指と中指、二本の傷口は引き攣《つ》って痺《しび》れから解放されることはないのだ。

灯明皿を引き寄せて澪の指に見入ると、ああ、これは辛《つら》い、と佐兵衛は呻く。

「利き腕で無《の》うても、細かい細工は無理や」

「自業自得なんです」

包丁を使いながら考え事をしていて、と澪が情けない声で打ち明ければ、済んだことは仕方ない、と佐兵衛が穏やかに応える。

こうして佐兵衛と向き合っていると、天満一兆庵で奉公を始めたばかりの頃が思い出されてならなかった。父母を恋しがって天神橋の袂《たもと》でひとり泣いていると、佐兵衛が見つけてくれて、内緒で牡蠣《かき》船に連れ出してくれた。繫《つな》いでもらったその手の温もりを忘れたことはない。当時の情景が鮮やかに蘇り、澪はふっと目の奥が温かくなった。それを察した佐兵衛が、そっと澪の手を離し、調理台へと向き直った。

「剝き物は鶴でええんか？」

大根を手に取り、澪に背中を向けたまま問いかける。一瞬息を呑んだあと、はい、と澪は答えた。それを受けて、佐兵衛は包丁を握った。

「父親の位牌《いはい》と仏壇は、私が預からしてもらうことにした。これからは私の手でお祀《まつ》りさせてもらいます。お薗からもそう言われてなあ」

そう話して、佐兵衛は包丁を動かしていく。

——もう料理とも天満一兆庵とも関《かか》わりのう生きたい

呻吟《しんぎん》の末に絞り出された声が、今も耳の奥に残る。もう二度と佐兵衛が包丁を握ることなどあるまい、と思っていたがゆえに、今、目の前に映る光景が信じ難く、それを相手に気取られぬよう、澪は必死で息を詰めていた。

灯明皿の薄い明かりが、包丁を使う佐兵衛を仄かに照らす。実に料理人らしい、惚れ惚れするような立ち姿だった。だが、おそらくこれは一刻の夢。指を怪我した料理人の代わりに剝き物を作る間かぎりの夢なのだろう。

幼い頃から嘉兵衛の薫陶を受け、長じては和歌や茶の湯にも造詣《ぞうけい》深く、料理に取り込む努力を怠らなかった。料理人になるべくして生まれた佐兵衛なのに、一体どうして……。登龍楼とさえ関わらなければ、佐兵衛は今も変わらず料理の道に身を置いたのではないのか。澪は喉もとまでせり上がってくる苦い思いをぐっと呑み下した。

佐兵衛の包丁は器用に二羽の鶴を作り上げたあと、静かに俎板に戻された。

翌、初午の朝を迎えた。

江戸の街は麗《うら》らかな春の陽射しの恵みを受け、幸福の兆しに満ちていた。勝手口の引き戸を開けると、何処の梅か、良い香りが風に乗って調理場へと忍んでくる。ふきの手を借りて朝餉《あさげ》の仕度を整え、佐兵衛を交えて皆で板敷に集う。一柳に持っていく天上昆布の切れ端も、五人で分けた。

「江戸じゃあ昆布をこんな風にして食うことがないが、旨いもんだなあ」

店主の言葉に、ふきも湯気の立つ白飯を頬張《つ》ったまま、こくこくと頷いた。

佐兵衛は、と見れば、天上昆布を箸で摘まんで厳しい表情で注視し、口に運んでじっくりと噛み締めている。それは食事を楽しむ、というよりも料理人が味付けを確かめるのに似ていた。佐兵衛の様子に、澪は胸を突かれる思いだった。

料理との関わりを断ち切ったつもりではいても、料理人の性《さが》は今も佐兵衛を去らないのではなかろうか。昨夜の姿も相俟《あいま》って、澪は辛く切ない思いを反芻《はんすう》した。

「こいつぁ」

食事の最後に出された湯飲みを手に取って、種市は老いた目を瞬く。湯の中に、細く切って結んだ昆布が入っていた。この日に嫁ぐ芳を寿ぐ昆布茶を口にして、種市はつくづくと洩らした。

「俺ぁ、お澪坊を嫁に出す覚悟はしていたが、よもやご寮さんが先とはなぁ。そのせいか、今日の幸せは一層、身に沁みるぜ」

それを聞いて、芳は膳を脇に除《よ》け、居住まいを正すと、旦那さん、と呼びかけた。

「旦那さんと知り合うて五年、今日までまるで身内のように大事にして頂いて——」

「よしてくんな、ご寮さん」

芳の言葉を詰まった声で遮って、種市は瞼を乱暴に擦った。

芳の隣りで佐兵衛が板敷に両の手を置いた。

「つる家の旦那さん、私からもお礼を申します。江戸に寄る辺《べ》のない母と澪とを今日まで守り、支えてくれはった。本来なら私がせなならんことを代わりにしてくれはった。どないにお礼を申し上げても足らしまへん」

「佐兵衛さんも、もう堪忍してくんな」

耐え切れなくなった種市は、袖に顔を押し当てて身を震わせた。

「おやまあ、朝っぱらから湿っぽいこと」

半分開いたままの勝手口から、ひょいとりうが顔を出した。首に提げた黒い入歯がぶらぶらと陽気に揺れている。老女の後ろにおりょうとお臼の姿も見えた。

「今日はご寮さんの晴れの日ですからね。お湿りは遠慮してくださいな」

「何だよぅ、皆、やけに早いじゃねぇか。一柳から迎えが来るまで大分とあるぜ」

店主の鼻声に、おりょうとお臼は手にした風呂敷包みを示す。結び目からにゅっと覗いているのは櫛《くし》のようだ。

「ご寮さんはろくな化粧道具もお持ちじゃありませんからね、調達してきました。これからこの三人で、ご寮さんを三国一の花嫁御寮に仕立てますよ」

そう言ってりうは、ふぉっふぉと笑った。

どーん、どんどん、と初午太鼓が賑やかに俎橋を渡り、そのあとを子供たちの歓声が追いかける。普段は煩いからと邪険にされる太鼓叩きも、初午の今日だけは終日叩いても文句は出ない。江戸中の稲荷社がお祭り一色になり、通りを行くひとびとの足取りも楽しげに弾んでいた。

つる家の表では、これから嫁ぐひとを送りだすところだった。一柳からの迎えがその様子を遠巻きに見守る。

「ご寮さん、本当に綺麗だよ。あんまり綺麗で、女の私まで見惚れるほどさ。一柳の

　旦那さんは果報者だ」

　末永く幸せになっとくれよ、とおりょうが目を真っ赤にして、芳の手を取った。

　島田に結い直された髪に白練緯《しろねりぬき》の揚帽子《あげぼうし》を被《かぶ》った芳は、親しい友に手を取られたまま、おおきに、と両の瞳を潤ませる。

「ご寮さん、お湿りは禁物ですよ。せっかく三人がかりで綺麗に化かしたんですからねぇ」

　りうが歯のない口を尖らせて言えば、

「化かさなくてもご寮さんはお綺麗です」

と、ふきが涙声で反論する。

　その遣り取りに種市と澪が笑いだし、釣られて皆がわっと朗らかな笑い声を上げた。

「ほな、そろそろ」

　さり気なく、佐兵衛が芳を促す。柳吾からの心尽くしの晴れ着を纏《まと》った佐兵衛は、また一段と男振りが勝って見えた。へえ、と芳が名残を断つように頷いた。

　一柳の使者たちが先陣を切り、あとを佐兵衛、芳、そして天上昆布の荷を抱えた澪が続く。俎橋を渡り、初午の幟《のぼり》に彩られた飯田川沿いを暫く行ったところで、三人が振り返れば、橋の袂に立って店主と奉公人たちがまだ見送ってくれていた。

芳は店の方へ向き直り、両手を膝頭に揃えて、ゆっくりと頭を下げた。

これまでほんに、おおきにありがとうさんでございました――そんな胸のうちが伝わるお辞儀だった。佐兵衛と澪もこれに倣い、深く首を垂れた。


柳町の老舗《しにせ》料理屋一柳は、今日は商いを休み、店主の祝言に向けて設《しつら》えを整えていた。ただし、あくまで内々の祝い事として、祝い提灯《ちょうちん》も出さず、幕もない。だが、その中に一歩、足を踏み入れれば、姿が映るまで磨き上げられた廊下や床柱、さり気なく配された鶴亀の飾りなど、奉公人一同の寿ぎの気持ちが充分に伝わった。

奥座敷には柳吾の他、坂村堂夫婦と一人娘の加奈、それに房八夫婦がすでに集っていた。坂村堂の引き合わせで初対面の者同士が挨拶を交わし、芳が着座したところで、松竹梅が色彩豊かに描かれた一対の絵蠟燭に灯が点《とも》される。

房八が媒酌人となり、固めの盃を交わして、柳吾と芳は無事、夫婦となった。

「おめでとうございます」

その場に居た全員が声を揃え、この縁組を祝福する。澪はそれを見届けてからそっと中座し、少し離れた板場へと向かった。

「蒸すところからは、こちらでしますから」

一柳の料理人たちは澪に祝いの席に戻るよう諭したが、澪は宴席に身を置くよりも、芳たちの口に入る料理を作ることを願った。

種市に見立てた海老、芳の好んだ蓮の実、走りの蕗、柳吾の意見を取り入れて味を控えた椎茸の含め煮を、天満一兆庵で仕込まれた百合根饅頭の生地で包み込んだ。蒸し上がる間に銀あんを作る。三つ葉を控えるべきか最後の最後まで悩んでいる澪に、

「出過ぎた真似とは存じますが」

と、板長と思《おぼ》しき料理人が二つの蓋物《ふたもの》の漆器《しっき》を澪の前に置いた。

「寿ぎの膳ですし、これを用いられては如何《いかが》でしょうか」

蓋を取って示されたものは、金箔《きんぱく》と銀箔《ぎんぱく》。吐く息が僅かにかかるだけで、箔はたおやかに身を躍らせた。料理はまず目で味わうものだから、金銀の二色を用いれば間違いなく器の中は華やぐ。だが、と澪は考え込んだ。

果たして箔は身体を健やかに保つものだろうか。薬に用いられる、と耳にしたことはあるし、登龍楼は金箔を玉子の黄身の味噌漬けに塗して「天の美鈴」として商っているとも聞く。しかし、澪自身は箔を口にしたことがない。料理人のよく知らないものを料理に用いるべきではないのだ。

澪は、板長の双眸をしっかりと見て、

「申し訳ありません。私は箔を料理に用いたことがないのです。代わりに人参《にんじん》を使わせて頂けますか？」

　と申し出た。

　三つ葉の軸と同じ太さに人参を削ぎ、両者をさっと茹《ゆ》でると、水引に見立てて百合根饅頭に置いて、静かに銀あんを注いだ。

　豪奢な見た目ではなくとも、慎ましく上品で、つい箸を伸ばしたくなる仕上がりだった。緊迫して成り行きを見守っていた料理人たちの口から、ほう、と感嘆の息が洩れた。

　器に蓋をしながら、ふと、芳の食べる様子が目に浮かぶ。芳ならばきっと、匙で具を掬う度に種市やふき、又次や皆の面影を思い重ねてくれるだろう、と。宝尽くし、という料理の名に込めた澪の祈りを汲み取ってくれるに違いない、と。

「旦那様、この度はおめでとうございます」

　奥座敷の襖が開け放たれ、続きの間に控えていた全奉公人が揃って頭を下げた。既に祝いの料理は綺麗に平らげられ、房八たちの酒盃《しゅはい》も膳に置かれたままになっている。

　澪はこの折りを逃さず、目立たぬように奥座敷の席へと戻った。

奉公人らの挨拶を受けて、柳吾が穏やかに礼を言い、改めて芳を皆に紹介した。

「これからは奥向きは無論のこと、働く上で私に直接言い辛いことは全て芳に話しなさい。充分に相談したなら、芳の言葉は私のものと思って、よく従うように」

主の言葉を受け入れて奉公人たちがお辞儀をする様子に、今日から芳はご寮さんではなく、「一柳の女将《おかみ》」と呼ばれるようになることを、澪は改めて感慨深く思う。

「ひと言、宜《よろ》しいでしょうか」

佐兵衛が柳吾に断り、許しを得てから奉公人たちの方へ膝行して畳に手をついた。

「ご承知の通り、母は大坂の生まれ育ち。江戸で五年暮らしたといえども、諸々、戸惑わせることもあるかと存じます。かたがた、宜しゅうお頼み申します」

奉公人に対してまでも深々と頭を下げる佐兵衛の姿に、皆は感じ入った面持ちになった。そうして佐兵衛は柳吾に幾度も芳のことを頼むと、染井村での仕事を理由に、ひと足先に宴席を退いた。

そのまま黙って見送るはずが、昨夜の剝き物をする佐兵衛の姿や、今朝の天上昆布の味をみる様子を思い出してしまい、どうにも居たたまれない。今、この時を逃せば、次はいつ会えるかわからないのだ。澪は思い余って席を立ち、廊下を走り抜けて、佐兵衛のあとを追った。

「若旦那さん」

一柳の表まで追い駆けて、澪は佐兵衛を呼び止めた。

「せやから、もう若旦那さんと違うて」

佐兵衛は苦笑して振り返り、娘の思い詰めた顔つきに気付くと笑いを収めた。

「教えておくれやす、若旦那さん。一体、登龍楼と何があったんだすか」

澪の問いに、佐兵衛は顔色を変えて不自然に首を振った。

負けじと澪は佐兵衛に取り縋り、懸命に声を放つ。

「私は若旦那さんに料理の道を捨てさした登龍楼が憎うてならん、心底、憎うてならんのだす」

襟を取られて暫くはされるがままになっていた佐兵衛だが、澪の両の手をぎゅっと摑んで、無理矢理に引きはがした。

「ええから、お前はんは登龍楼と関わらんことだけ守ったらよろし」

「もう無理だす、若旦那さん」

澪は登龍楼とのこれまでの経緯、ことに引抜きを持ちかけられたことを口早に話した。途中から、佐兵衛の表情が驚愕から憤りへと移ろっていく。

「何やて」

佐兵衛は低く呻いた。

「そこまで関わってしもたんか、澪」

その双眸が怒りで燃え立つ。助言を無視して登龍楼と賭《か》けまでした澪の浅慮を、佐兵衛は許し難く思っているに違いなかった。自ら望んだわけではない。だが、挑んだのは事実だった。叱責《しっせき》覚悟で澪は、はい、と頷いた。

「捻り潰す、と言われました。けんど私は潰されたりせぇしません」

登龍楼の卑劣な手には決して屈しない、そう決めたのだ。

「手間を惜しまず、心を込めて料理を作り続ける。こちらがそうした姿勢を崩さへん限り、そないに容易う捻り潰されたりするもんやおまへん」

声も無く、佐兵衛はまじまじと澪に見入った。怒りは佐兵衛を去り、代わりに、己の気持ちを表す言葉をひたすらに探している様子だった。

陽は西に傾き、遠景に淡い朱の紗《うすぎぬ》が掛けられた。黙り込むふたりの傍らを初午太鼓を賑やかに鳴らしながら、子供たちが駆け抜けていく。

「お前はんが羨ましい」

長い長い沈黙の末、ぼそりと、佐兵衛は呟《つぶや》いた。

「心底、羨ましいてならん」

意外な思いで、澪は佐兵衛を見上げる。

その眼差しを受け止め、佐兵衛は長々と息を吐いた。

「私は天満一兆庵を江戸一番の料理屋にしたい、いう欲が強すぎて、登龍楼につけ入る隙《すき》を与えてしもた。けんど、ほんまはお前はんの言う通りなんや。料理人は手間を惜しまず、心を込めて料理を作り続ける、それが全てや。お前はんなら決して、私のように愚かなことにはならんやろ」

声音に、悔いと寂寥《せきりょう》とが色濃く滲《にじ》む。絞り出した台詞の裏に、戻りたくとも戻れない、との無念が透けて見えた。

佐兵衛はもう一度、深く吐息をつくと、ほな、と力なく言って澪に背を向ける。澪はかける言葉を探しあぐねて、黄昏《たそがれ》の情景の中に、ひとり立ち尽くした。

「澪さん、今日は色々と世話をかけましたね」

奥座敷へ暇《いとま》を告げに戻った澪を、柳吾は温かく迎える。

華燭《かしょく》と呼ばれる絵蠟燭の灯が、暗くなり始めた室内を明るく照らしていた。

媒酌人の房八夫妻はよし房《ふさ》へと戻り、坂村堂の妻子もまた引き上げて、座敷には夫婦になったばかりのふたりと坂村堂とが寛いだ様子で談笑していた。

「澪さんも戻ったことだし、大事な話をしておきましょう」

盃《さかずき》を置いて姿勢を正す柳吾に、何事か、と坂村堂と芳は揃って畏まった。

その前に、と柳吾は、襖の前に控えている澪を手招きして、自らの傍らに座らせた。

「先日、私はあなたに伝えましたね。どのような料理人を目指すのか。どんな料理を作ることを願うのか。よく見据えることだ、と」

はい、と頷く娘に、柳吾は問いかけた。

「あなたの中に、答えは見つかりましたか」

いいえ、と澪は頭を振った。

「そう簡単に見つかるものではありませんし、また、見つけてもいけないように思います」

娘の返答に、柳吾は、確かに、と短く応えた。

芳と坂村堂は、娘と店主の間で交わされる会話の意味がわかりかねるのか、怪訝そうに互いを見合っている。それに気付いて、柳吾はほろ苦く笑った。

「『一柳』は私の代で終わる。そのあとをどうすべきか、私なりにずっと考えていたのだよ。店を閉めたあとは何もかも綺麗さっぱり始末してしまおうか、と思ったこともあったが、やはり、長い年月をかけて大切に育ててきた——」

「当たり前です」

店主の言葉を途中で遮って、坂村堂が憤然と身を乗り出した。

「この店の器や調度類は非常に値打ちのあるものばかりで、散逸すれば集め直すことは無理だ。いや、形あるものばかりではない、奉公人の気構えや躾《しつけ》は一柳だからこそ。この店の真価を知る者として、店の処分には賛同しかねます」

「おい、嘉久《かきゅう》、料理のことには触れんのか」

呆れた口調で柳吾が応え、坂村堂はしまった、とばかりに泥鰌髭を撫でる。その場の緊張が心地よく緩んだ。芳は柔らかく微笑んで、話の先を促す眼差しを夫に向ける。それを受けて、柳吾は続けた。

「天からどれほどの寿命を与えられているかは知らぬが、私の元気なうちに、料理の心を継いでくれる料理人を育てようと思うのだ。無論、今の板場の者もだが、他にも幾人か育てて、そのうちのひとりに今後を託すつもりだ。生麩料理に拘《こだわ》る必要はないし、一柳の名を継がせるのでもない。その者の望むような新たな店を、この場所でやっていってもらえば良い、と考えている」

それは良いことです、と坂村堂は丸い目を細めて満足そうに頷いた。

「お気持ちを聞いて、心から安堵《あんど》しました。一柳の名は残らずとも、その料理の心が残るのだとしたら、これほど喜ばしいことはない。ところで、育ててみたい料理人の候補、というのはもう決まっているのですか?」

息子に問われて、ああ、と柳吾は頷いてみせる。

「ひとりは……」

澪に懇篤《こんとく》な眼差しを注いだあと、ひと呼吸置いて、柳吾はこう続けた。

「そしてもうひとり、佐兵衛さんを……もとは天満一兆庵の佐兵衛さんを、と考えている」

三人は驚きのあまり息を呑む。芳の顔からは見る間に血の気が失《う》せていった。

「けど、旦那さん」

芳はおろおろと畳に両の掌をついて身体を支え、柳吾に迫る。

「佐兵衛はもう、料理の道には戻らん、て。旦那さんも私に、佐兵衛の気持ちを大事にせえ、て。それやのに今さら……」

「芳、これを見なさい」

柳吾は女房の両の腕をぐっと捉まえ、傍らの膳に目をやった。

朱塗りの器に夫婦鶴の剝き物が置かれている。昨夜、佐兵衛が作り、澪がつる家から天上昆布を持ち込む際、重箱の最上段に大切に入れておいたものだ。

「料理の道には戻らぬ、と言いながら、包丁を握ることを厭《いと》わなかった。すっぱりと料理と決別したのならば、二度と包丁には触れぬはず。しかし、佐兵衛さんは一度ならず、二度までも剝き物を拵えたのだ。誰から頼まれたわけでなく、自らの意思で」

嘴《くちばし》を羽に差し入れて、二羽の鶴は器の上で長閑《のどか》に憩う。もとを明かせばただの大根のはずが、目にも愛らしい。

確かな技をもって作られた剝き物に視線を向けたまま、柳吾は言葉を繫ぐ。

「それに、宴の料理を口に運ぶ時の、あの懸命に探る表情……。芳、お前も気付いていたのではないか。あれは材料や作り方に迫ろうとする料理人の顔だった」

柳吾の言葉に、天上昆布の味を見る佐兵衛の姿が重なる。澪は膝に置いていた両手を畳に移して、柳吾の話に聞き入った。

「そうした姿を間近に眺めて、よくよくわかったのだよ。あの男の中には料理への渇望が渦を巻き、決して涸《か》れることがない。嘉久とは異なり、佐兵衛さんは生まれついての料理人なのだ。身を隠してからこれまで、真の料理に触れることがなかったから自身の渇求に気付くことなく過ごしてこられたのだろう。だが、宴の料理に触れ、否、恐らくその前に、澪さんの作る料理に触れた辺りから、本人も気付いたはずだ」

思い当たることがあるのだろう、芳は瞳を開いて、夫を見つめている。

料理を手放す羽目になった裏には、ただならぬ事情がありそうだが、と柳吾は言い置いて、長く考え込んだ。

蠟燭の芯《しん》の燃える微《かす》かな音が、声の消えた隙間を優しく埋めていた。

「芳と縁を結んだ今は、佐兵衛さんは私にとっても息子同然。だからこそ、教えておきたいのだ。自らを守るために苦しみから逃げることは間違いではない。だが、逃げて苦しみが深まったのならば、決して逃げるべきではない、ということを」

柳吾は自身に言い聞かせるように、声を落としてゆっくりと話す。

「料理の道を捨てさせた原因を取り除くために、あらゆる尽力をしよう。そして、どれほど時がかかったとしても、佐兵衛さんに相応しい場所へ、本来身を置くべきだった場所へ必ず戻す。それが、芳というかけがえのない伴侶《はんりょ》を得た私の役目のように思えてならない」

柳吾が話を結んだ時、芳の双眸に涙が盛り上がり、耐え切れず頰を伝った。涙は堰を切ったように溢れて、芳は開いた掌で顔を覆う。うっうっ、という嗚咽《おえつ》が指の間から洩れていた。

「及ばずながらこの坂村堂嘉久も、お手伝いさせて頂きます」

芳に手拭いを差し出して坂村堂が鼻声で言えば、止しなさい、と柳吾が制する。

「お前が口を挟むとろくなことはない。版元の仕事に精を出すことだ」

ふたりの遣り取りに、芳は泣き笑いの顔を上げた。

澪の脳裡《のうり》に、昨夜の調理場での佐兵衛の立ち姿が蘇る。包丁を使うその真剣な眼差しが帰ってくる。

――お前はんが羨ましい
料理の道に身を置く澪に、投げかけた言葉が切なく耳に響く。

――澪さん、うちのひとは今のままで、このままで本当に良いのでしょうか
お薗のか細く震える声も届いた。

若旦那さん、お薗さん、と澪は胸の中でそっと呼びかける。

きっと。

そう、きっと……。

潰《つい》えたはずの夢は、ひととひととの縁を結んで、再び光を放ち始めた。

それは天高く上る陽のように強く輝くものではない。だが、縁あって家族となったものたちを優しく照らす華燭に似て、温かで希望に満ちた灯だった。

ひと筋の道——昔ながら

ああ、甘くて良い香り。

つる家《や》の軒下で、取り入れた笊《ざる》を胸に抱え込み、澪《みお》は鼻をすんすんと鳴らす。

初めは微《かす》かに香っていたものが、少しずつ近づいてくる。これは、白酒の芳香だ、と気付いて軒を出て、俎橋《まないたばし》の方を眺めた。案の定、前後に小さな樽《たる》を振り分けた白酒売りが、仲良くふたり並んでこちらへ向かってくるのが目に映った。ひとりは振売《ふりう》りを始めて間もないのだろう、桶《おけ》の中身を気にしてか及び腰になっている。

白酒は桃の節句には欠かせない。もうそんな季節が巡ってきたのか、と澪はもとより、通りを行く者たちも白酒売りを眩《まぶ》しげに眺めていた。

「良いか、お父っつぁんのする通りにやってりゃあ良いんだからな」

父子なのだろう、年嵩《としかさ》の白酒売りが若い方へ諭す口調で話している。

「振売りは、元手は大してかからねぇし、足腰が丈夫ならちゃんと見通しの立つ仕事だ。馬鹿正直に鑑札なんて持たなくても、食い物関係は目溢《めこぼ》しが多い。店なんざ構えなくたって食っていけるから何の心配も要らねぇよ」

倅《せがれ》によくよく言い聞かせながら、白酒売りは澪の目の前を通り過ぎて行った。

そう言えば、と澪は親子の振売りを見送って、元飯田町の街並に目を向ける。

この町でも長く続いた商いを畳み、振売りに転じる者も居ると聞く。貨幣改鋳も控えている、との噂《うわさ》も流れ、景気の良くなる兆しはなかなか見られない。季節は春の盛りを迎えようというのに、庶民の暮らしは相変わらず倹《つま》しいばかりだった。

「坂村堂《さかむらどう》よ、もう海文堂《かいぶんどう》のことで何時《いつ》までもそうくよくよと悩むな」

時分時を過ぎたつる家の入れ込み座敷からそんな声が聞こえる。

この刻限に版元と一緒に座敷に上がるとすれば、戯作者《げさくしゃ》の清右衛門《せいえもん》しかいないはずが、声を聞く限りそうではない。

そうは仰《おっしゃ》いますが、と応《こた》えているのは確かに坂村堂に違いなかった。

「海文堂は実に良い店だったのですよ。清右衛門先生の本も、随分と沢山商ってくれていましたのに、あんなことになって。私はもう、無念で無念で……。今日、店の前を通りかかったら、既に薬種問屋に様変わりしていました」

ぢん、と派手に洟《はな》をかむ音まで調理場に届いて、あいなめの骨切りをしていた澪は流石《さすが》に包丁を置いた。

間仕切りから入れ込み座敷を覗《のぞ》けば、坂村堂と同席している男の背中が見えた。小《お》千《ぢ》谷縮《やちぢみ》の綿入れを着込み、髪結いの手が入ったばかりのさっぱりした頭をしているが、誰かはわからない。坂村堂はまだ気が収まらないのか、幾度も洟をかみ続けた。

「ありゃあ坂村堂の旦那《だんな》だろ。随分と賑やかだが、一体何があったのか」

政吉《まさきち》は座敷を気にして言い、代わるぜ、と調理台の俎板《まないた》の前に移った。ふきを招き寄せ、手もとを見易《みやす》いように示しながら、政吉はあいなめに向かう。

大坂では油目《あぶらめ》と呼ばれ、この江戸では「あいなめ」として親しまれる魚は、油を塗り込んだような滑りのある外見に比して、淡白な味でどんな調理法にも向く。ただし、堅い小骨が身に入り組んで扱いが非常に難しい。一柳《いちりゅう》仕込みの政吉の包丁がその骨を丁寧に切っていく様子を、ふきは固唾《かたず》を呑《の》んで見つめていた。

澪は安心して魚を政吉に委《ゆだ》ね、蕗《ふき》の青煮の味入れに専心する。

「坂村堂さんと懇意の物之本屋《もののほんや》が、廃業しちまったんだってよぅ」

注文を通しにきた種市《たねいち》が、声を低めて澪にそっと事情を伝えた。

「商いをする者にとっちゃあ、他人事《ひとごと》とは思えねえよなあ」

とにかく旨《うま》いものを食ってもらおうぜ、と種市は気落ちした声で言った。

今日はもう昼餉《ひるげ》用の献立は売り切ってしまっていたので、夕餉《ゆうげ》の献立を振る舞うことになった。あいなめの衣揚げ、焼き麩《ふ》と三つ葉の澄まし汁、蕗の青煮、白飯には蕗の葉の佃煮《つくだに》を添える。順に料理を並べると、澪はおりょうとともに二人分の膳《ぜん》を入れ込み座敷へと運んだ。

「こりゃあ驚いた」

先に立って歩いていたおりょうが、座敷の途中で足を止め、声を落とす。

「澪ちゃん、ちょいと御覧な。あれ、辰政《ときまさ》先生じゃないのかねぇ」

はっきりと顔を見れば、確かに絵師の辰政だ。以前、つる家を訪れた時は芥箱《あくたばこ》から這《は》い出てきたような形《なり》だったのが、今日は綿入れに煎餅《せんべい》の欠片《かけら》と乾いた納豆がくっついているだけで済んでいる。座敷で食事をしたい一心でめかし込んだのだろうか。

あたしゃ見違えちまったよ、とおりょうは澪に囁《ささや》くと、くっくと笑った。

「おお、待ち兼ねたぞ」

辰政が澪たちに気付いて、ぱっと目を輝かせた。膳が前に置かれるなり箸《はし》を取り、夢中で食べ始める。骨切りしたあいなめの衣揚げが特に気に入ったらしく、幾度もおりょうにお代わりを運ばせて、ああ、と思い出した体《てい》で声をかけた。

「あの坊主、確か太一《たいち》とか言ったな、まだ絵を描いているのか」

「描いてるなんてもんじゃありませんぜ、太一坊の絵の見事なことと言ったら」

おりょうより先に、種市が身を乗り出して応える。三人で話が弾むのを余所《よそ》に、坂村堂は口の中のものを惜しむように黙々と食べ進めた。湯飲みの中身が大分減っているのに気付いて、澪は土瓶を手に取る。

「美味《おい》しいものを食べると、随分と慰められます」

お茶を注《つ》いでもらいながら坂村堂は呟《つぶや》き、ああそうだ、と目もとを和らげた。

「初午《はつうま》から半月ほど経《た》ちますが、ご寮《りょ》さんはすっかり一柳での暮らしに馴染《なじ》んでおられますよ」

「そうですか」

声が弾むのが、澪自身にもわかった。

初午に一柳に嫁した芳に、まだ澪からは連絡を取らずに居た。暮らしが一変して落ち着かない日々が続いているだろうから、との遠慮があった。

「一柳のご贔屓《ひいき》筋にもその名女将《おかみ》ぶりが早くも評判になっているようです。父はつくづく良縁に恵まれれました」

そう話して、坂村堂は旨そうにお茶を啜《すす》る。

髪に大粒の珊瑚《さんご》のひとつ玉を挿し、上質の綿入れを身に着けて背筋をすっと伸ばす芳の姿を思い浮かべ、澪は頬《ほお》を緩める。ともに暮らせなくなった寂しさはあるけれど、

「ええ、今日のあいなめは殊《こと》に旨かった」

芳が幸せでいてくれることが何よりだった。

「意気消沈していたのですが、元気になりました。今日のあいなめは殊《こと》に旨かった」

食事を終えて外に出た坂村堂は、見送る澪を振り返り、にこにこと笑った。

「手前味噌《みそ》ですが、父は良い料理人をつる家さんに紹介しましたね」

ええ、と澪も大きく頷《うなず》いてみせる。

早ければ今夏、遅くとも来夏、翁屋《おきなや》が吉原《よしわら》へ戻るのを期限として、澪はつる家を出ることになる。政吉と話し合い、少しずつ仕事の軸を政吉へ譲っていき、旅立ちに備える心づもりをしていた。鼈甲珠《べっこうだま》を商うのは、清右衛門の助言通りに、吉原が再建を果たしてからになるので、まだ時はあるはずだった。

「ああ、山吹の花があんなに」

暇《いとま》を告げようとした坂村堂が九段坂の方をふと眺めて、感嘆の声を洩《も》らす。坂の左手、牛《うし》ヶ淵《ふち》に自生した山吹の花が今が盛りと咲き誇っていた。

「今年は、花が咲くのがいつもより遥《はる》かに早い」

春風が花枝を優しく撫《な》でるさまに目を留めて、絵師はぼそりと呟く。

「そのために、吉原でも、仲《なか》の町《ちょう》へ移植する桜を求めて大わらわだそうだ」

「えっ？」

絵師の言葉の意味するところを理解しかねて、澪は首を傾《かし》げた。

確かに、例年、弥生朔日《やよいついたち》には、根つきの桜の樹《き》が吉原の仲の町に運び込まれることになっていた。蕾《つぼみ》のうちに移植された桜は晦日《みそか》の頃、花の散る前に全《すべ》て抜かれてしまうのだが、その間は平素廓《くるわ》に縁のない者たちにも花見が許された。それゆえに弥生を楽しみに待つ庶民、ことに女は多い。とはいえ、吉原は昨夏、全焼しているのだ。花見どころではないはずではないのか。

澪の戸惑いを察したのだろう、辰政はこともなげにこう続けた。

「桜は吉原にとって繁栄の証《あかし》。揚屋町《あげやまち》の商家は先に戻っているし、廓や引手茶屋《ひきてぢやや》の普請も順調なのだ。露払いとして花見を楽しんでもらおうという算段なのだろう。遊女らは仮宅ゆえ、足抜けの心配もない。第一、大門《おおもん》がまだ完成しておらぬから、花見の女どもも切手が要らぬ。面倒がないからこの度は一層賑わうことだろうよ」

途端、澪の顔からすっと血の気が引く。

まだ充分に時はある、と思い込んでいたが、違うのではないか。

「仮宅の期限はどんなに早くとも一年、と聞いていたのですが……」

声が震えるのを、澪は止められない。

「それが何時《いつ》までなのか、はっきりと決まっているのでしょうか」

さて、どうだろう、と絵師は首を捻《ひね》る。

「吉原の名主らと奉行所との遣《や》り取りで決まってはいても、延期になることも多い。はっきりと目途《めど》が立つまでは知りようがない」

「巧《うま》い遣り方ですよね。そうやって気を持たせて、せっせと仮宅に通わせるという」

坂村堂が感心した体で応えた。


鼈甲珠は吉原で売り出してこそ、との清右衛門の助言に従い、再建後の吉原で商うつもりで準備を進めていた。玉子問屋に頻繁に足を運び、流山《ながれやま》の留吉《とめきち》とは幾度も文の遣り取りを重ね、材料の手立ては整えた。あとは吉原でどのような形で売るかを模索しているところだった。ただ、こぼれ梅は味醂《みりん》を搾る時にしか取れず、また食あたりを避けるためにも、売り出しはこの秋から、と考えていたのだが……。

深夜、澪は夜着の中で悶々《もんもん》と悩んだ。

よもや、今春、吉原での花見見物が許されるとは思いもよらなかった。弥生ならばこぼれ梅もまだ手に入るし、食あたりの恐れも少ない。登龍楼《とりゅうろう》もこの好機を見逃すとは思えなかった。そうであるなら、売り出し時期を誤りたくない。登龍楼の「天の美鈴」に出遅れれば出遅れるだけ、あさひ太夫《たゆう》の身請けは遠のいてしまう。

どうすれば良いのか、どうすれば……。

――振売りは、元手は大してかからねぇし、足腰が丈夫ならちゃんと見通しの立つ仕事だ

耳もとに今朝きいた白酒売りの台詞《せりふ》が帰ってきて、澪は半身を起こした。

振売りは天秤棒《てんびんぼう》などで荷を振り分ける姿からそう呼ばれるが、商う品を持ち歩いて売る行商人を広く指す。鼈甲珠なら重詰《じゅうづめ》にして持ち歩くことが出来る。

もとより振売りか屋台見世《みせ》、と目星はつけていたのだ。迷っている場合ではない。二の足を踏む間に、まず行動を起こさねば。澪は息を詰め、一心に考え続けた。

麗《うら》らかな春陽が肌身に優しい。桜の開花が早まりそうだ、というのも頷ける。常よりも人出の多い朝の中坂を歩きながら、澪は大きくひとつ息を吐いた。白味醂を買い足すことを口実に店を出たが、本当は清右衛門の自宅を訪ねるつもりだった。

弥生朔日を吉原での鼈甲珠の商い始めとすること。

まずは振売りを試みるつもりであること。

昨夜、自身で決めた二点を清右衛門に伝えて、意見を聞いておきたかった。だが、相談のため家にまで押しかけては迷惑だろうし、執筆中の清右衛門の機嫌を損ないか

ねない。中坂を行きつ戻りつしていたところ、青物屋と石灰屋の間の路地から出て来た男と鉢合わせになった。

「清右衛門先生」

苦虫を噛《か》み潰《つぶ》したような表情の戯作者に、澪は弾む声で呼びかける。だが、清右衛門はむっつりと黙ったまま、飯田川の方へと坂を下り始めた。すでに機嫌は悪い。手にした徳利が重さを増したように思えて抱え直し、澪は清右衛門のあとを追った。

飯田川まで出て、川沿いを俎橋の方へ向かう。川に面した通りに、「貸し家」の札が随分と長く貼《は》られている店があった。もともとは蕎麦《そば》屋で、ぼやを出して一家で夜逃げしたあと、何代か食べ物を商う店が続いたが長続きはせず、借り手の付かないまま放置されている。その前あたりで、漸《ようや》く清右衛門は歩みを緩めた。

機を逃さず、澪は清右衛門の前へ回り込んだ。

「清右衛門先生、ご相談したいことが」

「わしは今、虫の居所がすこぶる悪い」

思うように戯作が捗《はかど》らぬのか、清右衛門は苛々《いらいら》と怒鳴り、娘を突き飛ばして再び歩を進める。邪険にされてもなお、澪は必死で追い縋《すが》る。

「昨日、つる家に坂村堂さんと辰政先生がいらっしゃいました」

　辰政から今年も弥生朔日から吉原で花見が開かれると聞いたこと、その日から鼈甲珠をまずは振売りで売り出そうと考えていることを、澪は戯作者に告げた。

「甘いことよのう」

　歩みも止めずに、清右衛門は詰まらなそうに顎《あご》をぽりぽりと掻《か》く。

「吉原で振売りなど、勝手気ままに出来るものではないわ。おまけに廓が商いを始めておらぬならば、花見の客は銭を持たない女子供ばかりよ」

「けれど、どうあっても鼈甲珠で身請け銭を作らねばなりません。それには時を逃す訳にはいかないのです。摂津屋《せっつや》さまにも太夫身請けの志をお話ししましたし……」

　澪がそう伝えた途端、戯作者の表情が一変した。

「摂津屋だと？　そんな話は聞いておらぬぞ」

　戯作者の怒声に、通りを行くひとびとが驚いて足を止める。清右衛門は澪の襟を摑《つか》みかけて、何とか留《とど》まった。代わりに低い声で、詳しく話してみよ、と迫った。

「実は、先月の十二日に摂津屋さまがおいでになられて……」

　澪からその日の出来事を聞かされるうちに、清右衛門の目が爛々《らんらん》と輝き始める。澪が太夫の身請けの意思を伝えた件《くだり》では、手を叩《たた》いて背を反らせ、呵呵大笑《かかたいしょう》した。

「ああ、愉快、愉快」

笑い過ぎて滲《にじ》んだ涙を指の腹で拭《ぬぐ》って、清右衛門は満足げに頷く。

「物語というものは、こうでなければな」

「物語ではありません」

ひとの人生に関《かか》わることを無責任に愉《たの》しまないでほしい、との台詞はぐっと堪《こら》えて、澪は恨めしそうに戯作者を見た。ふん、と大きく鼻を鳴らすと、清右衛門は川沿いをゆるゆると歩きだす。仕方なく澪も従った。

「ところでお前は鼈甲珠をひとつ幾らで商うつもりか」

「六十文で、と考えています」

柳吾からは二百文の値打ちがある、と認めてもらってはいたが、吉原の花見客はお大尽《だいじん》ばかりではない。玉子の値、流山から買い付けるこぼれ梅、上質の味噌などの調味料、それに手間賃と利を上乗せして、何とか手に取ってもらえるように、とよくよく考えて決めた値だ。しかし、清右衛門は呆《あき》れ顔で料理人を眺めた。

「登龍楼が二百文の値を付けたにも拘《かかわ》らず、六十文とはまた……。それでは端《はな》から負けを認めたようなものだわ、愚か者めが」

清右衛門は吐き捨て、激昂《げきこう》してこう続けた。

「摂津屋ほどのお大尽ならば、お前の心願達成に手を貸すことなど造作もない。敢《あ》えてそうせぬのは、お前の力量を確かめるつもりなのだ」

摂津屋が手を貸すとは、どういうことか。

清右衛門の言わんとすることが理解出来ずに、澪はただ黙って歩く。

俎橋の袂《たもと》まで来たところで足を止め、清右衛門は口調を改めた。

「巨万の富を得たお大尽というのは、酔狂な輩《やから》が多い。これぞと見込んだ相手に手を差し伸べ、望みを叶《かな》えさせることを自身の喜びとするのだ。そうして生まれた絵師や戯作者、力士などをわしは幾人も知っておる」

清右衛門の台詞を聞きながら、澪は、傘の転がる幻を見ていた。そうだ、確かにこの場所だった。清右衛門から吉原でなら身請け銭を作れる、との示唆を得たが、その意味するところがわからずに、又次《またじ》とふたりして呆然《ぼうぜん》としたことを思い返す。

「もしかして、あの時」

転がる傘に目を留めたまま、掠《かす》れた声で澪は戯作者に問うた。

「吉原でそうしたお大尽の助けを得よ、と仰りたかったのですか」

その問いかけには答えずに、清右衛門は厳しい眼差《まなざ》しを料理人に向けた。

「良いか、お前は試されるのだ。その心願をお前がどれほど本気で叶えようとするのか、摂津屋は敢えて手を貸さずにじっと見ているつもりだ」

橋の袂に料理人を置き去りにして、戯作者は意気揚々と俎橋を渡っていく。

違う、決してそうではない。

澪は男の後ろ姿を見送って、ぎゅっと下唇を嚙み締めた。

豪商の機嫌を伺い、金銭の援助を得て身請けを叶えたのでは、結局のところ摂津屋があさひ太夫を身請けしたのと何ら変わりがないではないか。

――あさひ太夫を、お前が身請けしてやれ
――どのお大尽に身請けされるよりも、お前に身請けされることが、太夫にとっての一番の吉祥
雪の夜、澪の人生に大きな目標を与えた清右衛門の言葉を決して忘れはしない。

ならば、と澪は両の掌《てのひら》を拳《こぶし》に握った。

ならば、私なりの遣り方で遣ってみるほかない。どうあっても鼈甲珠で身請け銭を作るのだ。胸の内で繰り返すと、澪は両の拳にぐっと力を込めた。

翌朝、流山の留吉から小振りの行李《こうり》が届いた。

開いた途端、柔らかな甘い芳香がふんわりと調理場に広がる。

「いつもながら、甘くて良い匂《にお》いだな」

仕込みの手を止めて、政吉が鼻をひくひくさせている。

行李に詰められたものは、澪が留吉に頼んだ味醂の搾り粕《かす》、こぼれ梅だった。中を覆う油紙の上に、折り畳んだ文が載せてある。もどかしく文を開き、目を通す。読み終えて息を吸い込み、澪は文を胸に押し当てた。

「留吉さんは何て言ってきたんだい、お澪坊」

店主が土間の澪に声をかける。澪は、板敷の店主に向き直って答えた。

「こぼれ梅は味醂を搾る時に出来るものですから、本来は弥生の末頃までなんですが、私のために特別、仕込みの時期を少し遅らせたものを用いて卯月《うづき》末までこぼれ梅を途切れずに送ってくださるそうです」

暫《しば》し思案し、旦那《だんな》さん、政吉さん、とふたりを呼んで澪は土間に両の膝《ひざ》をついた。

「澪さん、そいつぁ何の真似《まね》だ」

驚いた政吉は包丁を置き、澪の傍へ歩み寄って、その顔を覗き込む。

「俺ぁ、あんたに土下座なんぞされる覚えはねぇよ」

顔色を変えたふきが、おりょうたちを呼ぶためか、調理場を飛び出していった。

澪は、政吉と種市を交互に見て、震える声を絞り出す。

「如月《きさらぎ》晦日を限りに、つる家の料理人を退《ひ》かせて頂きたいのです。旦那さん、どうぞ身勝手をお許しくださいまし。政吉さんには、あとのことをくれぐれもお頼み申します」

この通りです、と澪は土間に額をつけた。

「ちょ、ちょいと待っとくれでないか、澪ちゃん。何だって急にそんな」

駆け込んで来たおりょうが澪に取り縋り、肩を摑んで激しく揺さ振る。

無理にも顔を上げさせられて、澪はりうやお臼《うす》までもが真っ青になって立ち尽くしているのを認めた。皆の後ろで、ふきがかたがたと震えていた。

「皆にわかるように話しとくれよ。そんな急につる家を退いて、一体何処《どこ》で何をするっていうのさ。そりゃあ、ご寮さんのあとを追って一柳へ行くってんなら、わからないこともないよ。そうなのかい、ええ、どうなのさ」

おりょうさん、違うんです、と澪はおりょうの腕を懸命に解いた。

「お花見に合わせて、ひとりで鼈甲珠を商うつもりです」

「それならつる家で売れば良いじゃないか。何もひとりで売らなくたって、あたしらだって手伝える。なのにどうしてさ、澪ちゃん、何処で売ろうと考えてるのさ」

詰め寄られて、澪は腹を括《くく》った。皆を見回し、吉原で、と掠れた声を絞り出す。

「弥生朔日から、再建前の吉原で花見があるので、そこで商います」

ひぃっと、りうの喉《のど》が変な音で鳴る。

おりょうは土間に尻餅《しりもち》をつき、力が抜けたのか、そのまま立ち上がれなくなった。

「何だって吉原なんかで……」

お臼がおりょうに手を貸しながら、怪訝《けげん》そうに首を捻る。店主の種市ひとりが落ち着いた様子で先刻からずっと板敷に座っている。その種市がゆっくりとした動作で板敷を下り、澪の傍《そば》まで行くと腰を落とした。

お澪坊、と優しく呼んで、問いかける。

「お澪坊がつる家を出ても充分に先行きの目途が立つってぇんなら、俺ぁ応援させてもらうぜ。けれど、花見の間は鼈甲珠を売って、そのあと、どうするつもりだい？」

店主に見つめられて、澪は目を伏せる。

つる家で料理人として勤める限りは、遠く離れた吉原へ鼈甲珠を売りに行くことは無理なのだ。売り出し時期を逃したくない一心だった。そんな澪の焦りを見抜いているのだろう、種市は奉公人を諭すように、その肩に温かな手を置いた。

「そうそう簡単に事が運ぶとは、俺ぁ思えねぇのさ。何かあった時に、足場は確かにしておく方が良い。今はまだ、つる家を出て行く時じゃあねぇと俺ぁ思うぜ」

「親父《おやじ》さんの言う通りだ」

政吉も、店主の傍らで深く頷いた。

「今、つる家を出ることを決めるのは浅はかだぜ。鼈甲珠は少なくとも卯月一杯は作れるんだろ。だったらひとまず、ふた月の休みをもらえば良いじゃねえか。その間、店は俺に任せて、あんたは鼈甲珠とかいうのを商えば良い」

「えっ」

予期せぬ申し出に澪は狼狽《うろた》え、種市は種市で朗らかに笑う。

「流石《さすが》、政《まさ》さんだ、心強いねぇ」

他方、おりょうたちは、初めの衝撃はどうにか去ったものの、一向に訳がわからず、戸惑うばかりだ。

「あたしゃもう、何が何だか……。どうして澪さんがふた月も店を休んで、よりによって吉原で鼈甲珠を売らなきゃならないんですかねぇ」

入歯を弄《いじ》りながら、りうが不満げに洩らせば、おりょうもまた、

「澪ちゃんは、いずれは一柳に迎えられるに決まってますよ。何も吉原みたいな怖いとこで、しなくても良い商いの苦労をする必要はないでしょうに」

と、眉《まゆ》を顰《ひそ》める。一柳の店主をよく知るお臼も、頷いて賛同の意を示した。

澪はひと言も釈明せずに、唇を固く結んでいる。

調理場に漂う陰鬱《いんうつ》な雰囲気を払うように、店主は明るい口調でこう告げた。

「まあ、何時かお澪坊がつる家から旅立つ、その前のひと休みってことさね。吉原で商いをして、ひとり立ちのための銭をたんと貯《た》めるって寸法よ。色々と思うところもあるだろうが、ひとつ、皆して見守ってやってくんな」

そこに何か深い事情が横たわるのを察したのだろう、おりょうたちは互いに眼差しを交わし、頷き合った。奉公人たちの静かな合意を読み取って、店主は安堵《あんど》の面持ちになる。

さ、お澪坊、と種市は澪に手を貸して立たせて、こんな提案をした。

「お澪坊、鼈甲珠を作るのに調理場は必要だろう。暖簾《のれん》を終《しま》ってからあとはここを使ったら良い」

「いえ、そんなわけには」

鼈甲珠を作るために、これまでの蓄えで、近くに裏店《うらだな》を借りる心づもりでいた。幾ら何でもこれ以上、店主に甘えることは出来ない。

抗《あらが》う澪に、政吉は煩《うるさ》そうに言い放つ。

「そうさせてもらいな。調理場は減りゃあしねぇよ。その代わり、店賃《たなちん》相当のものを旦那に支払ゃあ良いだろ。味噌やら何やらも、使う分の支払いは手前でしな」

もちろん玉子もだ、と政吉は念を押した。

「よし、これで決まりだな、お澪坊」

種市が大きく手を打った。

「今月一杯、盛大に働いて、弥生と卯月、お澪坊は仕事を休む。その間は給金はなし、鼈甲珠に必要なものは全部そっち持ち、と。そういうことにしようじゃねぇか」

この上ない申し出に、澪は感謝の気持ちで胸を一杯にして深く首を垂れた。


弥生朔日。

風はまだ冷たいが、陽射《ひざ》しの心地よい朝となった。胸に風呂敷《ふろしき》包みを抱えて、澪は日本堤《にほんづつみ》を歩く。包みの中身は鼈甲珠を二十収めた重箱だった。

吉原で花見を楽しもうとしてか、三ノ輪と浅草聖天町《しょうでんちょう》とを結ぶ日本堤には人通りがあった。澪がこの道を行くのは、又次を喪《うしな》って以来である。まだ熱を持った灰を手の中に握り締めてこの道を戻った日のことが思い返されて、胸が苦しくなる。

暫《しばら》く歩いて目を転じれば、あの日、焼け落ちたはずの遊里には幾つもの足場が組まれ、遠目にも普請が順調に進んでいる様子が窺《うかが》えた。歩みの遅くなった澪の脇を、息子を肩車した若い父親が軽やかに追い抜いていった。

衣紋坂《えもんざか》から大門までの五十間道にも、大勢のひとが溢《あふ》れていた。男ばかりではない、家族連れや女同士、それぞれが笑顔で遊里を目指す。

曲がりくねった五十間道の果て、常ならば堅牢《けんろう》な大門がひとびとを迎えるはずが、今はそれもない。廓の普請が終わるまでは大門は外されたままなのだろう。

ぐるりと遊里を取り囲むお歯黒どぶ、それに会所があるから吉原だとわかるが、大門を欠いた遊里は何処となく呑気《のんき》に見えた。切手を肌身離さず持たねばならない、という煩わしさもなく、女たちも気軽に花見に出かけられるのだろう。

人垣の間から、仲の町に植えられた桜が覗いている。両脇の引手茶屋は既に普請を終えて、白木の芳香漂う中、常客を迎えて早くも酒宴が始まっていた。

大勢のひとの波に乗り、風呂敷を深く抱え込んで澪は仲の町を目指す。

子供のはしゃぐ声、歓談の声の隙《すき》をついて、かすかに「登龍楼」の名が聞こえた。はっと身を強張らせ耳を澄ませたが、雑踏に紛れてしまった。

花見の客は仲の町を行きつ戻りつし、まだ蕾の桜を愛《め》でる。澪は水道尻《すいどじり》まで一旦《いったん》歩いて、吉原の様子を探った。主だった大見世は未《いま》だに普請中だが、中見世《ちゅうみせ》、小見世は普請を終えているところが多く、あとは住人の引移りを待つばかりのようだ。商家の立ち並ぶ揚屋町はほとんどの店が商いを始めていた。また、花見客を当て込んで、辻《つじ》には蕎麦や田楽の屋台見世が出ていた。揚屋町の表通りが人出もほどよく振売りに向く、と踏んで、澪は木戸の陰で風呂敷を解いた。

重箱の蓋《ふた》を取れば、艶々《つやつや》と美しい鼈甲珠が一段に十個、納まっている。色紙に切った経木《きょうぎ》に載せて、楊枝《ようじ》を添えておいた。一段ずつ左右に持つと、中を見せながら声を大きく張る。

「鼈甲珠いかが、鼈甲珠いかが」

娘の売り声に中を覗き込む者も居るが、誰も買うに至らない。表通りを何往復もしたが状況は変わらなかった。澪は木戸の陰に戻り、息を整えて考え込んだ。

りうなら、どんな風にこの鼈甲珠を商うだろうか。節に載せて楽しそうに、そして思わず手が伸びるようにするのではないか。

よし、と澪は再び表通りに舞い戻る。

「さあさ、鼈甲色した玉子で鼈甲珠、ひとつ食べれば夢見心地、寿命も延びます、お代はひとつ六十文」

朗らかに歌うように節に載せる。通りを行く者が幾人も足を止めた。

「あら、綺麗だわ」

商家の新造らしい女が重箱を覗き込んで華やいだ声を上げる。

「ひとつ頂こうかしら」

その亭主だろうか、懐から巾着《きんちゃく》を取り出そうとしている女の手を押さえた。

「何が鼈甲珠だ。登龍楼の『天の美鈴』の紛《まが》いじゃねぇか」

男はきっと澪を睨《にら》む。

「番付表にも載った料理を真似るなんざ、汚い真似しやがって」

「紛いなんかじゃありません」

澪は思わず声を上げた。

野次馬たちが周囲を取り巻いて、紛いだ紛いだ、と口々に囃《はや》し立てる。

「俺ぁ、女房に紛いを食わせるほど落ちぶれちゃあいねぇぜ」

捨て台詞を吐くと、男は女房を追い立てて、その場から立ち去った。人垣はそのうちに解けた。あまりの悔しさに身を震わせて、澪は手にした重箱を一旦重ねて蓋をする。気持ちを立て直すために、揚屋町を抜けて西河岸に出た。突き当りには再建された榎本《えのもと》稲荷が在った。真新しい白木の祠《ほこら》に、一対の神狐《しんこ》がこちらを見ている。

野江と初めて再会できた思い出の場所だ。澪は引き寄せられるように榎本稲荷へと足を向けた。その時だった。

賑やかに拍子木《ひょうしぎ》を打ち鳴らし、江戸町一丁目の表通りから数人の男たちが現れた。

「弥生朔日、本日は登龍楼の吉原店の商い始めでございます」

極彩色の引き札を見物客に手渡しながら、男たちはよく通る声を揃《そろ》える。

「料理番付大関位《おおぜきい》を射止めた『天の美鈴』をこの際、是非ご賞味くださいませ」

見れば、白木の匂いも芳しい二階家で、屋根には銀の瓦葺《かわらぶ》き、木肌のままの惣格子《そうごうし》が美しい。派手さはないが、じっくり目を凝らせば材にも造りにも贅《ぜい》を尽くしていることがわかる。これこそが新しい吉原江戸町登龍楼だった。

「弥生朔日の日付入り、この引き札は土産《みやげ》になります。どうぞお受け取りを」

その声に幾つもの手が差し伸べられる。手渡し損ねた引き札が風で飛んで、澪の足もとへ落ちた。身を屈め、引き札を拾い上げる。「吉原登龍楼」の大文字とともに、花魁《おいらん》が黄身の味噌漬けと思しきものを指で摘《つ》まんで口に運ぶさまが描かれていた。

登龍楼がこの好機を逃すわけはない、と予測してはいたが、吉原での鼈甲珠の売り出しの日が、登龍楼の開店の日と重なるとは。

澪は両の膝頭《ひざがしら》が震えだすのを抑えることが出来ない。

「花見の初日に登龍楼で、噂の料理を食う。これこそ江戸っ子の張りってもんだ」

引き札を手にした者が肩をいからせたまま、その暖簾の奥へと吸い込まれていく。

花見の初日だからこそ、登龍楼開店の日だからこそ、江戸っ子は盛大に背伸びをして、ひとつ二百文の黄身の味噌漬けを食べる。初鰹《はつがつお》を愛する気質からすれば、それは至極自然なことだった。手にした重箱が徐々に重みを増していく。

買い求め易くひとつ六十文にしたことも、振売りにしたことも、全て裏目に出たのかも知れない。否《いや》、まだ諦《あきら》めるには早過ぎる——振り子の如《ごと》く揺れる心をぐっと堪え、澪はともかく登龍楼の在る江戸町一丁目を離れた。

何か手を考えないと。

はてなの飯の時は、ふるまい飯でまず味をみてもらい、それがきっかけで多くのお客の支持を得た。だが、鼈甲珠はふるまえるほど数がないし、何より食材の値が違う。

せめてひとつ売れれば。味さえ知ってもらえれば。

そんな思いで澪は再び揚屋町の表通りに立ち、重箱を開いた。

「鼈甲珠、おひとつ如何《いかが》ですか？　美味しい美味しい鼈甲珠」

女の振売りが珍しいのか、五、六人の集まりが揃って足を止める。継のあたった薄い綿入れの形を見れば、連れ立って吉原の花見に訪れた一団だろうか。なかのひとりが舐《な》めるが如く顔を寄せて鼈甲珠を眺め、思いきったように澪に問うた。

「幾らだんべ」

「ひとつ六十文です」

澪が答えると、男たちは額を寄せ合って相談を始めた。

「番付に載った『天の美鈴』はとても手が届かねえが、六十文なら買える」

「あれを『天の美鈴』ってことにしておけば良いべよ。番付に載った料理を吉原で食った、と自慢できる」

端から「紛い」の扱いで、澪は悔しくてぐっと唇を噛む。それでも買ってもらえるなら、と男たちが四文銭を鳴らすのを見守った。

「十三、十四、十五、と。全部で六十文だ」

掌に積まれたお代を差し出され、代わりに重箱からひとつ、経木に載せた鼈甲珠を渡そうとした時だった。

「誰に断ってここで売ってやがる」

怒声とともに、確かに手に持っていたはずの重箱が吹っ飛んだ。驚く澪の眼前で、見れば、若い男が怒りで頬を紅潮させ、拳を握りしめている。今度は鼈甲珠を買おうとしていた客の腰のあたりを足蹴《あしげ》にした。

「何をするんです、止《や》めてください」

澪は男と客の間に割って入り、両の手を広げて客を背後に庇《かば》った。

男の傍らに、持ち手のついた籠《かご》が置かれている。中に玉子が覗いているところを見れば、正体は茹で玉子売りらしかった。

「何てことをするんですか」

澪はばらばらに壊れた重箱と、砂まみれになって地面に散らばった鼈甲珠に目を向け、憤然と言い募る。

「食べ物にこんな真似をして」

「やかましい」

男の太い腕が伸びて、澪の胸倉を捉《とら》えた。

「手前、見ねぇ面《つら》だが、こんなとこで商う許しを誰にもらったんだ」

「許し？　鑑札のことですか？」

澪は男の腕から逃れようと必死で身を捩《よじ》る。気付くと周囲に人が集まっていた。籠や笊を手にしているところから、吉原で振売りを生業《なりわい》にする者たちだと察せられた。

「おい、もうそのくらいにしてやれ」

飴《あめ》売りの風体の初老の男が一歩前へ出て、若い男を諌《いさ》める。

「事情を知らねぇ余所者《よそもの》だろう。一遍は見逃してやんな」

顔役らしき男にそう言われて、不満そうな表情を浮かべながらも、若い男は澪を手荒く解き放った。

地面に投げ出されて倒れ込んだ澪の脇に、飴売りが身を屈める。

「吉原には吉原の規《のり》ってぇもんがある。素人が勝手に掻き回すようなことをしたら、誰も黙っちゃいねぇぜ」

有無を言わさぬ凄味《すごみ》の効いた声だった。良いかい、見逃しは一遍こっきりだ、と結んで飴売りは立ち上がる。それを合図に振売りたちは四方へ散った。

通りを行くひとびとは関わりを恐れて、倒れている澪を見て見ぬ振りで通り過ぎる。

澪は何とか身を起こし、売り物にならなくなった鼈甲珠を力なく拾い集めた。

鼈甲珠そのものには充分な自信がある。だが、それを売る知恵が足りなかった。

自分の見通しの甘さに腹が立ってならない。壊れた重箱と鼈甲珠とを拾い集めると、風呂敷に包んで手に持ち、そのまま逃げるように吉原をあとにした。


元飯田町から吉原まで、片道およそ二里。澪の足で一刻（約二時間）ほどかかる。行きは無我夢中でさほど遠く感じなかったが、打ちひしがれての帰り道は永遠に辿《たど》り着けないような錯覚に陥る。澪は重い足を引き摺《ず》って、三ノ輪から下谷《したや》広小路《ひろこうじ》へと、とぼとぼ歩く。

吉原で一刻半（約三時間）ほどを過ごしただけなので、まだ日暮れまで刻があると思ったが、御成街道から昌平橋《しょうへいばし》、神保小路《じんぼうこうじ》を抜ける頃には春天に薄く朱が滲んでいた。

吉原には吉原の規。いつか又次からも聞いた台詞がぐるぐると頭を回る。

淡く橙色《だいだいいろ》に染められる俎橋を前に、澪は手にした風呂敷包みに目を落とす。明日も吉原へ行ったとして、また同じ目に遭うだろう。吉原の規を知り、手を打たねば。けれど、どうすれば良いか、何の考えも浮かばない。長く息を吐き、澪は重い足を一歩、また一歩と踏み出した。

つる家の勝手口に通じる路地には、出汁《だし》の良い香りが漂っている。澪は立ち止まって気持ちを整え、開け放たれた引き戸の前に立った。調理場では夕餉《ゆうげ》の献立の仕込みの最中で、店主始め奉公人たちが手分けして土間に座り込み、蕗の筋を取っていた。

「おっ」

澪に気付いて、汁物の味を見ていた政吉が声を洩《も》らす。皆が揃って顔を上げた。

「ただ今、戻りました」

頭を下げる澪に、店主が駆け寄った。

「お澪坊」

種市の目が風呂敷包みを捉える。歪《いびつ》な形の包みは汚れ、中身の状態も推し量れた。

「ご苦労さん、疲れただろう」

種市はそれだけを言って、慰めるように澪の腕をぽんぽん、と軽く叩《たた》いた。

初日から何の問題もなく上手《うま》く行くはずがない。澪は胸のうちで繰り返し、無理にも笑顔を作った。

「仕度をして、手伝いますね」

もう一度皆に頭を下げ、外へ出て井戸端へ向かう。傍に植えられた山椒《さんしょう》の木の根もとを掘り始めた澪の様子を、勝手口から種市たちがそっと窺っている。

肥やしになれば良いのだけど、と思いながら、澪は潰れた髑甲珠をひとつ、ひとつ、掘り下げた穴に落とした。その度に情けなさが込み上げる。

「大丈夫なのかねえ」

おりょうが小さな声で呟き、

「何もかも覚悟の上ですからねえ、大丈夫に決まってますよ」

と、りうが明瞭《めいりょう》な声で応えた。

風呂敷を洗い、手を濯《すす》ぐと、澪はさっと襷《たすき》を掛けて調理場に立つ。

「政吉さん、蕗の葉で佃煮を作っておきましょうか」

「悪いが、手出しは止めてくんな」

政吉は無愛想に応えて、澪をじろりと見た。

てみせた。

「あんたは休みを取ってる身だ。気紛《きまぐ》れは止してもらおう」

「お前さん、ちょいと物言いが過ぎますよ」

お臼が脇から優しく口を挟む。済みませんね、澪さん、とお臼は大きな身体《からだ》を縮めてみせた。

「ただ、澪さんには今の仕事に専念してもらいたい――うちのひとはその一心なんですよ。吉原の往復はそれだけでも骨折りですから、ちゃんと休んでほしいんです」

澪姉さん、とふきが手にした膳を示した。

「澪姉さんに食べてもらえ、って政吉さんが」

膳の上には、大振りの握り飯が三つと、鱵《さより》の干物を火取ったもの、それに三つ葉を吸口にした蛤《はまぐり》の潮汁《うしおじる》が薄く湯気を立てていた。湯気の匂いを嗅《か》いで、澪は初めて空腹を覚える。そう言えば、つる家で朝餉を食べて以後、何も口にしていなかった。

「腹が減ると、ろくなことを考えねぇからな」

政吉はぼそりと言って、烏賊《いか》に包丁目を入れる作業を続けた。

板敷に座り、感謝して箸を取る。濃い目の味付けが疲れた身には一層美味しい。蛤の吸い物を口にして、美味しいものはひとを慰める力がある、と澪はつくづく思った。

「おいでなさいませ」

お客を迎えるりうの晴れやかな声が、表から聞こえてきた。

勝手口の板戸が外からとんとん、と叩かれたのは、夕餉の書き入れ時を過ぎ、そろそろ暖簾を終おうか、という頃合いだった。

板敷に座って晒《さら》しで布巾《ふきん》を縫っていた澪は、さっと立って、引き戸を少し開いた。

「あら、坂村堂さん」

馴染みの版元を認めて、澪は引き戸を開け放ち、中へと迎え入れる。

「夜分に済みません」

提灯《ちょうちん》を畳んで振り返った坂村堂の両眼《りょうめ》が、落ち窪《くぼ》んで見えた。

「こいつぁ坂村堂の旦那」

お客を送り終えて土間伝いに調理場へ戻った種市が、もう店終いなんでここでゆっくり酒でも、と言いかけて、ふっと口を閉ざす。坂村堂は背を丸め、立っているのもやっとの様子だ。版元のあまりの憔悴《しょうすい》ぶりに驚き、澪と眼差しを交わし合う。

「坂村堂さん、えらくお疲れの様子だ。まあ、座ってくんな」

店主から板敷を勧められて、坂村堂は崩れるように腰を下ろした。口を利く気力もないのか、ふきの淹《い》れたお茶を手にしたまま、がっくりと肩を落としている。

いつもの愛敬一杯の版元を知るつる家の面々は、どうしたことかと心配そうに見守った。それに気付いたのだろう、坂村堂は漸く顔を上げ、湯飲みを盆に戻した。

「一昨日、伊勢屋《いせや》さんが火を出しまして……」

伊勢屋が火を……。その意味するところがすぐには伝わらず、少しの間を置いて、不穏な雰囲気が調理場を包んだ。

「ちょ、ちょいと待ってくんな」

種市が板敷を這って、坂村堂に迫る。

「伊勢屋ってなぁ、あの伊勢屋かい、弁天様の、あの両替商の伊勢屋なのかよ」

坂村堂は声もなく、ただこっくりと頷いた。

ひっ、と短い悲鳴を上げて、ふきが両手で唇を覆う。りうは腕を伸ばし、少女をしっかりと抱き締めた。そこに居合わせた誰もが、襖《ふすま》や畳を舐める赤い炎や逃げ惑うひとびとの幻を見ていた。澪は土間に膝をつき、坂村堂に縋った。

「坂村堂さん、美緒《みお》さんは、それに伊勢屋の皆さんは」

「ご無事です。火傷《やけど》を負った奉公人もいますが、命に関わることはありません」

坂村堂の即答に、澪はそのまま土間に蹲《うずくま》った。自分の言葉がどれほどつる家の面々を動揺させたか、漸く坂村堂は気付いたらしく、

「それを最初にお伝えするべきでしたね。申し訳ない」

と前置きの上で、伊勢屋の火事の経緯を話した。

一昨日の夜、奉公人の火の不始末から火事を起こしたが、建物が土蔵造りだったこともあって、伊勢屋の内側を焼いただけで何とか火を消し止めることが出来た。だが、伊勢屋は失火の責めを負うこととなり、店主である爽助《そうすけ》は身柄を拘束されたという。

「そんな……。失火は火付けと同罪、って聞いてますぜ」

種市は呻いて、頭を抱えた。

否、それは、と坂村堂は首を横に振る。

「公方《くぼう》様の外出日なら手鎖五十日、それ以外なら押込《おしこめ》、と聞いたことがあります」

「どんな罪を犯せばどれほどの罰を受けるかは、一応「御定書百箇条《おさだめがきひゃっかじょう》」に定められていると聞くが、この規は公表されておらず、庶民は知りようがない。中身は不明なまま、例えば「十両盗めば首が飛ぶ」云々《うんぬん》と伝聞で広がっていくのだという。

伊勢屋がどれほどの罰を受けるかがわからず、皆、不安のあまり黙り込む。

「いずれにせよ、何とか爽助さんを戻してもらえないか、昨日から四方に手を尽くしているのですが、思うようにいきません」

そう言って、坂村堂は重い息を吐いた。

「美緒さんは今、どうされているのですか？」

澪は震える声で版元に尋ねた。大切な友は身重なのだ。

「ご両親と美緒さんは、私の店に身を寄せておられます」

爽助との縁談を嫌って家出した美緒を坂村堂で匿《かくま》った経緯もあり、焼け出された美緒が両親を伴い、坂村堂を頼ったのだという。

伊勢屋ほどの大店なら、手を差し伸べてくれる者も多いだろう、と思うのは間違いなのかも知れない。坂村堂を頼った、という美緒の胸の内を澪は慮《おもんぱか》った。

「澪さん、遅くに申し訳ないけれど、これから美緒さんを見舞ってもらえませんか」

あなたの顔を見れば元気が出ると思いますから、と坂村堂は澪に頭を下げた。

行灯《あんどん》の明かりが、十畳ほどの室内を薄く照らしている。部屋の中ほどに二組の布団が敷かれ、その傍らに正座する女の姿があった。座ったまま目を閉じているらしく、襖が開いたことにも気付いていない様子だった。

「美緒さん」

小さく名を呼ばれて、美緒ははっと顔を上げ、声の主を見た。澪を認めて、まあ、と微《かす》かに声を洩らし、ゆっくりとした仕草で立ち上がった。美緒が動いたことで、布団に寝かされているひとの顔が見えた。別人の如く老け込んでいるが、伊勢屋久兵衛《きゅうべえ》の女房に違いなかった。

　隣室に移り、襖を閉じると、美緒は澪を振り返った。そろそろ臨月に近いのか、お腹がせり出している。

「澪さん、来てくれたの。ありがとう」

　美緒はそっと腕を伸ばし、澪の手を取った。憔悴してはいたが、悲嘆に暮れた様子は見られなかった。

「父は火事の後始末で、まだ戻らないの。母は気落ちして寝込んでしまって」

　襖の方に目をやって、美緒は声を低めた。

「美緒さん、私、どう言えば良いのか……」

　澪は友の手をぎゅっと握り締めて、言葉を詰まらせる。

　友は澪の手に自分のもう片方の手を重ね、宥《なだ》めるように告げた。

「私なら大丈夫よ、澪さん」

　眼前に居るひとは、澪の知る、泣き虫の美緒ではなかった。意外な思いで両の目を見張る澪に、美緒は柔らかに言い添える。

「澪さんが、私のお手本で居てくれるもの。どんな苦難も乗り越えてきたあなたこそが、私のお手本なのよ。だから、大丈夫」

それに、と美緒は友の手を解くと、そっと自分の掌をお腹《なか》にあてた。

「生まれてくるこの子のためにも、私がしっかりしないと」

両親に守られ、爽助に守られていた美緒が、今は皆を守ろうとしている。その強さに、澪は胸を打たれた。

美緒が疲れぬように小半刻（約三十分）ほどで見舞いを終えて、坂村堂をあとにする。版元の見送りを断り、飯田川沿いを提灯の明かりを頼りに歩いた。

疲労困憊《こんぱい》のはずが、足は力強く土を踏む。友の強さに触れた今、改めて、そう簡単に諦めてなるものか、と腹の底から思う。

吉原には吉原の規がある、というのなら、それを教われば良い。吉原で澪が知る相手は、翁屋楼主、伝右衛門《でんえもん》ただひとりだ。その禿頭《とくとう》を思い浮かべて、澪は明日、今戸にある翁屋の寮に伝右衛門を訪ねようと決めたのだった。


「お澪坊、今日は吉原へ商いに行かねぇのか」

弥生二日、小風呂敷の包みだけを手に出かけようとする澪を、種市は訝《いぶか》しげに見た。

ええ、と澪は頷き、翁屋の伝右衛門を訪ねるつもりだ、と応える。

「持っていきな」

政吉が竹の皮に包んだ握り飯を差し出した。

「あんたは料理人のくせに、手前が食うことを疎《おろそ》かにし過ぎる」

確かにそうだ、と澪は両の眉《まゆ》を下げ、政吉に礼を言い、小風呂敷の結び目を解いて中に包み直した。

霞《かすみ》立つ春天のもと、澪は今戸へと向かう。前回は源斉《げんさい》に伴われて船で向かったが、今日は徒歩である。昨日に続いての長い道のりだが、足取りは決して重くなかった。

仮宅目当ての客で賑わう通りを抜け、路地に入って暫く行くと、覚えのある二階家が見えた。野江《のえ》の暮らす家、と思えば胸に沁《し》みだすものがある。表を避け、勝手口を探して案内を乞《こ》うた。

「お前さんの方から私を訪ねてくるとはまた、珍しいことだ」

奥座敷で澪を迎えた伝右衛門は、薄気味悪そうに言い、まあお座り、と火鉢の前を示した。澪は火鉢から少し離れた位置に腰を据える。濡《ぬ》れ縁に散り梅が目に美しい。

「用件を聞こう。どういうわけでここへ？」

問われて、澪は畳に両手をつくと、翁屋楼主の双眸《そうぼう》をじっと見た。

「吉原の規というのを教えて頂きたいのです」

昨日、吉原で振売りを行い、袋叩きに遭いかけたことを一気に告げると、澪は額を畳につけて懇願する。

「どうすれば吉原で商いが出来るか、その規というものを、どうぞ教えてください」

何と、と伝右衛門は呻《うめ》いた。

「遊里で振売りや屋台見世をするには、しかるべきところに話をつけ、運上金《うんじょうきん》を支払わねばならぬ。何の伝手《つて》もなくいきなり振売りとは命知らずにもほどがある」

呆れ果てた、と吐き捨てた伝右衛門だが、ふと、顎に手をかけて考え込む。

「さほどの思いをしてまで、お前さん、何を商おうとしているのか」

澪がその問いに応えようとした時だった。

「面白そうな話ですな」

いきなり割り込んできた声に、伝右衛門と澪は驚き、ふたりして濡れ縁の方を覗いた。泥染め黒八丈の綿入れ羽織の背中が目に映り、伝右衛門は狼狽えて縁側へと這い出した。

「摂津屋さま、何時からそこに」

濡れ縁に腰を掛けていた男が、その声に応えるように立ち上がる。

摂津屋助五郎《すけごろう》、そのひとだった。

「翁屋、私も話に交えてもらえまいか」

返答を待たずに、摂津屋は縁側から奥座敷へと上がり込み、火鉢の前に陣取った。

いえ、それは、と渋い顔の楼主には構わず、摂津屋は直接、澪に問う。

「吉原で何を商うというのだね」

摂津屋の真剣な眼差しを受けて、澪は迷わず、傍らの小風呂敷の包みを膝に置いて結び目を解いた。竹皮で包んだ握り飯とは別に、蓋付きの小さな器が収まっている。

塗りの器を掌に載せて蓋を外せば、中に鼈甲珠がふたつ。

畳んだ小風呂敷にその器を置いて、澪はそっと摂津屋の方へ押しやった。

「これを商うつもりです」

どれ、と老人は手を伸ばして器を受け取り、中を覗く。脇から伝右衛門も首を伸ばした。

「何だ、登龍楼の『天の美鈴』の紛いではないか」

楼主は不審そうに洩らし、小女に命じて箸と取り皿を奥座敷に運ばせる。

「登龍楼のものは金箔を纏《まと》っていてわかり辛《づら》いが、こちらの方が一層、黄身の色が美しいようだ。それにこの香り……」

箸先で鼈甲珠を摘まみ上げて、摂津屋はしげしげと眺め、深く香りを吸い込んだ。

そしてゆっくりと口へと運ぶ。ひと噛みした途端、はっと顔色が変わる。それを目にして、伝右衛門も慌てて鼈甲珠に箸をつけた。

「こ、これは」

伝右衛門は低く呻いたあと、声を失う。あとはふたりとも押し黙ったままだ。

遅咲きの梅の花枝を揺らして、一陣の風が庭を吹き抜けて行く。こぼれ落ちた梅花が、縁側にまた紅を差した。

「この料理ならば」

伝右衛門が漸く唇を解いた。妙に声が嗄《しわが》れている。

「振売りだなどと、あまりに勿体ない。料理に相応しい売り方があるだろうに」

楼主はすっと目を細め、獲物を眺める眼差しで澪を見た。

「一度は断られた話だが、翁屋の援助で吉原で店をやる件について考えてはどうか」

傍らで興味深そうに耳を傾けていた摂津屋が、翁屋の申し出に苦く笑いだした。

「翁屋も抜け目のないことだ。しかしそれでは、このひとはお前さんに吸い上げられてお終いになってしまう。あまり良い話でないのは確かだな」

翁屋はほんの一瞬、何とも言えず不愉快な顔をしたが、巧みにそれを隠して、摂津屋さまには敵《かな》いません、と朗笑してみせた。

「それなら」

澪は、あることを思いついて、伝右衛門ににじり寄る。

「今、普請中の翁屋の軒先をお貸しいただけませんか？　そこに小さな床几をひとつ、置かせてください」

振売りでもなく、屋台見世でもない。床几を置いてそこに鼈甲珠を並べて売りたい、との澪の考えを聞いて、摂津屋は手を叩いて笑った。

「それは愉快、愉快。何せ翁屋は吉原きっての顔だ、その軒先を借りての商いなら、何処からも文句は出まい。それに、粗方の揉《も》め事は伝右衛門が上手く片付けてくれよう。翁屋にとっても、再建前から店先が賑わうのは縁起も良かろうからな」

「しかし、それは……」

苦渋の表情を見せる楼主に、札差はさらに畳みかける。

「無論、長々と軒先を貸す義理はなし。弥生一杯までは吉原は花見客で賑わうだろうし、それを期限とすればどうか」

摂津屋に押し切られる形で、伝右衛門は渋々、澪の申し出を受けることとなった。

無念そうに顔を歪める伝右衛門に重々礼を言い、勝手口から表へ抜ければ、先回りしたのか、札差が竹垣の前に佇《たたず》んでいる。

摂津屋さま、と呼びかけて走り寄り、澪は深々と頭を下げた。

「翁屋は登龍楼とも近い。あの料理は、『天の美鈴』の二番煎《せん》じとしてしか扱われないでしょうが、まあ、やってみることです」

皮肉とも取れる台詞を、しかし、摂津屋は温かな口調で言い置いて中へと消えた。

弥生晦日までの花見の間、吉原には常になく女が、それも庶民の女が数多く足を運ぶ。昨日、最初に鼈甲珠に目を留めてくれたのも、ご新造らしいひとだった。

――あら、綺麗だわ
何の偏見もなく、そう思ってもらえたことが嬉しい。

それならば、と澪は思う。

端から男は考えに入れず、女に的を絞って商うのはどうだろう。思わず手に取ってみたくなるように、売り方に工夫を凝らしてはどうだろう。

思案しながら、つる家への道を辿る。漸く俎橋に辿り着いた時だった。

「澪姉さん」

澪の帰りを待って、出たり入ったりしていたのだろう、店の表でふきが大きく手を振る。両の手を口の横に広げると、少女は声を張り上げた。

「ご寮さんが……いえ、一柳の女将さんがお見えです」

ふきの言葉が終わらぬうちに、澪は橋板を蹴って駆けだした。

「澪、お帰りやす」

調理場へ駆け込んだ澪を、温かな笑みを浮かべて芳が迎える。髷《まげ》を小さめに丸く結い上げた髪には珊瑚《さんご》のひとつ玉、刈安《かりやす》で染めた紬《つむぎ》の綿入れがよく似合い、何処から眺めても大店の女将としての風格を備えていた。

「ご寮さん」

澪はその立ち姿に見惚れ、少し潤んだ瞳で呼びかけた。

板敷でその様子を眺めていた種市が、にこにこと相好を崩す。

「明日は桃の節句だから、ってお澪坊とふき坊に色々持って来てくれたんだぜ」

ほら、と示されたものを見れば、網目の細かい笊に芳の手縫いの巾着や、桃花を模《かたど》った簪《かんざし》、手鏡や櫛《くし》など細々したものが載っている。目を細めて眺め、ありがとうございます、と澪は頭を下げた。

あまり長く一柳を空けていられないのだろう、芳は小半刻もせぬうちに暇を告げる。

澪は店主に言われて途中まで芳を送ることになった。

「吉原でえらい難儀してる、と聞いたけんど」

俎橋に差しかかった時に、芳が歩調を緩め、気懸かりそうに傍らの娘を見た。

「お前はんが無茶をせえへんか、心配でならんのだす。なあ、澪、お前はんを育てたい言わはる旦那さんのお気持ちを受けて、一日も早う、一柳に移って来なはれ」

芳の思いにどう応えて良いかわからず、澪は黙って俯《うつむ》くことしか出来ない。芳は諦めて、よう考えなはれ、と優しく話を結んだ。

俎橋を渡った先に、振売りの菓子屋が天秤棒《てんびんぼう》の前後に「京御菓子司」と仰々しく書かれた荷を担い、商っていた。幼な子の手を引いた若い母親が少しだけ買い求め、子に持たせて帰っていく。澪はふと、思い立って芳に問うた。

「振売りから買ってその場で食べたり、ましてや歩きながら食べたりするのは、落ち着かないから駄目でしょうか」

問いかけの意図がわからないのだろう、どうだすやろか、と芳は少し首を捻った。

「時と場合に依《よ》るんと違うか。腰を落ち着けてゆっくり食べる方が良いとは思うけんど、お祭りの時のように、歩きながら食べる方が風情のある場合もあるやろなあ」

芳を見送ったあと、暫く俎橋に佇んで、澪は考え続けた。

味には自信がある。あとは女のひとに、ああ綺麗だ、美しい、と思わず手に取ってもらうためには、どうすれば良いだろうか。せっかくの花見なのだ、それを手にしたまま、歩きたくなるような。色紙に切った経木ではなく、別の物を器代わりにしてはどうか。楠《くすのき》や椿《つばき》の葉を用いるのはどうだろう。思いつく傍から、いや、と澪は首を振った。駄目だ、持ちにくいし、第一、鼈甲珠を置きにくい。

考えあぐねて、澪は胸にそっと手を置いた。生地越し、片貝のこつんと固い感触があった。巾着を取り出し、中身を掌に空ける。そして、もうひとつの片貝を想《おも》い、手を北の空へと差し伸べた。蛤の片貝は窪めた掌に添い、とても収まりが良い。内側の清浄な純白が春陽を受けて輝いてみえた。それが一瞬、磁器に似て映って、澪ははっと息を呑む。

これは器になるのではないか。内側に薄く寒天を流せば、なお一層、艶やかで美しく、しかも安心して口にしてもらえるのではないのか。

弾《はじ》かれたように、澪は走りだしていた。俎橋を駆けおりて、表通りから路地へ。つる家の勝手口を出たところには、昨日の献立で使った蛤の貝殻が籠に詰められて、殻買いの訪れをじっと待っていた。

弥生三日は桃の節句。そのため、吉原の花見客も格段に女が目立つ。麗らかな陽射しが心地よく、絶好の花見日和だった。

江戸町一丁目の表通りを女同士、あるいは夫婦連れがそぞろ歩く。多くはその先の登龍楼が配る引き札が目当てだった。花見の客らは登龍楼目指して歩くうちに、ほとんど普請を終えている翁屋の前あたりで、妙なものを見つける。軒先に床几が置かれ、何かを商っている様子なのだ。

覗いてみれば、床几に置かれた笊に、薄桃色の布が敷かれ、そこに小さな器が十ほど並んでいる。純白の器に載っているのは、艶々と鼈甲色に輝く何か。

ひとりが足を止めると、釣られて、またひとり立ち止まる。

「綺麗な置き物ねぇ」

「あら、これ、蛤の片貝だわ」

身を屈めて、笊の中まで顔を寄せる者が二、三人。よくよく目を凝らせば、片貝の内側にごく薄く寒天が流し固められていて、そこに鼈甲の玉が載せられていた。

「甘い香りがする……。もしかして食べ物なの？」

店番をしている下がり眉の娘に、ひとりが問いかけた。

「はい、鼈甲珠と言います。玉子の黄身を工夫したものなんですよ」

娘の答えに、女たちが驚く。

「どんな味がするのかしら。ひとつ幾らなの？」

「二百文です」

答える声が微かに震えている。

二百文、と幾つもの吐息が洩れた。とても手が出ない、とばかりにひとの輪が解ける。去っていく者を黙って見送って、澪はきゅっと唇を引き結ぶ。

登龍楼の「天の美鈴」よりも値を下げては、鼈甲珠が紛いになる。そして吉原では値の張る方が受ける。そう踏んで、澪は賭けに出たのだ。もちろん、味に自信があればこそだった。興味を持ち、けれど高値と知って去っていく者たちに、胸の内で詫びて澪は次に足を止める女客を待った。

「蛤の片貝だなんて、桃の節句に相応しいよ」

三味線の師匠か何かだろうか、姿勢の良い、貫禄ある中年女が、しきりと感心した表情で鼈甲珠を眺めている。

「止せやい、どのみち登龍楼の紛いだろ」

小馬鹿にした声で連れの男が言い、女の袖を引っ張った。

煩いね、と男の手をぴしゃりと叩くと、女は澪をじっと見つめる。

「二百文の値を付けるってことは、味に相当の自信があるってことだろ」

「はい」

澪は女の目を真《ま》っ直《す》ぐに見返して、はっきりと応えた。

澪の返答に、中年女は満足そうに頷いてみせた。

「気に入った。ひとつもらおう」

ありがとうございます、と澪は片貝に楊枝を添えて鼈甲珠を女に渡す。代わりに紐を通した四文銭が五十枚、手渡された。お代の重みを澪は手で味わう。

ひとつ売れたことで、興味を持ったのだろう。お前さん、ひとつ買っておくれでないか、と連れの男に懇願する女も現れた。

「『天の美鈴』と同じ値なら、そりゃあ登龍楼の座敷で腰を落ち着けて食うだろ」

「登龍楼だとそれだけってわけにいかないし、却って物入りじゃないか」

店先で口論を始める夫婦も居る。

息子に支えられた老女がよろよろと前へ出て、鼈甲珠に見入り、

「仲の町の桜の下を、蛤の器を手にして、簪のひとつ玉に似たこれを食べながら歩けたなら、さぞかし極楽気分だろうねえ」

と、夢見心地に目を細めた。

「姐《ねえ》さん、一個くんな」

孝行息子なのだろう、巾着の銭をじゃらじゃらと数えて、かっきり二百文を差し出

した。手渡された片貝の器は、老女の皺《しわ》だらけの掌にほどよく収まった。

こうして二つ売れたあとは、花見客は鼈甲珠を感心して眺めるばかりで、買おうとする者はなかなか現れなかった。

「金箔を纏った『天の美鈴』と比べたら、何とも貧乏臭い味噌漬けだぜ」

登龍楼帰りの男たちが、床几《しょうぎ》の前で足を止め哄笑《こうしょう》する。

その時だ、人波を縫って走って来る男がひとり。見覚えのあるその男は、鼈甲珠を買ってくれた先の孝行息子に違いなかった。

「俺ぁ、ふたつめを買う甲斐性はないんだが」

男は両手を膝頭に置いて、息を弾ませる。

「あの鼈甲珠を食って、お袋が喜んだの何の。これまで食ったことのない旨さなんだと。二百文もするものを桜を眺めて歩きながら食べる、そんな一世一代の贅沢をさせてもらった、とこの俺を拝むのさ。おかげで親孝行させてもらえた、ありがとよ」

お袋を待たせているから、と、それだけを伝えて、男は走り去った。

「あからさまな仕込みだな」

哄笑していた男のひとりが、憎々しげに言い捨てた。

「生憎《あいにく》、仕込みなんかじゃないよ」

声の主はと見れば、最初に買ってくれた中年女が空の片貝を手に、野次馬の後ろに立っていた。女は男たちを押しのけて、

「あたしゃ肝が潰れるかと思った。嚙み心地、舌触り、正体はわからないが品の良い甘い香り。あんた、えらいものを作ったね。これは大変なことになるよ」

と、興奮した口調で澪に迫った。そして、あと二つ買い求めると、今度は一分判金で支払い、釣りを受け取って雑踏の中へ消えて行った。

「そこまでの味かどうか、試してやらあ」

意地になったのか、先の男は巾着の中身を床几の脇にばら撒き、自分で鼈甲珠をひとつ取り上げた。澪の差し出す楊枝を手で払い、指で摘まむと、口へ放り込む。

ひと嚙みした男の動きが止まった。鼻から深く息を吸い込み、驚愕の表情で仲間を振り返り、そのままふらふらと歩きだす。何も言葉はなかった。悪態をつこうと構えていた仲間たちは捨て台詞も忘れ、慌てて追い駆ける。

その様子を傍で見て、買おうかどうか迷っていた女が巾着の口を広げた。負けじとその隣りに居た女が、ちょいと、と澪に声をかけた。

あら、またたわ。

吉原からの帰り道、飯田川沿いに澪を追い抜いて行くひとの手に、長い持ち手のついた桶が下げられている。桶に押された酒屋の屋号の焼き印を認めて、澪は感心して首を振った。今日一日で、どれほど同じ桶を見たことだろうか。中身は白酒。上質のものは粘っているため零れる心配はなく、それゆえに樽ではなく桶で持ち運びされるのだろう。その酒屋は桃の節句の時期のみの商いで四千両からの売り上げを誇る、と聞いたことがあるが、さもありなん、と納得するほどの人気ぶりだった。

季節の決まりごとと結びついた食べ物は強いわ、と澪はつくづく思い、鼈甲珠もそうなれれば、と祈りつつ夕映えの兆しの俎橋を渡る。

「おや、澪ちゃん」

澪が俎橋を渡り終える頃、丁度、つる家から出てきたおりょうと鉢合わせになった。

「今日もお疲れさまだねえ」

何も聞かずにただ労うおりょうに、澪は風呂敷を解いて笊の中を示した。蛤の片貝に載せた鼈甲珠が三つ、残っている。

「七つ、売れたんだね」

安堵の色を滲ませるおりょうに、澪は勧める。

「おりょうさん、ひとつ取ってください。今日は雛祭りですから」

雛祭り、とのひと言に、おりょうはぱっと笑顔になった。

鼈甲珠をひとつ取り上げて、大切そうに両の掌で包み込む。薄く寒天を流された片貝の器に、鼈甲色の艶々とした黄身。うっとりと眺めるおりょうの姿に、売り切ってしまわずに良かった、と澪は心から思う。残る三つを売り切るまで吉原で粘ろうかどうしようか、迷った。けれど、欲をかかずに早めに帰ることに決めたのだ。残り福をおりょうとりう、それにお臼にお裾分けして、明日はさらに頑張ろう、と。

「ああ、ご覧よ」

おりょうの指さす方を眺めれば、西の空が赤く燃え始めていた。明日も良い日になるよ、のひと言を残し、おりょうは太一の待つ家へといそいそ帰っていった。

その日の夜遅く、ふきも休んだあと、調理場の板敷で澪は種市と向かい合った。

「こいつぁ……」

板敷に置かれた一枚の金貨と、積み上げられた四文銭を前に、種市は肝を潰す。全部で千四百文。つる家の持ち帰り用のとろとろ茶碗蒸しなら七十人前分であった。

「てぇことは、お澪坊、鼈甲珠にひとつ二百文の値を付けたってわけだな」

何とか衝撃をやり過ごして、種市は呻く。

「ひとつの値が違うと、こうまで売り上げが違うのか。俺ぁ、恐れ入ったよ」

ただ、と店主は両の手を腿《もも》に置き、ゆっくりと言葉を選ぶ。

「お澪坊も重々わかっているとは思うが、それは吉原だからこそ成り立つ商法だ。うちみたいな店でそれをやっちゃあお客は皆、逃げちまう。鼈甲珠は大事な幼馴染みを自由の身にするための料理と割り切って、吉原だけで商うようにしねぇとな」

台詞の裏側に、考え違いをすれば地獄を見ることになる、との店主の苦言が透けて見えて、澪は深々と頷いた。

二階へ上がり、夜着を捲《めく》って横になる。ふきの健やかな寝息を耳にして目を閉じた。二百文を払えないから、と諦めて去っていったお客の顔がちらついて、澪は中々眠れない。

利を薄くして、少しでも多くのひとに買ってもらう商い。

利を厚くして、それが買えるひとにだけ買ってもらう商い。

つる家は前者で、今の澪の商いは後者だ。どちらが正しいと評価できるものでは決してない。ただ、と夜着に鼻まで埋まって澪は思う。

利を薄くして数を多く売る商いは、強い足腰を持たねば続けられるものではない。強い足腰、というのは即《すなわ》ち、店主であり奉公人であり、常連客なのだ。ただひとりで吉原に挑む身では無理だった。その代わり、吉原の桜を借景に、蛤の片貝の器に載った鼈甲珠を風情とともに味わうことに、見栄と張りの収めどころを見つけてもらう。

太夫の身請け銭、四千両。ひとつ二百文としても八万個の鼈甲珠を売りつくさねば作れない計算だった。どれほどの歳月でそれが可能か、正直、見当もつかない。

ただ、と澪は思う。弥生ひと月で売れるだけ売る、と考えるのは危ない。あまりに目立てば恨みを買うに違いないし、それこそ地獄を見ることになりかねない。卯月以降、さらに来春にも繋がる賢い売り方をしないと。

どうすれば良いか、と澪は夜着に鼻を埋《うず》めたまま、考え続けた。


弥生四日、昼前に澪が江戸町一丁目の表通りの翁屋の前へ辿り着いた時から、昨日までとは明らかな違いがあった。翁屋の前に、女の花見客がふたり、待っていたのだ。

「昨日、ここで買った、というひとから評判を聞いて、どうしても食べたくてねぇ」

友達同士でもないはずが、澪の到着を待つ間にすっかり打ち解けたらしく、鼈甲珠を買うと、嬉しそうにそれを手に仲の町の方へ連れ立って歩いていった。

蛤の片貝に載せた鼈甲珠は、半刻に三つほどぽつぽつと売れ続け、八つ半（午後三時）前には持参した十個、全て売り切ってしまった。澪は初めての売り切れに感謝し、目立たぬよう床几を片付けて、奥の大工に声をかけて帰った。

翌日には、鼈甲珠を十五に増やし、同様に商うも、やはり八つ半前に売り切れる。日を重ねるにつれ、澪が到着する前にお客が翁屋の軒下に並ぶようになり、売り切れる刻もさらに早くなった。

蛤の片貝を手に、仲の町の桜を愛でつつ散策する者たちの姿は耳目を集め、引き札を配るよりも遥かに効果がある。登龍楼の奉公人らしい男たちが時折り様子を見に来て、澪を睨みつけはしたが、手を出すことはない。弥生十日までに鼈甲珠は総計で百個ほど売れ、種市に預けていた売り上げは五両を超えた。

「何でも『鼈甲珠』とかいう名だそうだ」

「ああ、同じ二百文ながら登龍楼の『天の美鈴』が霞んじまう旨さだってな」

そんな噂話が花見客の間で交わされるようになって、澪は弥生十一日から鼈甲珠を二十個に増やした。それさえも商い開始から一刻のうちには売り切れてしまう。もっと増やしてくれと客から詰め寄られても、澪は身を縮めつつ、

「相済みません、一日に二十で精一杯なんです」

と詫びるだけ詫びて、それ以上は決して増やさない。

売り切れになる刻はさらに早まり、ついには、澪の到着を待つひとの分だけで品切れとなった。ただ、ひとつ二百文、という値が幸いして、たとえ入手できずとも、苦

情を洩らす代わりに、ほっと安堵の表情を見せる者も少なくなかった。

吉原に留まる刻が短くなったため、澪はその日、日本橋伊勢町の大坂屋に立ち寄ってから飯田町へ戻ることにした。途中、伊勢屋の在る本両替町を通る。

失火から半月近く経っているはずが、澪の鼻は物が焦げたあとの臭いを嗅ぎ取った。

「ああ……」

頑丈な土蔵造りの建物が辛うじて残ってはいるものの、建具は全て取り外され、黒焦げになった内側を晒している。別棟の離れは無残に壊され、庭の柿の木はなぎ倒されていた。ひとに踏まれ首を折られた牡丹《ぼたん》の鉢植えが店の表に転がる。泥に塗《まみ》れた姿が哀れだった。身を屈めて鉢植えを取り上げ、澪はぐっと奥歯を嚙み締めた。

友は今、どうしているのだろうか。吉原への行き帰り、化け物稲荷に立ち寄って美緒のことを頼みはしていたが、今日まで様子を尋ねていないことが悔やまれた。

「澪さん、いらしていたのですか」

声の方を見れば、坂村堂が意想外の面持ちで立っている。

「坂村堂さん、美緒さんたちは……」

青ざめて駆け寄る娘に、安心させようとしてか、坂村堂は優しい口調で告げる。

「まだうちに居られますよ。爽助さんも預けを解かれて、お戻りになられました。それに、美緒さんが無事に女のお子さんをご出産なさいました」

母子ともにお健やかですよ、と教えられて、思わず澪は両の手で口を覆った。

良かった、美緒さん、良かった。

暗い中に一筋の光明を見出《みいだ》した思いで、澪の視界は潤む。

そんな娘を見て、ただ、と坂村堂は、すっと目線を足もとに落とした。

「ただ、過料と所払いの罰を受けられました。何とか慈悲を、と駆けずり回ったのですが、叶いませんでした。日本橋のこの場所での失火、というのが響いたようです」

財産没収に等しい過料と居住地からの追放、と聞いて、澪は息を呑んだ。

満開の桜花で桜色に染まっていたはずの空が、一転して色を失って映る。言葉もなく立ち尽くす娘に、坂村堂はこう提案した。

「今はまだ伊勢屋の皆さんもお辛いばかりですので、落ち着かれた頃に、美緒さんに何か美味しいものを作ってあげてください」

どれほど美緒の身を案じたところで、大きな力になれるわけではない。ぐっと唇を噛み、情けない思いに耐える娘に、坂村堂は重ねてこう伝えた。

「私には懇意にしていた物之本屋を助けられなかった悔いがあり、その分も伊勢屋さんのお力になれれば、と願っています。ただ、お店のことは私で何かお役に立てても、美緒さんのこととなると……。気丈に振る舞っておられますが、乳が全く出ないので、もらい乳されておられるのです。ご本人はそれが最もお辛いかも知れません」

幼い日、澪は母わかの作る料理の中で、唯一、苦手なものがあった。干し芋茎《ずいき》と呼ばれる、里芋《さといも》の葉茎を干したものだった。生の芋茎は柔らかくて好物なのだが、それを干したものは歯応えが薄気味悪くて、どうしても好きになれなかった。

食べきれずに涙ぐむ澪を見て、母はよく諭したものだ。

「今のうちから好き嫌いは直しとかんと、苦労すんのはあんたやで。芋茎はなぁ、産後の肥立ちを良うする上にようお乳が出るよって、子ぉを産んだ女は皆せっせと食べるもんなんや。お祖母はんもひいお祖母はんも食べてはった。昔ながらの食養生として食べ継がれてきたさかい、お母はんも澪を生んだあと、盛大に食べたんやで」

口を酸っぱくして話していた母のことを、澪は戻した干し芋茎を湯がきつつ、何とも切なく思い出す。あまりに聞き慣れたがゆえに、逆に記憶の底に沈んでいた「食養生」という言葉が、真実味を伴って、大人となった澪の胸に迫った。

赤子を生んだ母親にとって、乳が出ないことほど辛いものはないだろう。友が置かれた状況やその心中は察するに余りあった。その友のために、今、自分にしか出来ないことをさせてもらおう、と澪は思う。

干し芋茎の戻したもので何を作ろうか。酢の物、白和《しらあ》え、油揚げとの甘辛煮。出来れば優しい味わいが良い。思わず箸を伸ばしてみたくなる見た目もほしい。

「もう呑めねぇよ、又《また》さんよぅ」

内所から種市の声がして、澪は下拵えの手を止めて、耳を澄ませた。寝言と知れて、小さく息を吐く。

板敷の一角には鼈甲珠を仕込んだ重箱が置かれて、明日の出番を待っている。それに目を向けて、澪はふっと考え込んだ。

野江の簪から糸口を得、試行錯誤を経て鼈甲珠を考えだしたことは、苦しくとも無性に心躍る経験だった。口の肥えた清右衛門や柳吾に味を認めてもらえたことも、大きな喜びとなった。今、干し芋茎という素朴で倹しい食材を用いて、友のお乳の出が良くなるようにと祈りながら料理を考えることは、決して苦しくもなく、激しく心が躍ることもない。なのに、と澪は首を傾げる。

この表現しがたい、深い気持ちは何だろうか。胸の奥の深い深いところをぎゅっと摑まれる、この懐かしさに似た思いは何だろうか。

芳の祝言の宴の料理を考える際に、目の前に現れたふたつ道。どのような料理人を目指すのか。どんな料理を作ることを願うのか、という柳吾からの問いかけ。その答えがすでに自身の中に潜んでいるように思うのだが、まだはっきりとした形を成してはいない。己のことなのにわからないだなんて、と澪は唇を一文字に結ぶのだった。

弥生の半ばから花冷えの夜が続き、仲の町の桜は満開の状態から随分と持った。再建前の吉原の桜をひと目見ようと、連日、大勢の花見客が押し寄せる。澪もまた、吉原に通い続けていた。

鼈甲珠を一日に二十しか商わないことが功を奏し、酷《ひど》い嫌がらせを受けることもなく、一見、慎ましく商いは続いていた。花見の間、半日で百人を超える客を迎える登龍楼からすれば、相手にならぬほどの小商いである。だが、一日に鼈甲珠を確実に二十売れば、売り上げは四千文、つまり一両になる。こうして澪は弥生晦日までに鼈甲珠を合わせて五百ほど売り、実に二十五両を売り上げたのだった。

「色々と、ありがとうございました」

最後の日、無事に商いを終えると、澪は翁屋の普請を請け負っている棟梁《とうりよう》に酒を差し入れて丁寧に礼を言い、床几の始末を託す。未だ大門の姿のない遊里を感慨深く眺めて、ひと月の間、通い続けた吉原をあとにした。

成果は収めたけれど、これを次にどうつなげていくか。四千両までの道のりはまだ遥かなのだ。

弥生の間ずっと、あれこれと思案に暮れて、日本堤を東に進み今戸の翁屋の寮を目指す。元飯田町から吉原までを通い通したものの、無我夢中だったために周囲の景色の移ろいに気を払うことがなかった。今、堤から改めて周辺を眺むれば、野山は既に柔らかな新緑で覆われている。最早、綿入れは身に重い。

今戸に辿り着いた時には、全身に薄《うっす》らと汗をかいていた。寮の手前で手拭いを引き出して額と首筋の汗を押さえ、息を整える。

勝手口で案内を請い奥座敷に通されたならば、思いがけず、伝右衛門と摂津屋助五郎とが向かい合って碁を打っていた。

「来ましたな」

摂津屋が言って白石を打ち、

「来ましたね」

翁屋が応じて黒石を置く。

盤を前に摂津屋が笑いだした。白石を打つや否や、ひょいひょいと黒石を取りあげる札差の様子を、楼主は唇を捻《ね》じ曲げて見守る。どうやら勝負がついたらしい。

盤を脇に除けて、初めて摂津屋は澪を見た。

「弥生晦日の今日、お前さんが挨拶に来るに違いないと踏んで、私もこちらで待たせてもらいました」

摂津屋に水を向けられて、澪は畳に両の掌を揃えて置いた。

「お蔭様《かげさま》でひと月の間、吉原で鼈甲珠を商うことが出来ました。摂津屋さま、お口添えをありがとうございました。そして何より、あの場所で商うことをお許しくださった翁屋さま、最後の日まで嫌がらせを受けることなく商うことが出来ましたのも、翁屋さまのお心遣いあればこそ」

ありがとうございます、と心を込めて礼を述べ、深く頭を下げる。

「ひとを使って、全て報告は受けていました」

札差は穏やかに告げて、まだ苦い面持ちの楼主を見やった。

「翁屋としても、登龍楼に一泡吹かせてやって、少しはすっきりしたでしょう。それに私も面白い見世物を楽しませてもらいましたよ」

つくづく、あなたには感心しました、と還暦を過ぎた男は首を振り振り続ける。

「二百文といえば、庶民には大金です。だからこそ、登龍楼の座敷に上がり、勿体付けて辛い味噌漬けを食べるよりも、桜の下を蛤の片貝の器を手に、そぞろ歩きしつつ食べる方が遥かに粋だ。倹しくとも精一杯背伸びをする、そういう江戸っ子のどうしようもない気質に目を付けた手腕は見事というよりない」

「二百文、というのは確かに吉原だけで通じる値に違いありません。ですが」

男の台詞に仕込まれた皮肉の針に、澪は思わず声を上げた。

「ですが、登龍楼の『天の美鈴』よりも値を下げれば、鼈甲珠の方が紛いになってしまいます。それだけは許せなかったのです」

澪の返事を聞き、摂津屋は手を叩きながら楽しげに笑う。

「これは済まない、無論、鼈甲珠は二百文に値する味わいであることに間違いない」

笑うだけ笑って、摂津屋はすっと顔つきを改め、両の手を腿に置いた。

「お前さんの料理の腕前は勿論《もちろん》のこと、自身で知恵を絞り才覚を働かせ、鼈甲珠を売り切れ御免としたこと、確かに見届けました。これは私の提案だが、鼈甲珠を吉原で卯月以降も売り続けてはどうだろうか」

それは翁屋の話を受けよ、ということか。

澪は摂津屋の言わんとすることを先んじて読み取り、いいえ、と頭を振ろうとした。

だが摂津屋は、最後まで話を聞くように、と澪を制したあと、こう続けた。

「自身で店を持つことは得策ではない。店を構えてしまえば、自然と出て行く御銭《おあし》も多い。それよりはお前さんに代わって誰かに鼈甲珠を売ってもらうことを考える方が良いでしょう。例えば引手茶屋に鼈甲珠を卸してはどうか」

何なら私が口をきいても良い、とまで摂津屋に言われて、澪は、ああ、その手が、と思わず手を打ち合わせた。料理しか知らぬ身、そうした考えに至らなかったのだ。

狼狽えたのは、翁屋伝右衛門である。

「摂津屋さま、それはあまりに殺生な」

伝右衛門は腰を浮かせて、摂津屋に迫った。

「囲碁の勝負で、この者からの礼金を諦めさせたばかりか、この翁屋を差し置いて、引手茶屋に儲けを横取りさせるとはあまりに酷い」

札差はにやにや笑いながら、楼主の言い分を聞いている。

埒《らち》が明かぬ、と踏んだのだろう、伝右衛門は膝行して、今度は澪に迫った。

「それなら知らぬ仲でもなし、この翁屋に卸せば良い。翁屋で口の肥えたお大尽たちに酒の肴として出させてもらおう」

「お客さんから頂戴《ちょうだい》するお代は二百文です。それ以上でも以下でも駄目です」

額と額とを突き合わせ、澪は伝右衛門に詰め寄る。わかった、と苦しげに了承する楼主に、さらに澪は畳み込んだ。

「売るのは一日に二十まで、食あたりを避けるため卯月末まででお願いします」

卯月末までとは、と伝右衛門は呻き、諦めきれぬ顔でこう懇願した。

「それなら、一日百は欲しい」

「無理です。譲って三十が限度です。それより卸値はひとつ幾らでしょう」

澪の問いに、伝右衛門は狡猾《こうかつ》に応える。

「六十文でどうだ、最初はそれが売り値だったはずだ」

あまりの買い叩かれ振りに、澪は腹を立てるのも忘れて笑いだした。身体を揺らして笑い続ける娘のことを、楼主は気味悪そうに眺め、新たな提案を試みる。

「では百文だ」

「それでは話になりません」

これから引手茶屋へ、と立ち上がろうとする澪を伝右衛門は、まあまあ、と懸命に押し留める。

「仕方ない、百二十でどうだ」

「まだまだ」

「出しても百四十までだ」

そんな押し問答を重ねた末、やはり引手茶屋へ、と澪が腰を浮かせたところで、伝右衛門が叫んだ。

「ならば百六十だ。ひとつ百六十文でどうだ」

絶叫に近い声だった。

「お売りします」

打てば響く澪の返答に、摂津屋は見事、見事、と愉しそうに大きく手を叩いた。

明日からの細々とした取り決めをして、澪は翁屋の寮を出た。薄墨の闇《やみ》が周辺を覆う中、寮の二階を振り返る。室内に灯《とも》が点されているはずが、まだ目に留まるに至らない。その一室に居るひとを想う。友を自由の身にするまで、まだ道のりは遥か。それでも、決して諦めず、弛《たゆ》まずに歩いていく。澪は自身にそう言い聞かせた。


長い道中を歩き通して、つる家に辿り着いた時には既に店は暖簾を終っていた。

「澪姉さん、お帰りなさい」

勝手口に澪の立つ気配に気付いて、ふきが引き戸を開けてくれた。りうや政吉、お臼の姿はなく、常ならば板敷で寝酒を呑んでいるはずの店主も見えない。座敷の方に、とふきに教わって、間仕切りからそっと覗いてみる。

「まあ、珍しい」

澪は思わず、そう呟いた。

入れ込み座敷では清右衛門と店主、それに源斉の三人が和やかに談笑していた。店主は寝酒を座敷に持ち込んで、すでに酔っている。

こちらを向いていた清右衛門だけが澪に気付いて、すっと席を立った。顎先で外を示すと、そのまま座敷を下りて店を出ていく。呼ばれている、と察して、澪は提灯を手に勝手口から路地を抜けて店の表へと向かった。

月のない夜、九段坂を行く提灯の火が二つ三つ、気の早い蛍《ほたる》を思わせる。

戯作者は案の定、橋の袂で料理人の来るのを待ち構えていた。

「では、明日からは今戸から遣いの者がここへ鼈甲珠を仕入れに来るのだな」

戯作者は澪から首尾を聞いた上で、あれこれと念を押す。

はい、と頷いて、澪は声を低めた。

「三十ずつ、卯月末まで翁屋に卸す約束です」

ふん、と鼻息で応え、清右衛門は娘から奪った提灯を顔の高さまで上げた。

「愚か者めが。三十などと申しておらず、百でも二百でも卸してやれば良いのだ。二百の鼈甲珠を翁屋に卸し続ければ、四千両など一年半で貯まるではないか」

「それは無茶です。良い玉子は簡単に二百も手に入りませんし、翁屋のお客さんにも飽きられてしまいます。それに、食あたりのことを考えれば、夏場は無理ですから」

澪の答えに満足したのか、清右衛門は薄く笑った。

「ふん、ひと月に二十五両も荒稼ぎしたのだ、もっと浮かれておるかと思ったわ」

言い捨てて戯作者はふと、地面に目を落とす。そこは丁度、あの日、又次の傘が転がっていた辺りだ。清右衛門もまた、傘の幻を見つめているようだった。

それにしても、と戯作者は視線を落としたまま、ぼそりと洩らす。

「摂津屋助五郎には感心させられた。あさひ太夫の身請けを企てるお前に、金を貸すのではなく、知恵を貸したのだからな」

確かにあの時、引手茶屋に卸すという知恵を摂津屋に授けられなければ、翁屋との商いの話もないままだった。否、摂津屋はむしろ、翁屋を巻き込むためにこそ、引手茶屋を例に持ちだしたに違いない。じっと考え込む料理人を残して、清右衛門は、見もせぬひとや花の友、と小謡《こうたい》を口ずさみ、上機嫌で中坂の方に向かって歩いていった。

「澪姉さん」

勝手口から戻った澪を見て、ふきは安堵の色を示した。

座敷では店主と医師の会話がまだ続いている。声を低めているため話の内容まではわからないが、思い詰めた店主の顔つきを見れば、中途で割って入ることは憚《はばか》られた。

調理場はふきの手で既に片付けが済んでいる。

「ふきちゃん、あとは私に任せて、先に休んでちょうだいな」

澪に言われて、ふきは素直に応じ、店主たちの邪魔にならぬよう、土間伝いに階段へ出てそのまま足音を忍ばせて階上へと向かった。

澪は鼈甲珠の仕込みを済ませ、戻して下茹でした芋茎の料理に取りかかる。明日から吉原通いが無くなることもあり、料理を持って美緒を訪ねようと思っていた。

干し湯葉を濡れ布巾に挟んで柔らかく戻し、芋茎をその幅に合わせて束ね、くるりと巻き上げる。解けないように二か所を芋茎で結んで、出汁を利かせた煮汁でことことと煮ていくのだ。湯葉と芋茎、どちらも乾物で滋養豊か、それに嚙んだ時、湯葉のきゅっきゅっ、芋茎のしゃくしゃく、という二種の歯応えが楽しい逸品に仕上がる。

辛いことが重なった美緒に美味しく食べてもらいたい、との祈りを込めた料理だった。芋茎の湯葉巻き、という見たままの名前ではなく、耳に優しい名前を付けよう、と考えていた時だった。

「澪さん、済みません」

ふいに呼ばれて、澪は顔を上げた。

源斉が種市を負ぶって、内所の襖の前に立っている。慌てて駆け寄れば、医師の背中で店主は軽く鼾《いびき》をかいていた。

「酔って眠ってしまわれて」

「済みません、こちらへ」

内所の襖を開けて、床を延べ、源斉の手で店主を寝かせてもらう。楽しい酒だったのか、店主は屈託の取れた顔で眠っていた。

診察で疲れているに違いない医師を早く帰した方が良いのか、それとも熱いお茶を淹れ直した方が良いのか、澪は迷った。それには気付かず、源斉は調理台を興味深そうに覗き込んでいる。

「良い匂いがしますね。これは何の料理ですか？」

問うた途端、源斉の腹が鳴った。

やあ、これは、と照れて笑う源斉の様子に、澪もまた笑いだして、芋茎の湯葉巻きをひとつ取り上げ、包丁で食べ易く半分に切って器に装った。

「どうぞ味をみてくださいな。今、熱いお茶を用意しますので」

「では、遠慮なく」

源斉は箸を取り、湯葉巻きを摘まむと、板敷の行灯にかざしてじっと見つめた。口に運んで、きゅっきゅっ、しゃくしゃく、と音をさせて、大切そうに味わっている。

口中のものを嚙み下すと、ほうっと大きく息を吐いた。

「芋茎と湯葉がこんなに相性が良いとは思いませんでした。これはおそらく美緒さんのために考えられた料理ですね」

言い当てられて、澪は目を見張る。

だが、もともと源斉は美緒の主治医でもあるし、失火のことを知ったとしても態度を変えるひとではない。おそらく今も美緒を診察しているのだ、と思い至った。

「芋茎も湯葉も、子を産んだばかりの母親には何よりのものです。美緒さんもきっと喜ばれますよ。もらい乳するのを随分と苦にしておられますし」

美緒の産んだ娘は、爽助によって「美咲《みさき》」と命名されたとのこと。人生を美しく咲かせるように、との祈りを込めた名だと聞かされて、澪は胸の内で、美咲への神仏の加護を心から祈る。

襖越しに種市の鼾が賑やかに聞こえて、祈りの静寂を破った。

「ご店主から、澪さんを一日も早く一柳へやりたい、と相談されました」

熱いお茶を啜ると、源斉は内所を気にしつつ続けた。

「ご店主は澪さんにもうこれ以上、危ない真似はさせたくないから、と。それに澪さんのように才のある料理人には一柳の板場が相応《ふさわ》しい、刻を無駄にさせたくないと仰《おっしゃ》って、私から説得するよう頼まれたのです」

ああ、やはり、と澪は唇を引き結ぶ。澪の身をひたすらに案じる種市ならばそう思うだろうことは、充分に忖度《そんたく》できた。吉原での鼈甲珠の商いに専心するため棚上げにしてきた重い課題が、今、目の前に突き付けられようとしていた。

源斉は一旦、言葉を区切って、視線を内所から澪に移す。

「けれど、どうしたものかと考えてしまって……。料理人としてどう生きたいかを決めるのは澪さん自身です。周りがとやかく言うべきではない」

「料理人としてどう生きれば良いのか、情けないことに自分でもわからないのです」

応える澪の声が震えていた。

燗《かん》を巡る政吉との遣り取りから生まれた、酒を知らない身の不安。

一柳の格に合わせた宴の料理と芳から望まれた蓮の実の粥、そこから枝分かれして見えた料理人としてのふたつ道。

美緒のための料理を考えていた時に芽生えた、表現し難い深い気持ち。

思い悩んでいたことが一気に噴き出し、無数の糸となって澪の心を縛りつける。

「師と慕う天満一兆庵の旦那さんのような名料理人になりたい、一柳の旦那さんのもとで修業してみたい、という気持ち。お客さんの喜ぶ顔を間近で見られるような、気安くて心に近い料理を作り続けていきたい、という気持ち。どちらも私で、せやさかい、自分で自分がわからへんのだす」

最後はくに訛《なま》りになっていた。

娘の心中の吐露にじっと聞き入っていた源斉は、そうでしょうか、と平らかな声で言って、湯飲みを傍らに置いた。

「ご自身では気付かれていないだけで、澪さんはずっと料理人として変わらぬ姿勢を貫いておられますよ。料理で食べるひとを健やかにしよう、身体と心に良い料理を作ろう、と。口から摂るものだけが、人の身体を作る――私の何気ないひと言を心に留めて、今日まで少しも手を抜くことなく料理を作っておいでではありませんか」

医師の言葉は、料理人の胸にじわじわと温かく沁み込んでいく。

板敷に両の手をつき、澪は一心に源斉を見つめていた。

源斉はその眼差しをしっかりと受け止め、深みのある声で続ける。

「干し芋茎を使うのもそうだし、時には魚のあらも青物の皮までも上手に利用して美味しい食べ物に変え、食べる人の心と身体を健やかに保とうと心がける。例えば、母親が我が子を丈夫に育てたい、と願う。あるいは医師が患者を健やかにしたい、と願う。あなたはそんな気持ちを併せ持った料理人です。『食は、人の天なり』という言葉を体現できる稀有《けう》の料理人なのです。私からすれば、あなたほど、揺るがずに、ただひとつの道を歩き続けるひとは居ない」

源斉の言葉が、澪の心を縛っていた迷いの糸を、ひとつ、またひとつ、と切っていく。迷いから解き放たれた澪の眼前に、ひと筋の道が残った。ただひと筋の道が。

嘉兵衛のような、あるいは柳吾のような料理人にはなれない。後世に名を残すこともない。それでも良い、否、それでこそ良い。嘉兵衛や柳吾、それに芳の想いとは決別することになるが、そうまでしても貫きたいひと筋の道だった。

食は、人の天なり——その言葉が澪の心に光をもたらす。

食は命を繋ぐ最も大切なものだ。ならば料理人として、食べるひとを健やかにする料理をこそ作り続けたい。澪は潤み始めた瞳を凝らして自身の手を見つめる。叶うことなら、この手で食べるひとの心も身体も健やかにする料理をこそ、作り続けていきたい。この命のある限り。そう、道はひとつきりだ。

「食は、人の天なり……」

澪は掠れた声で繰り返す。

「そうです、『食は、人の天なり』です」

深く頷く源斉に、澪の両の瞳から涙が溢れでた。娘の頬を流れて顎から落ちる涙に、源斉は胸を突かれた表情で、じっと見入っている。

どんな料理人を目指すのか、どんな料理を作り続けたいか、澪の料理人としての心《しん》星《ぼし》を、澪自身よりも先に源斉は見出していたのだ。その事実に澪は畏怖を抱くと同時に、これほどまでに大きな存在に傍で見守られていたことに強く胸を揺さ振られる。迷いの痕《あと》を洗い流し、生まれ変わらせるかの如く、涙はあとからあとから溢れて絶えることがない。源斉は躊躇《ためら》いつつもそっと手を差し伸べて、掌を娘の頰に添えて涙を拭った。澪は瞳を閉じ、源斉の掌の温もりを心に刻んだ。

「明日、美緒さんのところへ行かれるのですね」

澪に送られて路地を出たところで、源斉は思い出したように尋ねた。

「あの料理はきっと美緒さんに喜ばれますよ。ああ、そう言えば、まだ料理の名前を聞いていませんでした」

何と名付けたのですか、と問われて、澪は少し考え、こう答えた。

「昔ながら、と名付けようと思います」

――昔ながらの食養生として食べ継がれてきたさかい、お母はんも澪を生んだあと、盛大に食べたんやで

耳に母わかの声が優しく蘇る。

子を思う母の気持ちは昔ながら。否、母たちばかりではない、ままならぬ世の中で、それでもひとがひとを想うのもまた、昔ながら。

昔ながら、と繰り返して、

「良い名です」

と、源斉は穏やかに笑みを零した。

巻末付録　澪の料理帖

味わい焼き蒲鉾《かまぼこ》

材料（2枚分）
鮃……約130g
（皮や骨などを除いた正味の重量）
鱈……約70g（右に同じ）
味醂……小さじ1
塩……4g
卵白……1個分
砂糖……1g
板……2枚

下ごしらえ
＊塩は擂《す》り鉢で擂って細かくします。
＊魚は必ず新鮮なものを入手して捌《さば》き、血合いや小骨を外し、冷水を張ったボウルの中で優しく洗うようにして、身の汚れを全《すべ》て取り除いておきます。
＊蒲鉾《かまぼこ》用の板（市販の蒲鉾板を取っておくと重宝します）は煮沸消毒します。

作りかた
1 下拵《したごしら》えの済んだ2種の魚を包丁で細かく刻みます。
2 1を擂り鉢に移して、最初は擂粉木《すりこぎ》で潰《つぶ》すようにして擂っていきます。ある程度擂れたら塩を加えます。塩が加わると途端に手強《てごわ》くなりますが、粘りが出るまで30分以上擂りましょう。
3 2に、卵白、砂糖、味醂を加え、さらに丹念に擂ります。すり身が熱を持つようなら鉢を冷やすか、氷を一片入れて擂ります。より滑らかな仕上がりを望むなら、ここで裏ごしします。

4　板に3を空気が入らないようしっかり塗りつけて成形します。この時、（江戸時代にはないけれど）テーブルナイフを用いれば作業がし易《やす》いですよ。

5　蒸気のあがった蒸し器に4を入れて、必ず弱火で20分ほど蒸し上げます。

6　ボウルに氷水をたっぷり用意しておいて、蒸し上がった熱々の5を入れて急冷します。3分ほどしたら取り出して水気を拭います。

7　6の表面に味醂（分量外）を塗り、火傷《やけど》に注意して火で炙《あぶ》ります。火ばさみなどを用いると安全です。

ひとこと

魚は白身であれば鮃《ひらめ》（今や高級魚です）や鱈《たら》でなくても構いません。魚が新鮮かどうか、擂りが充分かどうかの2点が、仕上がりを左右します。蒲鉾作りは奥が深く、澪の作りかたの他にも様々な工夫が実践されています。興味を持たれたかたは是非、蒲鉾作りの現場を覗いてみてくださいね。

（蒲鉾作りに関して、株式会社小田原鈴廣さんに取材・ご協力頂きました）

立春大吉もち

材料（8個分）
蓮根……約200g
蕪……約100g
卵白……1個分
上新粉……60g
海老……正味50g
塩……小さじ2分の1
胡麻油……適宜
醤油……適宜

下ごしらえ
＊蓮根《れんこん》は皮を剝《む》き、酢水に浸けておきます。
＊蕪の皮は分厚めに剝いておきます。
＊卵白は解《ほぐ》しておいてください。
＊海老《えび》は背ワタを取り剝き身にして、細かく叩《たた》きます。

作りかた
1 蓮根をすりおろします。この時に出た汁は大切です。決して絞らないようにしてください。
2 蕪《かぶ》をすりおろします。こちらは軽く絞ります。
3 ボウルに1と2、それに上新粉、卵白、塩、海老を加えてよく練ります。
4 3を皿に入れ、蒸気の上がった蒸し器に入れて5分ほど蒸し上げます。

5 蒸し上がった4を取り出し、火傷《やけど》に注意しながら、へらなどを用いて、餅をまとめるように全体をよくこねます。
6 5を8等分にして、手水を使い、小判形に成形します。
7 6を蒸し器に戻して、今度は10分ほど蒸し上げます。
8 蒸し上がった7を、胡麻油《ごまあぶら》を引いた鍋でこんがりと焼き、最後に醤油《しょうゆ》を鍋肌から回しかけて香りを付けましょう。

ひとこと
蓮根の汁に粘りのもとがあります。3の段階では汁気が多くて不安になるでしょうが、5分ほど蒸すことで、まるでお餅のようになりますよ。蓮根をすりおろした際に汁気が少なければ、上新粉を10g増量してください。

宝尽くし

材料（4個分）
百合根……正味180g
山芋（つくね芋）
……正味60g
卵白……1個分
塩……小さじ4分の1
干し椎茸……1枚
蓮の実（乾燥）……4個
海老（中）……2尾
蕗……4cm
三つ葉の軸……4本
人参……適宜

調味液
A［干し椎茸用］
干し椎茸の戻し汁……1カップ
醤油……大さじ1
味醂……大さじ1
B［銀あん］
出汁……300cc
淡口醤油……大さじ1
味醂……大さじ1
酒……大さじ1
塩……小さじ4分の1
葛……適宜

下ごしらえ
＊海老《えび》は背ワタを取り、さっと茹《ゆ》でて殻を外し、4等分して蓮《はす》の実ほどの大きさに切っておきます。
＊乾物の蓮の実はさっと洗って一晩水に浸けて戻し、優しい噛《か》み心地になるまで茹でておきます。
＊蕗《ふき》は塩（分量外）で板摺《いたず》りして、茹でて筋を取り、1cmの長さに切ります。
＊葛《くず》は饅頭《まんじゅう》に化粧する分と、銀あん作りとで必要です。化粧用のものは擂《す》り鉢で擂って細かくしておきましょう。

＊鰹《かつお》と昆布で出汁《だし》を引いておきます。
＊干し椎茸《しいたけ》は戻しておきます。
＊山芋は皮を剝《む》き、ごく薄い酢水に浸けて灰汁《あく》を抜いておきましょう。
＊人参は三つ葉の軸に太さを揃《そろ》えて切り、どちらもさっと茹でておきます。

作りかた

1 百合根を洗い、根もとに切り込みを入れ、一片一片を解《ほぐ》して水に放ちます。この時、変色している部分は丁寧に取ります。
2 下拵《したごしら》えした山芋を厚さ1㎝の輪切りにします。
3 1と2を蒸気の立った蒸し器に入れて15分ほど蒸します。竹串を刺してみて、すっと通れば蒸し上がりです。
4 熱いうちに3をそれぞれ裏ごしします。
5 戻した干し椎茸に味を入れます。調味液Aを煮立たせ、椎茸を入れます。味がついたら取り出して冷まし、粗みじんに刻みます(軸は外します)。
6 冷めた4を練り合わせ、よく解した卵白、塩を加えてさらに練り上げます。
7 6の生地をまとめて4等分し、ひとつずつ丸めて押し広げ、真ん中に下拵えした海老や蓮の実、蕗、それに5の椎茸を包み込んで丸く成形します。
8 7に、擂り鉢で細かくした葛粉を薄くつけます。
9 蒸気の上がった蒸し器に簀子《すのこ》を敷き、8を並べて20分ほど蒸します。
10 蒸し上がりを待つ間に銀あんを作ります。Bの出汁を火にかけ、煮立つ直前に葛以外の調味料を加え、煮立ってから水溶きの葛を入れてとろみをつけます。
11 蒸し上がった9を器に入れ、三つ葉と人参を交差させるように置きます。
12 11に熱い銀あんを注いで完成です。

ひとこと
手間はかかりますが、本当に美味《おい》しいので是非お試《ため》しを。ただし、温め直すと味は確実に落ちますので、出来立て熱々をはふはふしながらお召し上がりください。

昔ながら

材料（3個分）
干し芋茎（できれば赤芽芋茎）……10gほど
干し湯葉……半切り3枚
出汁……1カップ
味醂……大さじ1・5
淡口醤油……大さじ2分の1
塩……少々

下ごしらえ
＊干し芋茎《ずいき》はさっと洗い、ぬるま湯に浸けて揉《も》み洗いして戻しておきます。
＊干し湯葉は濡《ぬ》れ布巾《ぶきん》に15分ほど挟み、均一に戻しておきましょう。

作りかた

1 戻した芋茎をぎゅっと絞り、15分ほど熱湯で茹《ゆ》でて、水に放ちます。

2 1をよく絞ったら湯葉の幅（半切サイズなら10cmほど）に合わせて切ったものを9本作ります。

3 戻した湯葉を縦長になるよう置いて、2の芋茎を手前に3本置き、くるくると巻き上げます。巻き終わったら、芋茎の切れ端を使って2か所、結んで留めます。これを湯葉3枚分、作ります。

4 小さめの鍋で分量の出汁《だし》を沸かし、沸騰する前に味醂《みりん》、淡口醤油《うすくちしょうゆ》を入れ、様子を見ながら塩少々を加えて味を調えます。

5 4に3を入れて、弱火でことこと煮ます。味が染みたら、食べ易《やす》く半分に切って盛り付けましょう。

ひとこと

芋茎には少し甘めの優しい味が似合います。最近は干し芋茎をあまり見かけませんが、探して挑戦してみてくださいね。意外な食感が楽しいですよ。

特別付録

みをつくし瓦版

インタビュー／りう　版元／神田永富町坂村堂

皆さま、つる家の名物下足番、りうでございます。いつも「りうの質問箱」に沢山のお便りを頂戴し、ありがとうございます。あたしゃ感激のあまり、ますます長生きしそうですよ。では今回もお寄せ頂いた中から、作者に尋ねてみることにしましょうね。

りうの質問箱1　時間の決め方

江戸時代の時間の決め方を知りたいです。暮れ六つというのは午後六時丁度なのですか。

作者回答

澪の時代の時刻の決め方は不定時法と言って、日の出から日の入りまでを六等分して「昼の一刻《いっとき》」、日の入りから日の出までを六等分して「夜の一刻」を決めていました。従って、季節によって一刻の長さが昼と夜とで随分違います。暮れ六つは、厳密には日没から三十分ほど経って空に星が輝きだす頃で、本編では便宜上、「六つ（午後六時）」としていますが、午後六時はあくまで目安であって、夏場はもっと遅くなり、冬には早くなります。

りうの質問箱2　江戸時代のお金

江戸時代はお金の種類が多くてわかりにくいです。どんな仕組みになっているのですか。

作者回答

江戸時代の貨幣制度は本当に難しくて厄介です。金貨、銀貨、銭貨、の三種類の通貨があり、武士は主に金貨、裕福な町人は銀貨、庶民は銭貨を使いました。さらに江戸では金が、上方では銀が主に用いられていました。もうここまででも充分ややこしいですよね。詳細は専門書に譲るとして、つる家の支払いに用いられるのは銭貨の「文」。これには一文銭と四文銭とがあり、のちには百文銭も登場しました。四千文が一両相当です。

りうの質問箱3　小松原さまは何《いず》処《こ》へ

登場人物表から小松原さまの名前が消えて寂しいです。もう登場はないのでしょうか。

作者回答

実は今回、お寄せ頂いたお便りの大半がこの質問でした。最終話までのお話はすでに決まっていますが、全ては「次巻のお楽しみ」ということにさせてくださいませ。ただ、今巻の特別収録「富士日和」で、小松原さまこと小野寺数馬のその後の様子をご覧頂けるかと存じます。また、読者の皆さまから又次の死を悼むお便りも数多く頂戴しています。作中の人物に深い愛情をお寄せ頂き、心から感謝いたしております。

☆シリーズ開始から早や五年。「みをつくし料理帖」は次でいよいよ最終巻となります。あたしゃ、皆さまからの最後のご質問を心待ちにしていますからね。（りう）

宛先はこちら

〒一〇二-〇〇七四
東京都千代田区九段南二-一-三〇 イタリア文化会館ビル五階
株式会社角川春樹事務所 書籍編集部
「みをつくし瓦版質問箱」係

特別収録

富士日和《びより》

御膳奉行《ごぜんぶぎょう》、小野寺数馬《おのでらかずま》はその日、目黒行人坂《ぎょうにんざか》上の茶屋でひとり寛《くつろ》いでいた。褪《あ》せた藍縞《あいじま》木綿の袷《あわせ》に捩《ねじ》れた朽葉《くちば》色《いろ》の帯という形《なり》が功を奏し、誰からも気を払われることはない。

気儘《きまま》な街歩きの末、正面に富士を眺めながら飲む一椀《わん》の茶の旨《うま》いこと。

「旨いな」

思わず声が洩《も》れた。

向かいの床几《しょうぎ》で箸《はし》を使っていた男が、その声に顔を上げる。年の頃は三十前後か、意志の強そうな濃い眉《まゆ》の下で、穏やかな双眸《そうぼう》が親しげに緩んだ。

「富士を眺めてのお茶は格別に美味《おい》しゅうございますね」

男は控えめな口調で言うと、丁寧に会釈してまた箸を動かし始めた。手持ちの弁当をここで食しているのだ。

白木の割籠《わりご》に詰められているのは、江戸では珍しい俵《たわら》形の握り飯に梅干、仕切りを隔てて、黄色く乾いた何か。

何気なく他人の弁当の中身を眺めていた数馬だが、興味を覚えて僅《わず》かに身を乗り出した。

「それは湯葉ではないのか？」

数馬の不躾《ぶしつけ》な問いかけに別段動じる様子もなく、男は箸を止めて、はい、と頷《うなず》いた。

「乾物の湯葉を戻して、調理してまた乾かして、という手間をかけたものですが、これがまた何とも乙な味なのでございまして」

失礼でなければ、と差し出された割籠から、数馬は遠慮なく湯葉を摘《つ》まみ上げた。

しげしげと眺めれば、三つ折りの湯葉の中には何かが包み込まれている。訝《いぶか》りながら前歯でひと嚙《か》みすると、さくっと良い音がした。

さくさくと軽やかに嚙み進めば、甘い味、辛い味、それに爽やかな香りで口中が満たされていく。

ううむ、と数馬は思わず唸《うな》った。

「中身は、この時期ならではの穂じその実だ。それに湯葉の内側に醬油《しょうゆ》と味醂《みりん》を合わせたものが塗り付けてあるのだろう。味醂は、おそらく流山《ながれやま》の白味醂だ」

途端、相手は大きく瞳《ひとみ》を見開いた。

「驚きました、よもや流山の白味醂をご存じだとは……」

男は箸を置いて居住まいを正す。

「私は相模屋《さがみや》店主、紋次郎《もんじろう》と申す者にございます。仰《おつしや》る通り、この料理は手前ども相模屋の白味醂を用いたものに間違いございません」

昨日のうちに江戸市中の主だった料理屋を回り、これより西へ向かう旅の途中とのこと。

「白味醂を広めるためにあちこち訪ねて回るのですが、時には儘《まま》ならぬこともございます。そんな私を励ます意味もあってか、懇意にして頂いている料理屋の主《あるじ》がこれを持たせてくれまして。ありがたいことです」

紋次郎は言って、割籠に手を合わせた。

役務柄、数馬は調味料にも詳しい。甘味と言えば砂糖だが、砂糖は存外厄介で、時として食材の持ち味を殺してしまう。その点、味醂ならば食材に寄り添い、奥行きのある甘味をつけることが出来る。ただ、惜しむらくは未《いま》だにこの味醂の力を知らず、単に暑気払いの飲み物として扱う者も多いのだ。

数馬は紋次郎の胸中を慮《おもんぱか》った。平素なら決してそうはしないのだが、先の湯葉の料理が彼の気持ちを大らかにしていた。

「煮切った味醂ほど面白いものはないぞ。古漬けの茄子《なす》や胡瓜《きゆうり》を細かく刻み、煮切り味醂で洗えば、格別の味わいになる」

えっ、と紋次郎は床几から腰を浮かせた。

「漬物を味醂で洗うのですか」

左様、と数馬は深く頷いてみせる。

「あるいはまた、味噌《みそ》と合わせて練り上げ、今の時期ならば、そうさな、穂じそに塗り付けて陽《ひ》に三日も干すが良い。軸ごと食えるから、酒の肴《さかな》に丁度良いのだ」

試してみよ、と鷹揚《おうよう》に告げる数馬に、紋次郎は感じ入った眼差《まなざ》しを向けた。

「お武家さまは、ただのおかたではない……。実は、先の料理屋の店主が持たせてくれたものが、もう一品ございまして」

紋次郎は傍らに置いていた風呂敷《ふろしき》包みに手を伸ばし、大事そうに開いた。

現れたのは塗りの重箱で、その蓋《ふた》が外されると、数馬は思わず息を呑《の》んだ。

「こ、これは……」

きらきらと琥珀《こはく》色に輝く透き通ったものが、切り分けて収められている。琥珀の中に閉じ込められているのは卵黄と卵白だろうか。黄と白のそれらは、風を受けて舞う天女の羽衣《はごろも》もかくや、とばかりの麗《うるわ》しさだった。

勧められるまま、一切れを口に運ぶ。寒天のぷりぷりした歯応え、出汁《だし》に玉子の味、何より味醂の気高い甘味が舌を魅了して、数馬は恍惚《こうこつ》のあまり双眸《そうぼう》を閉じた。

更に一切れを差し出して、紋次郎は告げる。

「三十年ほど昔、大坂で好評を博した『琥珀寒《こはくかん》』という料理だそうです。弁当を持たせてくれた店の、大坂生まれの料理人が苦労して再現したものと聞いております」

刹那《せつな》、数馬の脳裡《のうり》に下がり眉の女料理人の顔が浮かんだ。

「その店というのは何処《どこ》の、何という店か」

「俎橋《まないたばし》の傍《そば》の、つる家《や》という料理屋でございます」

紋次郎の返答を聞いて、数馬は僅かに震える指で琥珀寒をもう一切れ、口に運んだ。

――この命のある限り、ひとりの料理人として存分に料理の道を全《まっと》うしたいのです
雪の中、懸命に許しを請うていた娘の姿が、その声が蘇《よみがえ》る。

そうか、お前はここまで来たのだな。

口の中のものを大切に味わう数馬のその目尻にぎゅっと皺《しわ》が寄る。

そうか、そうか、と胸の内で繰り返し、数馬は口中の幸福を飲み下した。

行人坂の頂上に立てば、西の空に、白く薄化粧を施した富士の山がくっきりと浮かんでいる。

手を伸ばせば届きそうな富士に、数馬と紋次郎は暫《しば》し見入った。

「美しゅうございますなあ」

「うむ、まさに富士日和《びより》だ」

最後にそんな言葉を交わして、二人は別れた。先に行人坂を下って行く相模屋紋次郎の後ろ姿を、数馬は暫《しばら》く、富士の山とともに愛《め》でるのだった。

本書は時代小説文庫（ハルキ文庫）の書き下ろし作品です。
「特別収録　富士日和」は、朝日新聞（二〇一三年九月二一日付）
〈広告特集〉kikkoman × BON MARCHE Special Edition
にて掲載された作品を収録いたしました。

時代小説文庫

た 19-11

美雪晴《みゆきば》れ みをつくし料理帖《りょうりちょう》

著者 髙田《たかだ》 郁《かおる》

2014年2月18日第 一 刷発行
2019年8月18日第十四刷発行

発行者 角川春樹

発行所 株式会社 角川春樹事務所
〒102-0074 東京都千代田区九段南2-1-30 イタリア文化会館

電話 03(3263)5247[編集] 03(3263)5881[営業]

印刷・製本 中央精版印刷株式会社

フォーマット・デザイン&シンボルマーク 芦澤泰偉

ISBN978-4-7584-3804-9 C0193

http://www.kadokawaharuki.co.jp/[営業]
fanmail@kadokawaharuki.co.jp[編集] ご意見・ご感想をお寄せください。

〈髙田 郁の本〉

八朔《はっさく》の雪 みをつくし料理帖

料理だけが自分の仕合わせへの道筋と定めた上方生まれの澪。幾多の困難に立ち向かいながらも作り上げる温かな料理と、人々の人情が織りなす、連作時代小説の傑作。大好評「みをつくし料理帖」シリーズ、《開店》の第一弾。

時代小説文庫
ハルキ文庫

花散らしの雨 みをつくし料理帖

新しく暖簾を揚げた「つる家」は、ふきという少女を雇い入れた。一方、神田須田町の登龍楼で、澪の創作したはずの料理と全く同じものが同時期に供されているという……。果たして事の真相は？　大好評「みをつくし料理帖」シリーズ、《疑惑》の第二弾。

時代小説文庫
ハルキ文庫

〈 髙田 郁の本 〉

小夜《さよ》しぐれ

みをつくし料理帖

表題作『小夜しぐれ』、つる家の主・種市と亡き娘おつるの過去が明かされる『迷い蟹』、『夢宵桜』、『嘉祥』の全四話を収録。恋の行方も大きな展開を見せる……。大好評「みをつくし料理帖」シリーズ、《覚悟》第五弾。

時代小説文庫
ハルキ文庫

心星《しんぼし》ひとつ

みをつくし料理帖

天満一兆庵の再建話しに悩む澪に、つる家の移転話までも舞い込んだ。幼馴染み野江との再会、小松原との恋の行方は？　つる家の料理人として岐路に立たされる澪。大好評「みをつくし料理帖」シリーズ、《転機》の第六弾。

時代小説文庫
ハルキ文庫

〈高田 郁の本〉

夏《か》天《てん》の虹 みをつくし料理帖

想いびとである小松原と添う道か、料理人として生きる道か……。決して交わることのない道の上で悩み苦しむ澪。彼女の見上げる心星は、揺るがない決意とその道を照らしていた……。大好評「みをつくし料理帖」シリーズ、〈悲涙〉の第七弾。

時代小説文庫
ハルキ文庫

残《ざん》月《げつ》 みをつくし料理帖

若旦那・佐兵衛との再会は叶うのか? 料理屋「登龍楼」に呼びだされた澪の新たなる試練とは……。雲外蒼天を胸に、料理に生きる澪と「つる家」の新たなる決意。大好評「みをつくし料理帖」シリーズ、希望溢れる《決意》の第八弾。

時代小説文庫
ハルキ文庫

〈高田 郁の本〉

みをつくし献立帖

大好評「みをつくし料理帖」シリーズで登場した料理をあなたのご家庭に!! 「はてなの飯」「ありえねぇ」など、本編ではご紹介出来なかったレシピを初公開。ここでしか読めない、澪と野江の幼き日の思い出を描いた書き下ろし短篇小説を収録した豪華なレシピ本。

出世花 新版

数奇な運命を背負いながらも、江戸時代の納棺師『三昧聖』として一心で真っ直ぐに自らの道を進む「縁」の成長を描いた、著者渾身のデビュー作、新版にて刊行。

時代小説文庫
ハルキ文庫

時代小説文庫
ハルキ文庫

〈髙田 郁の本〉

あい　永遠に在り

この愛の先に、何があるのだろうか——

73歳にして、北海道開拓を志した医師・関寛斎。藩医師、戊辰戦争における野戦病院での功績など、これまでの地位や名誉を捨ててまでも彼は、北の大地を目指した。そんな夫を傍らで支え続けた妻・あい。幕末から明治へと激動の時代を生き、波乱の生涯を送ったふたりの育んだ愛のかたちとは——。妻・あいの視点から描く、歴史上に実在した知られざる傑物の姿とは——。愛することの意味を問う感動の物語。

時代小説文庫
ハルキ文庫